In ogni goccia di pioggia

The Strobe Series - Volume 1

Giordana Schiattarella

All'amore vero, quello che ti mantiene in vita,
che ti offre speranza e che ti fa stare bene.
E all'amore che ferisce,
non permettete di farvi distruggere da lui,
un sentimento che può essere tanto magico
quanto letale.

Per essere informato sulle novità dell'autrice visita:
Instagram, @giordanaschiattarellabooks
Oppure invia una mail a:
giordanaschiattarella.writer@gmail.com

L'autrice è una bookblogger, visita:
Instagram, @acourtofwingsandbooks
TikTok: @acourtofwingsandbooks
YouTube: A Court of Wings and Books

Copertina: Eva Califano, Alessia Novello
Instagram: @ej_wolfman, @alessianovello_graphics
Editing: Eva Califano, Claudia Manco

"Nell'amore c'è sempre la paura che quello
che doni con grande sincerità
ti venga ricambiato con briciole di superficialità.
Ma bisogna rischiare, perché solo così comprendi
chi sa davvero donarti sentimenti veri
e chi solo un programma studiato
senza complicità del cuore."

Raffaella Frese

Con gli occhi di Francesca Fabiano

In ogni goccia di pioggia

Vista che si appanna,
mentre il suo volto
muore
dinanzi al mio.
Come ogni notte.

Cominciare,
al sorgere del sole,
una vita altra
nascondendo
come un reato
una lacrima fredda
raccolta
da te.
Nuovo sguardo.

Accanto a me
ora,
mi proteggi
come mercurio
che difende
il suo sole.

Accanto a me,
ora,
resta la corazza
di una pioggia
specchio
del tuo viso.

PROLOGO

Era tutta una questione di cuore

A volte per comprendere la nostra vita non dobbiamo fare altro che pensare ad un libro, perché sì, alla fine siamo come personaggi su carta.

E puntualmente ci ritroviamo a chiederci perché la nostra, di vita, è così difficile rispetto a quella che ogni protagonista vive nella sua splendida e romantica storia d'amore di un romanzo.

La leggi attraverso quelle parole quella fantastica storia che vorresti anche tu, la trovi nei sussurri delle persone, nell'aria calda dell'estate, sulle panchine al parco, nelle tracce lasciate sui tronchi degli alberi.

E ti chiedi perché, perché gli altri possono e io no?

Perché gli altri possono condividere il peso della propria essenza con qualcun altro e io no?

Perché lei ha trovato la sua anima gemella e le mie ricerche, invece, non sembrano fare altro che buchi nell'acqua?

E poi però succede, poi l'amore arriva così, su due piedi, quando meno te lo aspetti, e ti sconvolge la vita.

E allora cominci a viverle anche tu quelle fiabe, smetti di provare invidia verso gli altri e ti rendi conto che stai bene perché è lui a renderti felice, che da sola ti sentiresti incompleta. Vivi quell'amore da fiaba che tutte sognano, ma poi, all'improvviso, semplicemente finisce.

E allora ti chiedi se hai sbagliato qualcosa, pensi che avresti dovuto prevederlo, ma non lo hai fatto.

Ti crogioli nella tua insicurezza, ma piangerti addosso non serve.

L'amore deve fortificarti, non renderti debole.

Con Elijah aveva funzionato.

Ma l'amore che provavo per lui era tale che nel momento stesso in cui mi ha lasciata sola ho creduto di poter morire.

E non di rabbia, ma di crepacuore.

Mi ero legata così tanto a lui da essermi rovinata con le mie stesse mani, perché vi sarei rimasta legata per sempre.

Era tutta una questione di cuore, e io gliene avevo donato fin troppo, senza pensare alle conseguenze, un'altra volta.

CAPITOLO 1

Cambiamenti del passato

Ci sono cose che non si dimenticano, come la mia prima volta su una bicicletta, ricordi? Dopo nemmeno cinque minuti caddi a terra come una pera cotta, sbucciandomi il ginocchio, mentre mio padre mi urlava di riprovare senza neanche preoccuparsi di come stessi. La casetta sull'albero, quello è un altro ricordo indelebile nella mia mente, per tutte le volte che ci siamo saliti di nascosto durante la notte. Il primo giorno di scuola, quello sì che fu terrificante. Bambini ovunque che, all'epoca, per una ragazzina timida e insicura come me erano sinonimo di *mostri*. E ancora le gite, i viaggi, le corse al luna park, il messicano, come dimenticarlo?, e la nostra adolescenza insieme.

Ci sono alcune cose, però, che nel dimenticatoio ci finiscono eccome. La buona condotta, ad esempio. Quella non sapevo neppure più cosa fosse. Ero cambiata, tanto, al punto che se mi avessi vista, probabilmente non mi avresti riconosciuta. Ero cambiata dentro e quando le persone cambiano interiormente è complicato. Non è un semplice taglio di capelli a renderti diversa, ma hai un intero mondo dentro che ti rende diverso. E così, d'improvviso, ogni cosa intorno a te perde di significato, nessuno è più in grado di comprenderti e tu continui a crogiolarti nell'idea che il tuo modo di comportarti è giusto, ma magari non è così. Magari sei nel torto più grande e non vuoi ammetterlo, perché ammetterlo significherebbe riconoscere la propria sconfitta.

I miei genitori ci avevano rinunciato. Ripetevano sempre che vigeva solo una regola in casa nostra: *finché sarai sotto il nostro tetto*. Poi la frase continuava ogni volta in modo diverso, ma per loro quella lì era sempre la stessa regola.

Era quasi esilarante vedere mio padre che inventava ogni giorno una scusa nuova per non portarmi alle cene con i suoi colleghi o a quelle di famiglia.

«Mia figlia ha la febbre.»

«Oggi non si sente bene.»

«È uscita con gli amici, sai come sono i giovani.»

«Sta studiando, ci tiene molto a diplomarsi con un buon voto.»

Tutte balle. Io non ne ho mica più avuti amici dopo di te. Alla fine ce l'ho fatta davvero a diplomarmi con un buon voto, ma di certo non ho buttato sangue sui libri per loro, anzi. L'ho fatto per me.

Credo che la sensazione che si provi quando si è *liberi* non abbia prezzo. E per liberi non intendo quello che credono ormai tutti i giovani di oggi, non intendo le passeggiate in spiaggia o i capelli al vento, ma la libertà di esprimersi, la libertà di opinione e il diritto al dibattito. Questa è vera e propria libertà e si può raggiungere soltanto con la cultura.

Io non ero libera.

Ero libera di bighellonare per il quartiere, di uscire con i miei amici, che si riducevano a mia cugina, sì, quella pazza, di vivere la mia vita ma *fino a un certo punto*, come diceva sempre mio padre. Non avevo la libertà di esprimermi in quella casa, e per quanto amassi i miei genitori più di chiunque altro al mondo, certe volte erano davvero pesanti. Io parlavo, ma loro non mi ascoltavano. Dicevo la mia, ma avevano sempre ragione loro. Dov'è la libertà in tutto questo?

Avevo bisogno di crearmi uno spazio tutto mio, lontano da loro. Avevo bisogno che non mi giudicassero più per i miei vestiti o per il mio colore di capelli, che la smettessero di pressarmi per lo studio. La vita scolastica, o universitaria che sia, per quanto importante non è al centro di tutto. Esistono gli affetti, quelli importanti, che vanno messi sempre al primo posto. Ed ero stanca. Ero così stanca di combattere per qualcosa su cui non saremmo mai andati d'accordo: la vita. I genitori dovrebbero essere persone che ti appoggiano nelle tue scelte, non che ti deridono davanti agli altri rendendo agli occhi di tutti le tue decisioni un qualcosa di stupido.

L'unica decisione della mia vita che fu accettata senza discussioni fu quella che presi una volta terminato il liceo: l'università. Desideravo ardentemente andarci perché avrebbe significato ottenere finalmente la mia libertà, in tutti i sensi. Fu la scelta dell'università, invece, che non venne particolarmente apprezzata, ma non mi interessava. Ero maggiorenne ed era la decisione della mia vita, su quello non avrebbero avuto parola.

Fu la mattina più bella di sempre, l'unica in cui mi alzai prestissimo di mia spontanea volontà, senza aspettare nemmeno che la sveglia risuonasse nella stanza. Mia madre entrò alle sette in punto, come la sera prima aveva detto che avrebbe fatto, e mi trovò già lavata e vestita, pronta per la mia avventura.

«Non ti ho mai trovata pronta così presto.»

Buongiorno anche a te, mamma.

«La sveglia è suonata prima» mentii. Non avevo voglia di

raccontarle quanto fossi felice, perché avrebbe sicuramente smorzato la mia gioia, e non volevo.

Avevo trascorso gli ultimi anni a preoccuparmi troppo dei loro desideri per pensare ai miei, adesso era giunto il momento di cambiare le carte in tavola.

«Ho preparato la colazione.»

Ignorò completamente il mio commento, ma non era una novità. Lei mi ignorava sempre. Non dubitavo che fosse una buona madre, del resto un tempo lo era stata, solo che poi è stata come persa da quando tu sei andato via. Probabilmente barricarsi in se stessa è stato l'unico modo che conosceva per difendersi dal dolore, proprio come il mio era stato tingermi i capelli o vestirmi con top e pantaloncini anche d'inverno, e tu lo sai, io sono più un tipo da calzamaglie e felpe. Il punto forse è che ognuno reagisce come meglio crede, l'importante in situazioni del genere è proteggersi dal dolore, perché troppo stroppia.

Infilai le mie vecchie e logore converse nere ai piedi, gli unici indumenti che avevo deciso di continuare a indossare, e con non poca fretta mi avviai verso la cucina, mentre nella mia testa sembrava appena essere scoppiata la terza guerra mondiale.

Stavo realizzando che sarei partita sul serio, che la California si stava avvicinando e che presto di tutta la mia vita passata sarebbe rimasto soltanto il ricordo. Non sapevo se e quanto spesso sarei tornata a casa, in realtà avrei preferito godermi il sole californiano per qualche anno prima di tornare, ma sapevo che i miei genitori sarebbero morti per così tanto tempo senza vedermi. Decisi che ci avrei comunque pensato a tempo debito.

«Buongiorno» mi salutò papà senza nemmeno distogliere lo sguardo dal giornale. Non gli risposi, non lo facevo ormai da un po', era diventata un'abitudine che a me stava bene, a papà forse un po' meno, ma non mi interessava.

Eravamo una famiglia spezzata. Non c'era più niente di integro tra noi, ci erano rimasti soltanto i ricordi di una famiglia normale, quello che non saremmo mai più stati.

Mi sedetti al mio solito posto e addentai i pancakes con la Nutella che mamma preparava sempre in occasioni speciali. Capii che quella che io avevo preso, per lei, doveva essere una scelta importante. Ad ogni modo non dissi nulla al riguardo. Gustai il sapore del cioccolato sciogliersi sulle papille gustative. Stavo addentando l'ultimo pancake quando mia madre mi pose davanti la solita tazza di latte di Peter Pan. Eh già, *quella* tazza. E tu mi dirai: *«A vent'anni bevevi ancora da quella tazza?»* Sì. Ci bevevo ancora. Che male c'è? Tutti hanno una tazza strana a ricordarci la nostra infanzia.

«A che ora hai il volo?» chiese mia madre, quando posai la tazza di latte ormai vuota nel lavandino.

«Alle nove. Tra poco arriverà Sara che mi accompagnerà all'aeroporto.»

L'espressione di mia madre si contorse. Odiava Sara, lo sapevo bene, e la detestava perché sembrava essere l'unica a non essere stata scalfita dal dolore, ma a me lei faceva bene. Stare con mia cugina la pazza, come la chiamavi tu, mi permetteva di distrarmi per un po' ed essere più solare per qualche ora. E ne avevo bisogno.

Uno scampanellio piuttosto acuto mi riportò alla realtà e mi precipitai alla porta.

Che tempismo.

«Tesoro!»

Sara mi avvinghiò con le sue braccia in una morsa di ferro, dondolandosi di qua e di là e soffocandomi quasi.

«Sei pronta per volare?»

Se ero pronta per volare? In realtà non lo sapevo, non avevo mai volato prima e non avevo la più pallida idea di come sarebbe stato un viaggio in aereo. Avevo un po' paura, in realtà, o forse era soltanto adrenalina, o entrambe, non ne ero ancora certa. Vedere un aereo che vola dalla terraferma o in un film non è certo la stessa cosa che trovarvisi sopra.

«Tu che dici?»

«Secondo me sì.»

«Allora voliamo!»

Adoravo quando faceva così, mi contagiava con la sua spensieratezza e dovevo ammettere che un po' mi sarebbe mancata. Era la persona più vicina ad una migliore amica, per me.

Salii in camera con lei alle calcagna, afferrai la valigia che avevo riempito con lo stretto necessario e qualche vestito di ricambio, avevo deciso che mi sarei fatta un guardaroba nuovo in America, e controllai di aver preso tutto l'indispensabile. Passaporto, chiavi di casa, che non credevo mi sarebbero servite per un bel po', cellulare, fazzoletti, assorbenti, portafoglio, la student card, senza la quale non avrei potuto studiare in America, specchietto e trucco. Avevo tutto. Scesi le scale cercando di non rompere il mio povero bagaglio e uscii nell'aria fresca di Milano. Settembre era sempre così: fresco e cupo. Sara aveva riposto la valigia fucsia fluorescente nel bagagliaio della sua auto e adesso non c'era altro da fare se non salutare tutti con un caloroso arrivederci. Inutile dire quanto odiassi il momento degli addii, almeno questo non era cambiato.

«Stai attenta. Non fidarti degli sconosciuti, non andare a quelle stupide feste di confraternita, studia, presta attenzione durante i corsi e... oh, la mia bambina cresce!»

E poi accadde quello che non credevo più possibile da molto tempo: mia madre scoppiò a piangere e mio padre corse ad abbracciarla. Mamma non piangeva mai, non più, e papà non dimostrava più affetto né con lei, né con me da una vita. Fu quello, credo, il momento in cui mi sciolsi definitivamente e capii che forse qualcosa sarebbe potuta cambiare. Allora mi unii all'abbraccio perché sapevo che era quello di cui mamma aveva più bisogno in quel momento e, parliamoci chiaro, lo necessitavo anche io.

«Sii prudente, Mel.»

«Non preoccuparti per me, papà. Starò bene.»

Non so se mi sciocco di più il fatto che mi sorrise o che mi allungò la mano per tirarmi in un altro abbraccio. Fatto sta che la mia vita stava cambiando e io non vedevo l'ora.

CAPITOLO 2

Chiamami Alex

Non credevo che andare via di casa sarebbe stato così difficile. Avevo vissuto lì per anni senza sentirla casa mia, ma adesso, lasciando tutto lì, era come se stessi abbandonando indietro un pezzo di me, e forse era giusto così. Lasciare un pezzo indietro avrebbe significato conservare degli spazi per i pezzi che si sarebbero aggiunti in futuro.

«Come ti senti?» mi chiese Sara, durante la sua guida spericolata verso l'aeroporto.

Lanciai un'occhiata fuori dal finestrino. Il mondo sembrava aver acquisito una luce diversa, come se mi volesse dire qualcosa del tipo: *«Vai così. Stai prendendo la strada giusta.»* Non ne ero sicura, in realtà, ma lo speravo con tutta me stessa.

«Strana.»

Tolse lo sguardo dalla strada e lo posò per un secondo su di me.

«Credo sia normale. È l'agitazione.»

Sì, era l'agitazione, ma non solo quella. Era nervosismo per quello che avrei dovuto affrontare, e poi era adrenalina pura. Non ero mai stata così lontano da casa e soprattutto per così tanto tempo. La UCLA per me rappresentava il sogno di una vita.

«Ti raggiungerò presto, Mel. Resisterai anche senza di me.»

Ma non era il restare senza Sara il problema. Il problema ero io. Nessuno aveva mai gradito la mia compagnia solo per i miei capelli azzurri o per il mio modo di vestirmi perché lo ritenevano *volgare*. Quei pochi che desideravano conoscermi scappavano via poco dopo essersi resi conto quanto stronza io fossi. E se fosse stato così anche all'università? Era di questo che avevo più paura. Era stato il *dopo di te* a cambiarmi e non ero più riuscita a tornare quello che ero *prima di te*. Forse era questo il punto. Forse dovevo semplicemente smetterla di pensare al prima. Forse così le cose avrebbero preso una piega diversa.

«Un anno non è poi così tanto» continuò. «Vedrai che passerà in men che non si dica.»

Arrivammo all'aeroporto in anticipo, tanto che riuscii a sbrigare tutte le pratiche con calma e fui una delle prime persone a salire sul volo per New York. Avremmo fatto scalo lì prima di poter prendere il volo successivo per Los Angeles.

Non vedevo l'ora di scoprire come ci si sentisse una volta lontani dalla terraferma, con solo l'aria intorno, le nuvole sotto i piedi e il cielo sopra la testa.

Ero curiosa, devo ammetterlo, un po' troppo e forse questo era uno dei miei più grandi difetti. La curiosità.

Era buffo, in effetti, il fatto che nonostante tutti i soldi che possedesse la mia famiglia, non avessimo mai viaggiato in giro per il mondo. A mamma piaceva, ne sono certa, ma come tu ben sai, il *dopo* non è mai più stato come il *prima*. Credo che l'ultimo viaggio tutti insieme sia stato quello a Venezia, dove quasi cadesti nel Canal Grande per sporgerti dalla gondola, ricordi? Quanto eri buffo!

«Ci stiamo preparando al decollo, pertanto vi invitiamo a controllare che la vostra cintura di sicurezza sia correttamente agganciata e che il vostro sedile sia in posizione verticale. Per ulteriori informazioni circa la sicurezza a bordo, vi invitiamo a leggere l'apposito opuscolo che trovate di fronte a voi e vi ricordiamo di non esitare a chiedere informazioni agli assistenti di volo. Vi ringraziamo per l'attenzione e vi auguriamo un piacevole volo!»

Ricordo il vuoto provato mentre l'aereo si staccava dal suolo e cominciava a librarsi nel cielo, la sensazione di pace che era susseguita e poi, non so come, mi addormentai.

Quando ripresi conoscenza passò una hostess, dandomi del cibo e dell'acqua per riprendere le forze. La ringraziai e lei mi sorrise, per poi andar via. Avevo dormito per gran parte del viaggio, risparmiandomi quindi la noia che sarebbe giunta dopo poche ore di volo senza sapere cosa fare. Pensai che se ci fossi stato tu sarebbe stato diverso, ci saremmo divertiti insieme e poi, quando mi sarei stancata troppo, avrei appoggiato la testa sulla tua spalla e tu mi avresti accarezzato dolcemente i capelli, come facevi quando eravamo bambini.

Poco dopo passò un'altra hostess con un carrellino ricco di prelibatezze tutte da gustare.

«Desidera qualcosa, signorina?»

Guardai attentamente le pietanze poggiate su quel ripiano d'alluminio, ma niente mi soddisfò appieno. Così optai per la cosa più semplice.

«Un caffè, per favore.»

L'hostess annuì, afferrò la caffettiera già pronta e ancora calda e versò un po' del liquido scuro in una tazzina bianca e viola che ricordava molto *Chicco*, la tazzina de *La bella e la bestia.*

«Questi li offre la casa» annunciò, porgendomi anche un paio di biscotti infagottati in un tovagliolino di carta.

La ringraziai, poggiai tutto sul tavolino di fronte a me. Lei mi sorrise e mi augurò buon viaggio prima di sparire nell'altro scomparto.

In realtà, i biscotti erano orrendi e sono sicura che quella ragazza non volesse altro che potersene liberare al più presto, così li aveva offerti al primo stupido, ovvero io.

Nemmeno dieci minuti dopo ci venne intimato di allacciare le cinture perché stavano per cominciare le manovre di atterraggio.

Scesi a New York e un'ora dopo ero già sul volo per Los Angeles.

Quando controllai l'orologio, segnava le nove di sera, significava che in California erano le dodici del mattino.

Pensai che la prima cosa che avrei dovuto fare una volta scesa da quell'aereo sarebbe stata chiamare Sara, la quale era sicuramente in angoscia per me.

Los Angeles era sempre stato il sogno di entrambe, di tutti e tre in realtà. Non so se rammenti quelle lunghe chiacchierate che facevamo la notte nella nostra casetta sull'albero, io le ricordo tutte. E il momento più bello era quello in cui, a fine serata, decretavamo che una volta maggiorenni saremmo partiti tutti e tre alla scoperta dell' America. Ho tenuto fede a quel patto fatto da tre bambini ingenui, Sara lo avrebbe mantenuto un anno dopo e solo Dio sa quanto desiderassimo che tu potessi essere lì con noi, un giorno.

Il volo atterrò pochi minuti dopo e solo quando riuscii a recuperare la valigia mi fiondai all'esterno. Notai che il cielo non era limpido come avrei sperato di trovarlo, anzi, prometteva pioggia, e mi chiesi come avessi fatto a non rendermene conto già mentre ero in volo.

Troppi pensieri, mi dissi. *Devo svuotare la mente.*

Passai la dogana, mi controllarono i documenti e la valigia e poi mi lasciarono andare.

Una volta raggiunto il parcheggio dell'aeroporto mi guardai intorno. L'università aveva messo a disposizione degli autobus per gli studenti che provenivano dall'estero, ma quell'anno dovevamo essere davvero pochi perché al posto del bus c'erano auto con l'enorme scritta UCLA sulle fiancate. Scorsi tra la folla un uomo che stava agitando un cartello bianco in aria, assottigliai lo sguardo sporgendomi un po' in avanti con il collo.

Iris Vieira

Melissa Calligaris

Avvistato il mio nome sul cartello, afferrai la valigia alle mie spalle e la trascinai fino all'automobile.

«Sei Melissa?» mi chiese l'uomo. Io annuii. «Ottimo, lascia pure a me la valigia. L'altra ragazza è già in macchina.»

Feci come mi aveva detto, gli affidai il mio bagaglio e aprii la porta posteriore a destra per infilarmi nell'abitacolo. Accanto a me era seduta una ragazza molto carina, scura, con i capelli castani e le cuffiette nere nelle orecchie che, gettando uno sguardo al suo cellulare, vidi erano impostate su *Thinking out loud* di Ed Sheeran.

«Ciao» mi salutò non appena si rese conto che avessi preso posto accanto a lei. Mi ricordai che da quel momento la mia lingua principale sarebbe stata sempre e solo l'inglese e sperai di riuscire a sfoggiarla nel miglior modo possibile.

«Ciao.»

«E così anche tu all'UCLA, eh?»

Già. Così anche io all'UCLA.

Non le risposi, perché era la tipica domanda da cui non ti aspetti una risposta.

«Io studierò economia.»

«Io arte e architettura.»

«Sei un'artista, quindi?»

«Non proprio» risposi, in realtà non ne ero sicura.

Sapevo bene che l'arte aveva uno spazio importante nel mio cuore, che quando disegnavo mi sentivo come se fossi libera da ogni cosa, un po' come se librassi nel cielo. Non sapevo se fossi un'artista o meno, ma amavo l'arte più di ogni altra cosa. Avevo un quaderno che portavo sempre con me e su cui disegnavo schizzi ovunque fossi, per poi completarli nella mia stanza, una volta sola, con il rumore del silenzio a fischiare nelle orecchie e la concentrazione a farmi esplodere la testa.

Il resto del tragitto scorse in silenzio. Iris infilò nuovamente le cuffiette nelle orecchie e io ammirai Los Angeles che scorreva fuori dal finestrino. Decisi che avrei chiamato Sara una volta raggiunta la mia stanza, così da sistemarmi prima per bene.

Mezz'ora dopo l'uomo aveva parcheggiato nel campus e ci aveva lasciato le nostre valigie augurandoci buona fortuna per il primo anno accademico. La macchina ripartì e poco dopo anche Iris sparì dalla mia vista.

Mi guardai intorno con aria sognante. Il campus era gigantesco. C'erano persone sdraiate sull'erba a studiare, altre appoggiate ai muretti che circondavano l'edificio a parlottare tra loro, altre ancora semplicemente che passeggiavano intorno alla scuola. Sembrava tutto così da favola che per un attimo credetti di star immaginando tutto, ma no, era reale. La giornata prometteva pioggia, ma nonostante questo gli studenti non si perdevano d'animo e approfittavano di ogni secondo a disposizione per stare ancora un po' all'aperto. Avrebbe anche piovuto, ma faceva caldo, e qualcosa mi diceva che anche all'interno non faceva poi chissà quanto più fresco.

Presi un grande sospiro prima di varcare la soglia di quella che avrei dovuto definire casa di lì ai prossimi cinque anni.

All'interno tutti sembravano indaffaratissimi, chi cercava di aprire il proprio armadietto, chi si spostava lungo il corridoio con un montone di libri tra le mani, chi si guardava intorno spaesato come me, probabilmente in cerca della segreteria, quello che avrei dovuto fare anche io. Camminai per un po' lungo il corridoio principale, trascinandomi dietro la mia valigia fucsia, e alla fine del corridoio finalmente la trovai. Mi infilai nella stanza e notai che non c'era nessuno prima di me.

«Buongiorno» esclamai avvicinandomi al bancone che faceva da scudo alle segretarie. «Sono Melissa Calligaris, sono appena arrivata.»

«Buongiorno signorina Calligaris e benvenuta in California!»

Sembrava così gentile ed entusiasta che quasi mi dispiaceva farle una delle mie battutine fuori luogo, così tacqui.

«La ringrazio.»

«È qui per ritirare l'orario accademico, immagino.»

«Esattamente.»

«Bene, aspetti un secondo solo, per favore.»

La guardai meglio. Era una donna di mezza età che sapeva il fatto suo. Il volto era rigato dalla vecchiaia e dalla stanchezza, ma da quanto potevo vedere l'aspetto esteriore non combaciava con quello interiore. Sembrava una donna arzilla e con molta voglia di fare.

Stampò qualche foglio e scannerizzò altri documenti prima di tornare da me e mostrarmi il tutto.

«Questo qui è il suo orario» cominciò, sventolandomi un primo foglio davanti agli occhi, per poi posarli accanto agli altri. «Questa invece è una mappa della scuola. Noi siamo qui» puntò il dito al centro della mappa. «E questi» continuò spostandolo verso la mia sinistra «sono i suoi dormitori. Per arrivarci basta che segua questa strada» la tratteggiò con un evidenziatore verde che prese da un portapenne sul bancone e poi mi fornì la mappa. «Le va di fare un giro della scuola? Le chiamo un ragazzo.»

Perché no?, pensai. Poteva essere una buona occasione per conoscere qualcuno già il primo giorno. Sempre se non avessi rovinato tutto come mio solito.

«Certo, mi farebbe molto piacere. Grazie mille.»

«Si figuri» mi sorrise. «Si accomodi pure lì» mi indicò una sedia. «Ora le chiamo qualcuno che la accompagni in giro.»

Annuii prima di ringraziarla ancora un'altra volta e poi seguii il suo consiglio, andandomi a sedere su una sedia in fondo alla sala, accanto alla porta.

Avevo mille cose per la testa, forse troppe. Pensavo alla nuova vita che stava per cominciare, alla fortuna che avevo avuto con i miei, perché se loro non avessero approvato la scelta di partire per la UCLA, non so dove avrei preso i soldi per finanziare il viaggio. Ma erano tutte cose secondarie. Ero lì e potevo godermela.

Andrà tutto bene, mi ripetevo. Il problema è che quando ti convinci che le cose vadano bene, poi vanno in tutt'altro modo.

Un ragazzo entrò in segreteria riscuotendomi dai miei pensieri. Si guardò intorno, sembrava cercare qualcuno e, quando mi vide, mi sorrise e si incamminò nella mia direzione. Non era male, con quei capelli scuri, a spazzola, leggermente spettinati e la camicia tartan addosso.

«Sei Melissa, giusto?» esordì, porgendomi una mano. Non aspettò nemmeno la risposta. «Io sono Alexander, è un piacere conoscerti.»

«Piacere mio» risposi afferrando la sua mano e stringendola forte. Poi mi alzai in piedi e afferrai la mia valigia per portarla con noi.

«Non preoccuparti per il bagaglio. Ci penserà la segretaria a fartelo recapitare in camera.»

Annuii, felice di non dovermi portare un peso come quello

per i corridoi e lo seguii fuori dalla stanza.

«Cosa ti porta alla UCLA?»

«La passione per l'arte» fu l'unica risposta sensata che si formò nella mia mente e anche l'unica che riuscii a esternare.

«Quindi sei qui per studiare arte e architettura, splendido!»

Continuò a parlare per un lasso di tempo che non saprei definire, scorazzandomi di qua e di là per l'istituto, ma non lo ascoltai più di tanto. Dopo qualche svolta a sinistra e poi a destra la mia mente aveva cominciato a vagare da sola sull'immensità di quel posto e su quanto fosse magnifica anche solo l'idea di poter studiare lì. Pensai che ti sarebbe piaciuto, a te piacevano i posti grandi e allo stesso tempo antichi, dicevi che avevano un certo fascino ai tuoi occhi. Ti immaginai vagare per i corridoi con il sorriso impresso sul volto e i libri della giornata tra le mani, ti visualizzai uscire dalla tua aula dando una pacca sulla spalla ai tuoi amici prima di raggiungere la nuova classe. In fondo sarebbe stato bello se fossimo stati ancora insieme, io, tu e Sara, a girovagare come i tre moschettieri per i corridoi della UCLA.

«E in quell'edificio laggiù ci sono una parte dei dormitori, tra cui il tuo» terminò, ancora con il sorriso sulle labbra.

Mi piaceva quel ragazzo, era gentile e sapeva il fatto suo, magari era il mio primo amico, magari no. Solo il tempo avrebbe potuto stabilirlo.

«Grazie, Alexander. Mi sei stato di grande aiuto.»

Come se avessi ascoltato anche solo una parola.

«Figurati, non c'è problema. Ci vediamo in giro allora, e... Melissa?»

Io che mi ero già incamminata verso l'edificio che Alexander mi aveva mostrato, mi voltai di nuovo verso di lui e incrociai il suo sguardo.

«Chiamami Alex.»

CAPITOLO 3

Sei perfetta così

Proprio nel momento in cui Alexander mi lasciò sola, sentii una goccia fare capolino sulla mia fronte. Inizialmente credetti stessi cominciando a sudare, poi le gocce aumentarono e mi resi conto che non ero io, ma che provenivano dall'alto. Era pioggia.

Imprecai, cominciando a correre per il campus con lo sguardo basso e la borsa sulla testa, come se potesse davvero proteggermi da tutta quell'acqua. L'aria si era fatta improvvisamente fredda e se non avessi raggiunto il dormitorio al più presto, ero certa che sarei potuta gelare.

Avevo attraversato mezzo cortile quando sentii un tonfo e poi mi ritrovai con il sedere sul terreno sotto di me.

«Cazzo, guarda dove metti i piedi!» imprecò quello che mi era appena venuto addosso.

«Guarda anche tu la prossima volta, dannazione!»

Alzai lo sguardo e incrociai il suo, più scuro del petrolio. Avevo trovato due pozze nere senza fondo a fissarmi e quel solo sguardo mi aveva provocato un tremito che attraversò tutta la schiena, risalendo su per la spina dorsale.

Sto gelando qui fuori.

Mi rialzai svogliatamente da terra, con la pioggia che aveva cominciato a picchiettare ancora più forte e senza il suo aiuto che, ovviamente, non mi aveva nemmeno offerto. Cercai di ripulire al meglio i pantaloncini, ottenendo l'effetto contrario. La macchia di fango si era allargata e non avevo la più pallida idea di come rimuoverla. Era Sara che si occupava di queste cose, avrei dovuto chiamarla al più presto.

«Cazzo» urlai quando mi resi conto che la mappa del campus era finita nel fango, diventando illeggibile. «Grazie tante, coglione.» Riversai la mia rabbia sul ragazzo, poi afferrai la borsa e la mappa nella speranza di poterla recuperare in qualche modo e mi diressi verso il mio dormitorio, senza nemmeno dargli il tempo di replicare.

«Vaffanculo, stronza!» gridò, ma io ero già troppo distante e non avevo voglia di sforzare le mie corde vocali per lui. Mi limitai ad alzargli un dito medio senza girarmi, ricambiando il favore.

Entrai nell'edificio piuttosto silenzioso e mi guardai intorno. Ebbi l'impressione opposta a quella che avevo avuto al mio ingresso nell'edificio principale. Qui non fiatava una mosca, mentre lì c'era un brusio assordante che rimbombava nelle orecchie. Seguii il corridoio, così come mi era stato mostrato dalla segretaria, e salii di un piano. Quando finalmente trovai la mia stanza, infilai la chiave nella toppa.

Avevo freddo, molto freddo, e avevo assolutamente bisogno di riscaldarmi prima che quei brividi si trasformassero in una polmonite. Entrai. La stanza era buia, le tende erano tirate davanti alla finestra per non far entrare la luce, così mi avvicinai e le aprii. Pensai che dovevo assolutamente farmi una doccia.

Non appena la luce fece capolino nella stanza, sentii un «Ehi!» piuttosto contrariato, così mi voltai e mi guardai intorno. Su un lato della stanza c'era una scrivania con due sedie e sopra di questa delle mensole per lasciarvi libri o altri oggetti; sull'altro lato, invece, c'erano due letti singoli molto semplici, con accanto due comodini. Su uno di questi si era appena seduta una ragazza che mi guardava con aria truce.

«Tu saresti la nuova coinquilina?» mi chiese con la voce impastata dal sonno. Io la guardai, incerta se annuirle e sorriderle o mandarla a quel paese. Così non dissi niente e lasciai che fosse lei a prendere la parola. «Cosa hai combinato, hai fatto a botte con un maiale per caso?»

Abbassai lo sguardo sui miei vestiti: aveva ragione, ero tutta sporca di fango e facevo davvero schifo. Non mi lasciò il tempo di risponderle a dovere.

«Io sono Lynette» continuò, poi si alzò e prese a camminare verso di me. Mi raggiunse e allungò una mano.

«Melissa» annunciai, le strinsi la mano e lei sorrise.

«Da dove vieni?» mi chiese poi, tornando ad accomodarsi sul suo letto.

«Da Milano... a proposito, è per caso arrivata una valigia?»

«Sì, è lì» indicò con un dito un punto accanto alla scrivania. Non so come avessi fatto a non notarla prima. «Io invece vengo da Sydney.»

«Australia?» esordii con sguardo sognante. Era sempre stata uno dei posti che avrei voluto assolutamente visitare durante la mia vita.

«Già.»

Mi avvicinai alla valigia e la aprii. Presi i primi vestiti che trovai e annunciai che sarei andata a farmi una doccia. Avrei pensato più tardi a mettere a posto le mie cose.

«Comunque, se ti va, stasera diamo una festa in una delle

confraternite. Ci saranno anche dei miei amici, magari può farti piacere...»

Sentivo già mia madre esprimere il suo no categorico e mio padre chiedersi dove fosse finita la sua figlia prediletta, ma i miei adesso non erano con me ed io potevo gestirmi la mia vita da sola.

«Verrò.»

Poi entrai nel bagno e sentii Lynette uscire e sbattere la porta.

Non so se hai presente quella sensazione di vuoto che ti attanaglia lo stomaco, un po' come la sensazione di malessere che provi dopo una giornata di pioggia. Mi sono sentita così per tanto tempo, sono stata all'apice della felicità per poi cadere nel più profondo oblio. E avrei voluto trovare una soluzione, un modo per risalire su e smetterla di annegare nell'oceano, smetterla di affondare e di raggiungere la profondità. Ma esiste davvero un modo? Voglio dire... è davvero possibile trovare una soluzione a tutto questo dolore?

Premetti stop e smisi di registrare. Era una cosa che mi faceva bene: accendere il cellulare, attivare il registratore vocale ed esprimere a voce alta i miei pensieri. Poi li passavo sul pc e qualche tempo dopo li riascoltavo, così avevo sempre a portata di mano la mia vita, potevo controllarla e ricordarla, potevo arrivare dove la semplice memoria non sarebbe mai giunta e mi stava bene. Mi aiutava moltissimo. Mi ricordava chi ero.

Lynette rientrò in stanza pochi minuti dopo.

«Oddio, ma sei ancora in pigiama! Devi vestirti!»

«Calma, Lynette. Vi vestirete insieme.»

Era stato un ragazzo a parlare e per qualche strano motivo mi sembrava una voce conosciuta. Quando una chioma scura e spettinata entrò nella stanza, mi sembrò quasi impossibile crederci.

Il mondo è grande, ma le persone che sono destinate ad incrociare il nostro filo della vita in qualche modo torneranno sempre, l'avevo sempre vista così.

«Alexander?» esclamai, quando fui sicura che fosse lui.

«In carne ed ossa! A quanto vedo sei la nuova coinquilina di Lyn.»

«Sì, sono io.»

Non riuscivo ad essere scorbutica con Alexander, era stato così gentile con me quella mattina che quasi mi dispiaceva essere rude con lui. Non sarebbe stato giusto.

«Vi lascio vestire, dai. Passo a prendervi tra un'ora.»

«Grazie, Alexander.»

Lui si girò verso di mettendo le mani nelle tasche dei jeans.

«Cos'è che ti ho detto prima?»

Chiamami Alex, ecco cosa aveva detto.

Gli sorrisi e feci un gesto del capo per chiedergli scusa, ma ancora non me la sentivo di chiamare con un diminutivo un perfetto sconosciuto. Era gentile, okay, ma fino a un certo punto. Lui mi sorrise di rimando e si avviò verso la porta.

Aspettai che uscisse, poi chiusi il battente dietro di me e raggiunsi Lynette che stava cercando disperatamente qualcosa di carino per la serata.

Durante il pomeriggio avevo messo le mie cose a posto, posizionando i vestiti nell'armadio per colore, perché purtroppo non riuscivo a concepire nessun altro modo di sistemare un armadio, e spargendo qualche foto qua e là nella mia parte di stanza.

«Conosci un bel posto dove poter fare shopping da queste parti?» le chiesi, aprendo l'armadio per scegliere un abito decente da poter indossare.

«Sì, c'è un centro commerciale non molto lontano da qui.

Possiamo chiedere ad Alexander ed Elijah di accompagnarci. Sai, guidano. Faremmo molto prima.»

Non le avevo chiesto di accompagnarmi o di costringere i suoi amici a farlo, ma il pensiero che lei avesse deciso di venire con me mi aveva reso contenta. Per un attimo immaginai come sarebbe stata la mia vita se avessi avuto di nuovo degli amici, non ne avevo uno da così tanto tempo, senza contare Sara ovviamente, che mi ero dimenticata come fosse averne davvero uno, uscire, divertirsi, mettersi nei guai insieme per poi dare la colpa all'altro. Non sapevo nemmeno più come si facessero quelle cose.

«Perché no?»

«Ti va di andarci domani?»

«Va bene.» Mi costrinsi a sorriderle, poi cominciai a prepararmi.

Un'ora dopo io e Lynette eravamo pronte davanti alla porta, in attesa che ci venissero a prendere come stabilito. Mi presi del tempo per osservarla meglio, quella giornata era stata così impegnativa da non riuscire nemmeno a trovare il tempo per chiamare Sara o anche solo per guardarmi in faccia. I capelli lunghi e biondi le ricadevano morbidi sulle spalle mentre se li pettinava con la spazzola davanti allo specchio. Di lei sapevo poco, se non che vivesse a Sydney, ma avevo un anno intero davanti per scoprire qualcosa di più su di lei. Per certi versi mi ricordava molto mia cugina, uno spirito libero un po' pazzerello e amante della vita, ma solo il tempo avrebbe confermato o respinto la mia teoria.

Stavo facendo pipì quando bussarono alla porta, così, trafelata, cercai di sbrigarmi ad uscire da quel bagno. Per la prima volta da tanto tempo mi fermai a guardarmi allo specchio. Volevo sembrare perfetta almeno per una sera, senza difetti, senza odio, senza dolore. Volevo fingere di essere quello che non ero: una persona felice che si godeva la vita e che non stava di certo precipitando in un pozzo senza riuscire ad arrivare sul fondo.

«Siete pronte?» sentii chiedere da Alexander.

Sei perfetta così, mi dissi, poi uscii dal bagno esordendo con un: «Assolutamente sì.»

Sorrisi a Lynette che mi squadrava comunicandomi con gli occhi la sua gratitudine per avercela fatta in tempo, poi seguii entrambi per i corridoi del dormitorio. Fuori era buio, all'esterno ci stava aspettando un altro ragazzo. Intravidi la sua sagoma da lontano, mentre appoggiato al muro e con le braccia conserte osservava un punto impreciso davanti a sé.

«Finalmente ce l'avete fatta» esclamò lo sconosciuto quando ci vide arrivare. Un lampione aveva fatto un po' di luce intorno a noi. Alzai lo sguardo e quando realizzai chi fosse mi sentii morire. Lui non era sorpreso invece, come se se lo aspettasse, e se lo era non lo mostrò. Fece solo un sorriso sghembo rivolto nella mia direzione, ma non disse altro. Aspettò che Alexander lo affiancasse e poi proseguì nel buio della notte con me e Lynette alle calcagna.

CAPITOLO 4

Ragazzi e vodka

La prima cosa a cui pensai in quel momento fu: *non può essere.*

Non poteva essere, non potevo assolutamente farmi rovinare la vita da quel ragazzo scorbutico e scostumato. O magari potevo, magari non lo conoscevo abbastanza, magari sembrava uno stronzo ma in fondo poteva trattarsi di una brava persona. Cosa potevo mai saperne io? Così decisi di offrirgli la possibilità di dimostrarmi che sbagliassi.

«Perdonalo» mi disse Lynette, come se mi avesse letto nel pensiero. «Con gli sconosciuti è un po' drastico, ma è un bravo ragazzo.»

Annuii, ma non dissi nulla. Volevo crearmi la mia idea senza farmi condizionare da ciò che pensasse lei. A quanto pareva erano amici da tanto tempo e quindi era naturale che lo difendesse. È questo che fanno gli amici.

La confraternita non era molto lontana dai dormitori e, a quanto avevo capito, era lì che abitavano Alexander ed Elijah durante il periodo accademico. Da fuori sembrava un edificio come un altro, ma dentro... beh, dentro cambiava ogni cosa. Era un po' come se stessi vivendo in uno di quei film pazzeschi dove gli studenti vanno al college solo per le feste, altrettanto pazzesche, e dove niente ha senso se non amoreggiare con un ragazzo. Era decisamente così.

Dentro non si capiva molto, la musica era troppo alta, i ragazzi non facevano che appiccicarsi alle ragazze o comunque provarci con loro, le luci erano basse, troppo per i miei gusti. Eppure tutto quello piaceva. Lynette sembrava entusiasta della sua prima festa da universitaria, mentre Elijah e Alexander si erano persi già da un po' nella folla, forse anche loro con qualche ragazza degenere.

«Ti va di ballare?» mi chiese Lynette.

Alla fine era una festa, cosa potevo mai fare? Di certo non potevo abbandonarla così, come se nulla fosse. E poi, per una volta che avevo fatto un passo avanti, potevo mai farne uno indietro?

«Certo.»

Mi feci prendere per mano dalla mia compagna e mi lasciai trascinare in pista. Mi divertii davvero in mezzo a tutta quella gente. Per qualche istante pensai di poter essere una persona nuova, pensai che lì avrei potuto essere semplicemente me, anche se con i capelli azzurri o con degli abiti che magari ai miei non piacevano. Los Angeles non era Milano e il college non era il liceo. Non avrei più dovuto preoccuparmi di prese in giro o del giudizio della gente perché in America sapevo che sarebbe stato tutto diverso e migliore. E allora mi lasciai andare. Diedi tutta me stessa in mezzo a quella pista e solo quando i piedi non ressero più decisi di allontanarmi. Lasciai Lynette a ballare con un ragazzo e mi spostai nell'angolo che era stato adibito a bar.

«Ciao tesoro, cosa desideri?»

«Una vodka.»

Ignorai con prontezza le avances del barista e optai per qualcosa di forte. La mia prima sera a Los Angeles avrebbe dovuto essere indimenticabile.

Mi voltai verso la pista dove stavo ballando poco prima e notai con piacere che Lynette era scomparsa, magari era finita in un posto migliore con quel bel maschione con cui aveva cominciato a ballare. Almeno una di noi poteva dire di essere arrivata a fine serata soddisfatta.

«Grazie» esclamai quando il barista mi portò l'ordinazione che gli avevo fatto poco prima. Feci per avvicinare il bicchiere alle labbra, ma qualcuno me lo strappò di mano.

«Ehi!» protestai girandomi verso chi mi aveva proibito il mio drink.

Merda.

«Nessuno ti ha detto che alle matricole non è permesso bere alcolici?»

Io volevo dargliela una possibilità, davvero, ma più faceva lo stronzo più avevo voglia di tirargli un calcio nelle palle per farlo ululare di dolore. Allungai la mano verso il bicchiere che aveva rubato per riprendermelo, ma lui si spostò e io afferrai soltanto l'aria. Portò il bicchiere alle labbra e fece un lungo sorso, scolandosi quasi mezzo drink.

«Vodka, eh?»

Diamine, se mi faceva incazzare.

«No, piscio di cane.»

Allungai di nuovo la mano e questa volta mi ripresi ciò che era mio per diritto approfittando del suo sconcerto, poi inclinò la testa da un lato e si fece scappare una risata profonda.

Io alzai gli occhi al cielo e finii quel poco di vodka che era rimasta, mentre Elijah chiese al barman il mio stesso drink.

«Non sei americana, vero?» domandò a un certo punto, spezzando la quiete che si era creata tra di noi.

«Cosa te lo fa pensare?»

«L'accento.»

Cavolo, è così brutto?

«Parli molto bene l'inglese, ma la cadenza non è americana. Si sente.»

«Sono italiana.»

Se i miei genitori avessero saputo che ero ad una festa a bere vodka con un quasi sconosciuto anziché in camera a studiare, mi avrebbero caricata senza ombra di dubbio sul primo volo per l'Italia.

«Figo.»

Lui smise di parlare, io pure, allora mi concentrai sul mio bicchiere vuoto, chiedendomi se fosse il caso di chiederne un altro. Cominciavo a sentirmi stordita, ma la sensazione quasi mi piaceva.

Quando mi voltai, Elijah era sparito. Lo lasciai andare, in fondo non mi andava di discutere con lui. Non lo cercai nemmeno. Tentai di alzarmi da quello sgabello che ormai era diventato scomodo, ma un forte giramento di testa mi costrinse a riportare il mio fondoschiena al suo posto. Era come se la stanza intorno a me stesse girando vorticosamente, o forse ero io che mi muovevo in tondo, non lo ricordo. Provai ad alzarmi di nuovo, ma questa volta i giramenti di testa ebbero la meglio e caddi distesa sul pavimento freddo della confraternita. Avevo sonno, tanto sonno, e le mie gambe non si decidevano a muoversi, così chiusi gli occhi per qualche secondo.

Mi risvegliai in una stanza che non era la mia. Era buio, doveva essere ancora notte, e faceva freddo. Spostai le coperte dal mio corpo e mi resi conto che avevo ancora tutti i vestiti addosso, per fortuna. Sentii la vodka bevuta durante la serata risalire prepotentemente su per l'esofago, così corsi verso una delle due porte presenti nella stanza sperando di trovare il bagno e mi fiondai sul gabinetto. Vomitai anche l'anima.

D'improvviso qualcuno dietro di me mi afferrò i capelli e cominciò ad accarezzarmi sulla schiena, come per consolarmi. Solo quando ebbi terminato di prosciugarmi mi posi il problema di chi potesse essere.

«Va meglio?»

È un ragazzo, porca miseria!

Mi voltai, sperando di incontrare uno sguardo conosciuto, ma caddi in due occhi più chiari del ghiaccio di un ragazzo che non avevo mai visto prima di quel momento.

Annuii, incapace di parlare o di compiere qualsiasi altro gesto.

«Mi fa piacere. Ti va di dormire un altro po'? Ti farà bene.»

Scossi la testa, ma lui non mi ascoltò. Mi aiutò ad alzarmi e mi riportò a letto, rimboccandomi le coperte esattamente come già fatto prima.

«Cosa è successo?»

«Non hai retto l'alcool, sei caduta e ti sei addormentata sul pavimento.»

Melissa e le figure di merda: parte uno.

«E come ci sono finita qui?»

«Ero seduto al bar accanto a te quando sei caduta. Ho pensato che lasciarti lì sarebbe stato crudele, così ti ho portata qui.»

Non sapevo se stesse dicendo la verità. Quanto avevo bevuto? Ricordavo il primo bicchiere a metà, per colpa di Elijah, e poi di averne chiesto un secondo quando lui era scomparso. Dopo il secondo avevo cominciato a sentirmi strana e poi all'improvviso il vuoto, non avevo più memoria di nulla. Un bicchiere e mezzo di vodka non mi metteva ko, di solito.

Mi alzai di scatto, cercando con lo sguardo le mie cose nella stanza.

Chi era quel ragazzo? Cosa voleva da me? Non me la contava giusta né lui né la situazione e andarmene subito era l'unica cosa che potessi fare prima che la situazione precipitasse.

Che benvenuto di merda.

«Devo andare. Grazie per l'ospitalità, davvero, non so proprio come ringraziarti, ma...»

«Hai davvero intenzione di andartene con il buio?»

Lo guardai nella penombra della stanza, mentre si passava una mano tra i capelli ramati e corti, tenuti su da troppo gel in uno stupido ciuffo. Se ero ancora alla confraternita come immaginavo, la mia stanza era dalla parte opposta del campus, ma non potevo restare in quella di uno sconosciuto.

«Di sicuro non ho intenzione di rimanere qui.»

Cercai di ostentare sicurezza, ma in realtà dentro di me stavo vacillando. Non sapevo chi fosse quel ragazzo, il mio sesto senso mi intimava di scappare prima che potesse succedere qualcosa, ma la testa era troppo pesante e immaginai che chiudere gli occhi per qualche minuto non avrebbe potuto farmi che bene. Ci ero quasi riuscita quando sentii la porta sbattere e qualcuno urlare un «È qui?»

Sapevo benissimo di chi era quella voce e quando realizzai spalancai gli occhi per la sorpresa e mi tirai a sedere.

«Che cazzo le hai fatto?»

«Ehi, amico, calmati, sta bene. Sta riposando.»

«Sta riposando un cazzo! Ti avevo detto di tenerla d'occhio!»

Tenerla d'occhio? Ma a chi?

«Okay, Elijah, calmati.» Questa volta era stato Alexander a parlare, lo avevo riconosciuto subito. La sua voce era sempre pacata e tranquilla, anche nelle situazioni di emergenza. «Non è successo niente di male. Melissa si è sentita male e Blue l'ha soccorsa. Tutto qui. Non mi sembra il caso di litigare.»

Stavano parlando di me, ora ne ero certa, ma cosa importava ad Elijah come stessi io proprio non lo capivo. Non mi conosceva, anzi, sembrava addirittura che mi odiasse. Mi trattava male, mi gettava per aria, non mi permetteva di bere, però poi mi cercava per il campus e se la prendeva con l'unico ragazzo che mi aveva salvata, se così si può dire. Perché? Non lo capivo.

Quando Elijah si rese conto che li stavo guardando, avanzò nella mia direzione.

«Stai bene?» mi chiese con una punta di apprensione nella voce.

Ti preoccupi per me a cazzi tuoi?

Non gli risposi. Incrociai le braccia al petto e lo guardai di sbieco.

«Dai, Melissa, non fare la bambina!» mi sgridò, per poi prendermi in braccio e tirarmi su dal letto.

«Elijah! Mettimi giù!» urlai, tirandogli qualche pugno, ovviamente inutile, sul petto.

«Andiamo nella tua stanza.»

La sua voce sembrava categorica, ma la mia lo fu di più quando dissi: «Voglio restare qui.»

Lui mi squadrò cercando di nascondere la sorpresa, ma fu impossibile. La trovai nei suoi occhi, quella sorpresa che lui provava ad occultare con così tanto sforzo. Cosa pensava? Che non mi sarei opposta? Meglio restare lì che essere portata in giro per il campus da lui come un sacco di patate.

Mi riadagiò sul letto, stringendo le labbra in una linea dura. Chiusi gli occhi, non ce la facevo più a tenerli aperti. Non vidi nulla, ma sentii Elijah intimare a Blue che se mi fosse successo qualcosa sarebbe morto.

Non so perché, ma un brivido mi corse lungo la schiena.

CAPITOLO 5

Che inizi lo show

Elijah

Quando le sono crollato addosso, l'unica cosa che avrei potuto fare sarebbe stata non farle capire che la conoscessi e soprattutto chi fossi. Ero sicuro che se avesse avuto tutti i tasselli davanti ai suoi occhi, ci avrebbe messo meno di cinque secondi a fare due più due.

L'ultima cosa che immaginavo, però, era che condividesse la stanza con Lynette. Quello poteva essere l'inizio dell'Inferno e sarei stato uno stolto a non avere paura, io l'avevo, ne avevo tanta.

La vita mi aveva già fatto perdere troppe cose, trovandone altre mille, vero, ma mai importanti come quelle che avevo perso.

«Mi sembra una tipa a posto» aveva detto Alexander, quando mi aveva raggiunto dopo averle fatto fare il giro del college, essendosi offerto immediatamente come guida. Immaginavamo che avrebbero chiamato qualcuno, così ci eravamo immolati prima che qualcun altro potesse farci sfuggire quell'occasione da sotto al naso. «Forse un po' sulle sue, ma non la biasimo, visti gli ultimi avvenimenti.»

Annuii, stringendo i pugni lungo il corpo teso, ormai abituato a stare sempre sull'attenti anche quando non ero in servizio.

«Preparati, abbiamo una festa che ci aspetta.»

Almeno, in tutto quel casino, potevo avere ancora un briciolo di normalità ogni tanto, una festa, una birra con gli amici. Tutte cose che troppo spesso si danno per scontate, ma che persone come me pagherebbero oro per averle più spesso.

Una volta pronto, fasciato da una camicia nera e i pantaloni scuri, guardai il mio riflesso nello specchio e sbottonai i primi bottoni sul petto.

Che inizi lo show.

«Spiegami di nuovo perché stiamo andando a prenderle» borbottai scocciato verso Alexander, che camminava a passo sicuro davanti a me.

«Perché altrimenti dovrebbero attraversare l'intero campus da sole.»

E non era sicuro, non per Melissa, almeno. Aveva ragione.

Così facemmo il giro dell'intero campus per poi fermarci davanti al loro dormitorio.

«Vado a vedere se sono pronte» esordì il mio amico.

Annuii e mi appoggiai al muro, con le braccia conserte, cercando intorno a me qualcosa di interessante, in attesa di vederli uscire dal dormitorio. Qualche minuto dopo, Alex mi raggiunse, seguito da Lynette e la sua compagna di stanza, Melissa. La osservai irrigidirsi non appena posò gli occhi su di me, ma non vi diedi peso. Non la salutai nemmeno, le feci solo un sorriso sghembo e mi avviai per primo con Alexander al seguito.

Odiavo comportarmi così, odiavo dover fare il fanfarone, ma era l'unico modo per spingerla a starmi lontano e a non fare domande. Un'amicizia avrebbe messo troppe carte in tavola e il boss era stato chiaro: niente sentimenti, non con lei.

Dieci minuti dopo eravamo alla confraternita. Entrai per primo, seminando gli altri, e raggiunsi Blue dall'altro lato della sala principale.

«Voglio che tieni d'occhio Melissa, non la devi perdere di vista nemmeno per un secondo, intesi?»

«Intesi.»

Lui si avviò con nonchalance verso il punto in cui l'aveva avvistata l'ultima volta e io lo seguii con lo sguardo. Di lui e Alexander mi fidavo come se fossero di famiglia, anche perché in fondo lo erano. Con Blue ero cresciuto insieme, suonando la chitarra nella nostra cameretta della casa famiglia, mentre Alexander lo avevo conosciuto quattro anni prima, quando bussò alla mia porta chiedendo se potesse interessarmi un lavoro piuttosto complicato. Mi feci spiegare in cosa consistesse e accettai senza pensarci due volte dopo aver compreso la posta in palio. E quindi eccomi lì, adesso, a pedinare l'ultima persona che avrei voluto far finire nei guai.

Mi voltai verso il bancone e la vidi seduta lì, parlare con il barman, probabilmente per richiedere la sua ordinazione. I piedi si mossero da soli e quando fui abbastanza vicino, senza dire nulla, semplicemente le sfilai il bicchiere dalle mani prendendone un lungo sorso.

«Ehi!» strillò scioccata e forse anche indignata.

«Nessuno ti ha detto che non è permesso bere alcolici alle

matricole?»

Feci un sorriso di sbieco, mentre lei tentò di prendermi il bicchiere dalle mani.

No, piccola, non funziona così.

«Vodka, eh?» constatai, fissandola negli occhi.

«No, piscio di cane.»

Lei allungò di nuovo la mano e si riprese il suo drink, mentre io scoppiai in una sonora risata. Mi piaceva quella ragazza, era vispa, stronza, ma aveva una luce strana negli occhi che non avrei saputo interpretare.

Ordinai anche io una vodka e decisi di continuare quello show inutile solo per godermi qualche altro minuto in sua compagnia.

«Non sei americana, vero?» domandai dopo qualche secondo di silenzio tra di noi, mentre tutto intorno la musica continuava a risuonare a un volume improponibile. Conoscevo già la risposta, ovviamente.

«Cosa te lo fa pensare?»

«L'accento» buttai lì. In effetti aveva davvero un accento strano, una cadenza che si sentiva non fosse al cento per cento americana. «Parli molto bene l'inglese, ma la cadenza non è americana. Si sente.»

«Sono italiana.»

Ah, davvero? Mica lo sapevo.

Mi diedi uno schiaffo mentale per battuta idiota che mi era passata per la testa.

«Figo.»

Pensai che non ero mai stato in Italia nemmeno una volta, nonostante le mille occasioni che avevo avuto per andarci, per vederti. Strinsi la presa sul bicchiere senza dire altro e così anche lei.

Le lanciai un'ultima occhiata, poi mi allontanai in silenzio.

«Dov'è» ringhiai, spalancando la porta della stanza di Alexander. Ero corso lì non appena un ragazzo al piano di sotto mi aveva avvertito che Blue era andato via con la ragazza che poco prima era con me al bancone.

Alex era completamente spalmato su una ragazza quando lo tirai su per il colletto della camicia, costringendolo a mollare la presa su di lei.

«Lei dov'è.»

«Credevo fosse sotto la sorveglianza di Blue.»

«Dov'è chi?»

Ignorai la ragazza ancora stesa sul letto.

«L'ha portata via, lo hanno visto, ma non so dove.»

Lui alzò un sopracciglio.

«Hai controllato nella sua stanza?»

Merda. Idiota, idiota, idiota, Elijah.

Uscii più veloce di un razzo e spalancai la porta della camera di Blue.

«È qui?» sbottai. Non c'era bisogno di risposta. Lei era lì, stesa sul letto, che dormiva con la bocca schiusa. Pensandoci bene, era davvero una bella bocca, carnosa al punto giusto e con quel rossetto rosso che le stava d'incanto. «Che cazzo le hai fatto?»

«Ehi, amico, calmati, sta bene. Sta riposando.»

Vidi un ammasso di fulmini davanti ai miei occhi, dritti verso la sua faccia.

«Sta riposando un cazzo! Ti avevo detto di tenerla d'occhio!»

«Okay, Elijah, calmati.» Alex mi raggiunse alle spalle. «Non è successo niente di male. Melissa si è sentita male e Blue l'ha soccorsa. Tutto qui. Non mi sembra il caso di litigare.»

Ignorai entrambi quando beccai Melissa con gli occhi aperti a fissarci, li lasciai discutere e mi avvicinai a lei.

«Stai bene?»

Non mi rispose, incrociò le braccia al petto e mi lanciò un'occhiataccia.

«Dai, Melissa, non fare la bambina!»

Le passai velocemente le braccia sotto il corpo e la tirai su, portandola contro il mio petto che lei iniziò a prendere a pugni.

«Elijah! Mettimi giù!»

La ignorai.

«Andiamo nella tua stanza.»

Mi spiazzò quando disse: «Voglio restare qui.»

La squadrai per qualche secondo, poi la rimisi giù.

Testarda del cazzo.

La osservai mentre piano chiudeva gli occhi e mi rivolsi a Blue nel tono più minaccioso possibile: «Se le succede qualcosa, sei morto.»

Le rimboccai le coperte e uscii da quelle quattro mura senza guardarmi indietro.

CAPITOLO 6

Che ne hai fatto della per niente innocente Melissa?

Aprii gli occhi trovandomi faccia a faccia con un ragazzo che non conoscevo e che non avevo la più pallida idea di come fosse entrato nel mio letto.

«Buongiorno» mormorò sorridendomi.

Lo ignorai. Mi alzai di scatto, rendendomi conto che in realtà quella non era la mia stanza e nell'altro letto non c'era Lynette ma ancora un altro ragazzo!

Mentre quello che era steso vicino a me si alzava e mi chiedeva come stessi, la mia mente tornò alla sera prima.

Ricordavo della festa, dei balli in pista con Lynette, di Elijah che mi toglieva la vodka dalle mani e che poi cominciava a bere con me, poi non ricordavo molto altro, se non qualche sprazzo di conversazione avvenuto in stanza con Elijah, Alexander e quel ragazzo che adesso era accanto a me. Com'è che si chiamava?

«Come ti senti?» continuo lui, imperterrito.

«Tu sei Blue?» domandai invece io.

«Sì.»

«Capisco...»

In realtà non capivo proprio nulla.

Mi alzai dal letto e raccolsi la borsa che era finita, non sapevo come, in fondo alla stanza.

«Grazie per esserti preso cura di me, Blue, davvero, ma adesso devo proprio andare.»

Filai alla porta e mentre uscivo scorsi il ragazzo del letto affianco mettersi a sedere sul letto e stropicciarsi gli occhi.

«Buona giornata!» sventolai una mano in aria in segno di saluto e corsi fuori, immettendomi nel corridoio della confraternita, trovandomi accerchiata da mille ragazzi e senza sapere come uscire da quel posto.

Mi feci largo nel corridoio spintonando la gente e cercando di ricordare dove fosse l'uscita, ma con scarsi risultati. Quando finalmente trovai le scale, mi ci fiondai e investii qualcuno. Alexander, per l'esattezza.

«Melissa!»

«Ciao Alex» esclamai sollevata dal riconoscere almeno un volto, poi mi resi conto di cosa avessi detto.

Alexander, Melissa, Alexander. Cosa ci eravamo dette riguardo i diminutivi?

Lui sorrise, probabilmente se ne era reso conto anche lui.

Testa di cazzo.

«Sei ancora qui?» mi chiese lui con fare innocente. Di certo non sapeva che io avessi sentito tutto la sera prima, o per lo meno, se lo sapeva, credeva che lo avessi dimenticato. Così gli ressi il gioco.

«Sì, a quanto pare ieri sera ho bevuto un po' troppo.»

Sperai di non puzzare troppo di vomito e mi allontanai leggermente da lui. Eravamo troppo vicini per i miei gusti, con il mio petto che quasi sfiorava il suo e lo sguardo incatenato l'uno nell'altro. Io non ero così. Non cercavo le attenzioni dei ragazzi perché c'eri tu e mi bastavi, ma adesso che tu non eri più con me non potevo continuare a vivere come se ci fosse stato ancora qualcuno al mio fianco a proteggermi dal mondo. Dovevo essere forte e guardare oltre. Quello che successe dopo di te fu drammatico. Non avevo amici, è vero, e non avevo più nemmeno un'alta opinione di me e forse quella è stata la mia condanna. Mi sono buttata nelle *relazioni da una botta e via*, se si possono definire in questo modo. Peccato che nessuna di quelle era sana. Mi lasciai buttare giù a tal punto che andare a letto con gli altri mi aiutava a lenire il dolore che provavo dentro almeno per un po', prima che tornasse ad essere ancora più forte di prima.

«Vuoi che ti accompagni ai dormitori?»

«Mi saresti di grande aiuto» gli sorrisi sincera, non vedevo l'ora di andarmene da quel posto infernale.

«Okay. Aspettami un secondo qui, prendo una giacca.»

Sparì in cima alle scale e tornò qualche minuto dopo con una giacca di pelle che, con mia grande sorpresa, adagiò sulle mie spalle per non farmi prendere il freddo del primo mattino.

«Grazie» mormorai, ottenendo un occhiolino in risposta.

«Questo e altro per lei, mia regina» finse un inchino da vero re e io scoppiai a ridere. Pessima mossa, aiutò solo ad alimentare il mio mal di testa.

«Sai che quasi ci assomigli a un re?»

«Dici?»

«Sì, dovresti soltanto aggiustarti un po' quel ciuffo ribelle con un bel po' di gelatina, poi saresti perfetto» lo presi in giro.

«Gel, vorrai dire.»

«Gel, gelatina... che differenza fa?»

Questa volta fu lui a ridere e devo dire che quando lo faceva era davvero buffo, si portava una mano al petto e stringeva leggermente gli occhi. Mi ricordò molto te quando ridevi, quando ti portavi quella dannata mano all'altezza del cuore. E la prima volta che ridemmo insieme? Te la ricordi quella? Non posso certo dire di avere a mente tutte le volte che ci siamo divertiti, sono troppe, ma quella come potevo dimenticarla? Eravamo così piccoli, tu ti eri appena trasferito da noi e nemmeno il tempo di entrare in casa che scivolasti sul pavimento ancora bagnato che mamma aveva appena lavato. Ridemmo così tanto che dimenticammo persino di presentarci.

«Sono Daniel» dicesti tra una risata e l'altra.

«Melissa» risposi io, e la cosa più bella è che quando ti porsi la mano per farmela stringere, tu la afferrasti e mi tirasti tra le tue braccia. Quale miglior modo per cominciare un'amicizia? Ma eravamo soltanto due bambini innocenti che non avevano la più pallida idea di ciò che il destino avrebbe riservato loro.

«Probabilmente dopo ieri sera non vorrai nemmeno sentirne parlare, ma stasera io e i ragazzi andiamo in un locale. Pensavo che avrebbe potuto piacerti venire con noi.»

Alexander mi risvegliò dalla mia passeggiata nel viale dei ricordi e non ebbi altra scelta che rifletterci un po' su prima di rispondergli. Alla fine andarci mi sembrava un'idea migliore del mio programma originario, che prevedeva una lunga serata a fingere di studiare per potermi fare una scorpacciata di *Gossip Girl* su Netflix. Perché mai sarei dovuta rimanere chiusa in stanza ad annoiarmi?

«Ci sarò» risposi, mentre un passo dopo l'altro ci avvicinavamo sempre di più al dormitorio.

«Frena, frena, frena. Fammi capire per bene... ti sei svegliata nella stanza con altri due ragazzi?»

Alzai gli occhi al cielo.

«Dio, Sara, cosa c'è da capire?»

Quando ero rientrata, Lynette era sotto la doccia, così ne avevo approfittato per chiamare mia cugina che, dopo la sana chiacchierata da lei chiamata *vero gossip*, mi aveva perdonata per non averle telefonato appena arrivata in America.

«E non hai concluso niente con nessuno dei due?» continuò imperterrita.

«Esatto.»

«Non ci posso credere! Che ne hai fatto tu della mia per niente innocente Melissa?»

«Magari voglio solo tornare come prima» mormorai con un po' di nostalgia nella voce. Mi mancavano davvero quei tempi in cui l'unica cosa che ci caratterizzava era la spensieratezza, ma a volte accadono delle cose che ci fanno crescere più in fretta e trovare catapultati all'improvviso nel mondo degli adulti.

La sentii sospirare dall'altro lato e la immaginai mentre provava a farsi forza per non piangere. Sapevo che lo faceva per me, perché se lei fosse crollata io non avrei fatto altro che raggiungere il fondo, ma anche a lei mancavi. Ci mancavi così tanto che a volte pensandoti avevamo immaginato come sarebbe stato raggiungerti, ma poi eravamo giunte sempre alla conclusione che tu non lo avresti voluto. Pensavamo che avresti voluto vederci felici a vivere le nostre vite e ti giuro che ci abbiamo provato con tutte noi stesse.

«Non potrà mai tornare tutto come prima Mel, lo sai.»

«Non dico che debba tornare tutto esattamente come prima, ma forse qualcosa possiamo ancora aggiustarla, non credi?»

«A te non spaventa? Il prima, dico... io non riesco nemmeno più a immaginarla la vita che facevamo prima. Se ci penso provo solo tanta nostalgia e troppa rabbia per poterla gestire da sola.»

«Non sei sola, Sara.»
«Sai che non era quello che intendevo.»
«Lo so.»
In quel momento Lynette uscì dal bagno con un ghigno sul volto. Non sapevo cosa fosse successo ma sapevo che avevo paura di scoprirlo.
«Devo andare ora, ti richiamo al più presto.»
«Va bene. Ciao, Mel, e sta' attenta all'alcool, sai che non lo reggi.»
La sera prima ne era stata la dimostrazione.
Mi mancava sentire le sue paternali, ma sapevo che lo faceva perché mi voleva bene.
«Lo so, lo so. Ciao Sa'.»
Gettai il telefono ai piedi del letto e mi riversai sul piumone. Lynette, che nel frattempo si era vestita, mi raggiunse e si sedette accanto a me.
«Non ho capito nulla di quello che hai detto. Chi era?» domandò inquisitoria. La situazione mi fece sfuggire un sorriso divertito, a volte dimenticavo che lì nessuno mi capiva quando parlavo nella mia lingua madre.
«Mia cugina.»
Lei annuì e cambiò subito discorso, probabilmente non trovava nulla di interessante in mia cugina. Non che ci fosse qualcosa di interessante.
«Ieri sera com'è andata?»
La domanda venne accompagnata da un occhiolino e la cosa mi fece quasi ridere.
«Dovrei chiederlo a te piuttosto, che sei scomparsa con un ragazzo nel bel mezzo della festa.»
Spostai una ciocca di capelli dietro le orecchie e fissai lo sguardo nel suo.
«Capitano sempre queste cose alle feste, a te no?»
Annuii. Non ero mai stata a una festa a Milano, in realtà,

ma quelle rare volte in cui andavo in discoteca con Sara queste cose accadevano sempre, quindi la capivo alla perfezione.

«Alex mi ha detto che hanno invitato anche te al locale, stasera» continuò.

«Sì, è così.»

«A quanto pare dovremo posticipare lo shopping. Verranno a prenderci alle nove.»

«Verranno?»

«Sì. Alex, Blue ed Elijah.»

Di tutto quello che disse, riuscii soltanto a realizzare che avrei rivisto Elijah e a quel pensiero una scossa partì dalla punta delle dita e arrivò fino al cuore.

«Ma tu come li conosci? Voglio dire… pensavo venissi da Sidney.»

Lei alzò le spalle.

«Vengo da Sidney, infatti, ma vivo in America da un bel po'. A Sidney ci vado soltanto d'estate. Ho conosciuto Alex alle medie e poi Elijah e Blue quando sono diventati amici e da allora siamo diventati una bella combriccola» sorrise persa nei ricordi. «Non hai idea di cosa sono capaci di combinare quei tre insieme.»

Mi alzai, diretta verso l'armadio per cercare qualcosa di decente da mettermi addosso quella sera.

«L'unica donna in un gruppo di maschi, eh?»

Sorrisi al pensiero di come tu fossi l'unico maschio in un gruppo di donne, invece. Che strana contraddizione.

«Ora siamo due, no?» mi fece l'occhiolino e si diresse al bagno, mentre io riuscivo solo a pensare che mentre lei mi considerava già parte del loro gruppo, io mi sentivo ancora troppo vuota anche solo per prendere in considerazione l'idea.

Nota vocale

7 Settembre 2017

I Phone di Melissa > Desktop > In ogni parola del cuore

Cambiare per qualcuno significa
innamorarsi al punto tale
da volergli mostrare tutta te stessa.

CAPITOLO 7

Come back to me

Quella sera giunsi a una conclusione: i locali di Los Angeles erano sicuramente più *in* di quelli di Milano. Del resto, cosa non aspettarsi da un posto come la California?

«Lo so che non sei pronta per vederli cantare» mi urlò Lynette a un orecchio, mentre io cercavo di farmi largo tra la calca per raggiungere un posto più isolato.

I ragazzi si erano dileguati non appena avevano potuto e, mi ci giocavo le palle che non avevo, erano con delle ragazze a fare chissà cosa chissà dove. Non c'erano altre spiegazioni a quella scomparsa improvvisa nel bel mezzo di una festa gremita di belle fanciulle.

«Ma veder cantare chi?» le domandai, mentre lei alzò un sopracciglio assumendo un'espressione sconvolta. Non era mica colpa mia se non sapevo chi cantasse in quel locale. Ero appena arrivata e non ero una veggente, non ancora almeno.

«Alexander non ti ha detto nulla?»

«Di cosa, Lynette?» alzai gli occhi al cielo. Perché continuare a domandare cose inutili invece di fornirmi una risposta?

Non ebbe il tempo di dire altro, perché in quel momento la musica si spense e una voce possente calò tra il pubblico.

«Buonasera, gente!»

La folla gridò al punto che credevo potessero scoppiarmi i timpani. Erano tutti in delirio.

«I *The Strobe* sono pronti a cantare e voi? Siete pronti per cantare con noi?» esordì la voce di un secondo ragazzo. Si udì un grido di massa che presi per un sì e poi il silenzio. Un silenzio tale che non credevo di aver mai sentito da nessun'altra parte, nemmeno in chiesa. Era quasi come se tutti aspettassero che lo spettacolo iniziasse e nessuno voleva guastarsi la serata, anzi, volevano godersela con tutti loro stessi.

«Vieni con me, dobbiamo raggiungere il palco!» urlò Lynette afferrando la mia mano e trascinandomi tra la gente. Dopo avermi sballottata in lungo e in largo tra la folla per minuti interi, sentii l'attacco della prima canzone. Non eravamo ancora arrivate sotto al palco, ma adesso che avevo sentito quella voce così armoniosa non vedevo l'ora di arrivarci per scoprire di chi fosse.

La canzone terminò, poi attaccò un'altra e pochi secondi dopo ero arrivata a destinazione con Lynette alle calcagna e il fiatone ad alzare e abbassare il mio petto con un ritmo tutto tranne che regolare. Non mi diedi nemmeno il tempo di recuperare aria perché le parole che sentii dopo furono un colpo al cuore.

Love can hurt, you know?
(L'amore fa male, sai?)
Especially if it comes slow
(Specialmente se arriva piano)

And you are not prepared
(E tu non sei preparato)
To welcome it with open arms
(Ad accoglierlo a braccia aperte)

Non era possibile. Non potevano cantare *quella* canzone, nessuno poteva.

Alzai lo sguardo verso la band e sentii il mio cuore restringersi nella gabbia toracica fino a spezzarsi, non potevo crederci.

Blue era seduto dietro la tastiera, concentrato sui tasti da premere per mandare avanti la melodia. Alexander suonava la chitarra in prima posizione e accanto a lui c'era l'ultima persona che avrei mai potuto immaginare a cantare su un palco: Elijah.

The moment before you touch the sky with a finger
(Un momento prima tocchi il cielo con un dito)
The next one you throw yourself down
(Quello dopo ti butti giù)
And then you beg to get on, in Heaven
(E dopo implori di salire su, in Paradiso)

La voce era la sua, era lui che stava cantando *Come back to me* e per quanto non avrebbe dovuto, questo mi fece ancora più male. Non solo quella era la nostra canzone, la mia e la tua dopo di te, ma cantata da lui aveva un effetto diverso su di me, uno che avrei preferito non ci fosse stato. Mi faceva quasi sentire come se tutto stesse andando per il meglio, come se tutto fosse giusto, come se io fossi giusta. Ma io non lo ero. Ero spezzata, spezzata dentro, integra fuori. Ma l'esterno è soltanto un involucro, non potrà mai mostrare quello che siamo davvero dentro di noi.

Un giorno mi hai detto di non mollare mai, di inseguire i

miei sogni e di realizzarli e solo dopo, se ne avessi avuto la possibilità, provare a realizzare anche i tuoi. Io non capivo, ma non dovevo capire. Tu sapevi già tutto e me lo hai tenuto nascosto per così tanto tempo che non credevo nemmeno fosse possibile avere un segreto così grande per così tanto senza essere scoperto.

Because if you go away, nothing is like before
(Perché se tu vai via, niente è come prima)
Inside it's freezing and outside it's even worse
(Dentro si gela e fuori è anche peggio)
I'd like to have your love, but you're not here
(Vorrei il tuo amore, ma tu non ci sei)
And I scream: "come back", but you do not
(E grido: "torna", ma tu non lo fai)

Non ce la facevo, non potevo reggere quel peso ancora per molto, sentii le mie gambe farsi molli e quasi crollare mentre la voce potente e al contempo dolce di Elijah si faceva spazio nel locale.

E poi successe l'impensabile: caddi.

Nessuno parve accorgersi di me, gli occhi erano puntati tutti sulla band che a quanto pareva era anche parecchio conosciuta, mentre io non riuscivo a fare altro che provare a tirarmi su con scarsi risultati. Le gambe non reagivano ai miei impulsi e il fatto che fossi attorniata da tutta quella gente non aiutava. Soltanto Lynette si accovacciò al mio fianco quando si rese conto che non mi stavo allacciando le scarpe o altro ma che qualcosa non andava.

«Melissa, stai bene?» chiese alzando il volume della voce per sovrastare quello della musica.

Scossi la testa, così mi aiutò a rialzarmi facendo leva sul suo corpo e con non poca facilità lasciammo la musica alle nostre spalle e ci immettemmo nell'aria fredda della serata.

Sentivo il cuore rimbombare nel petto, mentre le parole di quella canzone continuavano ad apparire come inchiostro indelebile nella mia mente.

Love hurts, you know?
(L'amore fa male, sai?)
Especially now that you're not here
(Specialmente ora che tu non sei qui)
And I keep asking myself
(E io continuo a chiedermi)
How my life will be without you
(Come sarà la mia vita senza di te)

Avrebbero potuto cantare milioni di canzoni, ma per qualche strano motivo avevano scelto proprio quella, rischiando di provocarmi un infarto.

«È tutto okay?» domandò Lynette quando fummo fuori.

No. Niente era okay.

Mi si era appena spezzato il cuore una seconda volta.

The moment before you touch the sky with a finger
(Un momento prima tocchi il cielo con un dito)
The next one you throw yourself down
(Quello dopo ti butti giù)
And then you beg to get on, in Heaven
(E dopo implori di salire su, in Paradiso)

Il problema era questo: io ti amavo troppo. Ti ho amato fin dalla prima volta che ti ho visto varcare la soglia di casa mia, ti ho amato a un'età in cui forse non si può nemmeno amare davvero, ti ho amato quando siamo diventati amici, quando mi hai detto che mi amavi anche tu, quando dormivamo insieme. Ti ho amato quando mi hai raccontato la verità e io non volevo fare altro che urlare e strapparmi tutti i capelli perché già allora il dolore era troppo. E poi ti ho amato quando sei andato via, anche se avrei dovuto odiarti con tutta me stessa. Il punto, forse, è che non si può odiare una persona che hai amato così tanto. Forse l'odio e l'amore non sono corrisposti, forse il mio amore per te era troppo grande per essere trasformato in odio, io questo non lo sapevo, ma ero certa del fatto che non avrei mai potuto ritrovare la felicità che avevo ottenuto con te. Era un po' come se fosse una cosa solo nostra, mia e tua, di nessun altro.

Because if you go away, nothing is like before
(Perché se tu vai via, niente è come prima)
Inside it's freezing and outside is even worse
(Dentro si gela e fuori è anche peggio)
I'd like to have your love, but you're not here
(Vorrei il tuo amore, ma tu non ci sei)
And I scream: "come back", but you do not
(E io grido: "torna", ma tu non lo fai)

«Tu sai cos'è il dolore, Lynette?»

Non so nemmeno dove trovai la forza di chiederglielo. Sentivo soltanto freddo, tanto freddo, e una voglia abnorme di sparire.

«Il dolore?» Parve sconcertata.

«Sì, il dolore. Quello vero, quello forte, che ti prende lo stomaco e non ti molla più.»

Sembrai quasi spaventarla, ma non mi interessava. Scosse la testa.

«Il dolore è la peggiore emozione dell'uomo.»

Eppure lei non parve scoraggiata, si avvicinò a me e si lasciò scivolare lungo il muro del bar. La imitai, sedendomi sull'asfalto freddo.

«E sai qual è l'unico rimedio, Mel?» continuò lei. «Vivere.»

Non disse altro, ma sapevo che aveva ragione.

Vivere era l'unico modo per non pentirsi del passato, di ciò che sarebbe successo prima che la morte ci avrebbe colti all'improvviso. E c'era un solo modo per ricominciare a vivere: ricominciare ad amare.

And even if it hurts, that's okay
(E anche se fa male, va bene così)
Inside it's freezing, but outside it's even worse
(Dentro si gela, ma fuori è anche peggio)
And if i scream: "come back"
(E se grido: "torna"
I beg you, come back to me
(Ti supplico, torna da me)

CAPITOLO 8

Promettimelo, Is

Quando rientrammo nel locale avevo smesso di singhiozzare da un po', ma il mio stomaco era ancora sotto sopra per la troppa ansia accumulata in quel breve lasso di tempo. Ad ogni modo cercai di non badarvi e di godermi quelle ultime ore di svago, se così poteva chiamarsi, che avevo ancora a disposizione.

I ragazzi si erano ormai presi una pausa, Alexander ed Elijah corsero da noi per parlare circa la prima parte del loro spettacolo, ma Lynette non esitò a raccontare loro del mio mancamento, a cui susseguirono domande su domande, ma a me non andava di spifferare loro i miei segreti, così dissi che avevo avuto un capogiro dovuto al sovraffollamento dello spazio intorno a me. Elijah mi lanciò un'occhiata poco convinta, scrutandomi attentamente in attesa di un passo falso, ma io lo ignorai.

«La prossima volta ti facciamo avere il pass per il backstage» csordì allora Alex. «Non voglio che tu ti senta male in mezzo alla folla.»

«Non dire sciocchezze, Alex, è stato solo un capogiro. E poi non mi aspettavo per niente che voi foste una band!»

Ero al settimo cielo all'idea che i ragazzi facessero parte di una band. Intendiamoci: conoscevo delle persone che suonavano e cantavano su un palco vero! Non credevo di poterli definire già amici con la a maiuscola, ma era un inizio. Forse potevo davvero abbandonarmi a loro, forse potevo davvero avere qualcuno con cui ricominciare tutto.

«Suoniamo da qualche anno, ormai. Quando ho conosciuto Elijah e Blue, l'idea della band è venuta da sé.»

«È una cosa meravigliosa» li elogiai, contenta che potessero realizzare una parte di un sogno. Loro erano fortunati, a differenza di noi due.

Il problema fondamentale, però, restava. Quella canzone mi aveva scossa dentro e riportato a galla momenti a cui ero legatissima ma che facevano male, mi aveva fatto pensare a te, a noi.

La cosa divertente é che più cercavo di lasciarti alle spalle, più il passato tornava a incombere sulla mia vita, rendendomi schiava. Odiavo così tanto quella sensazione perché se da un lato mi sentivo prigioniera di me stessa, dall'altro io *volevo* essere prigioniera di me stessa, perché sarebbe stato l'unico modo per non dimenticarti. Però sai, volevo ricordarti con le lacrime di gioia, non con quelle di tristezza. Volevo urlare a tutti quanto fossi stato importante per me e quanto lo fossi ancora, volevo farlo sapere a tutti che ero diventata stronza per colpa tua ed ero sicura che poi tutti mi avrebbero chiesto perché e io avrei risposto con un'alzata di spalle, perché solo io e te avremmo potuto sapere *perché*. Era un segreto nostro, di nessun altro.

La vita è assurda. Incredibile pensare che *Come back to me*, la *tua* canzone, sarebbe poi diventata la colonna sonora non solo della tua vita, ma anche della mia. L'unico legame indissolubile che avremmo avuto anche oltre il tempo, oltre la distanza, oltre la vita. Ed è altrettanto assurdo pensare che quelli che erano i miei nuovi amici la conoscessero.

Ero fiera di te, credimi, fiera davvero, perché quella canzone era riuscita a fare il giro del mondo in pochissimo tempo e tu ti eri preso quella soddisfazione enorme prima che tutto cadesse nel dimenticatoio. Per cui sì, ero felice, ma allo stesso tempo scossa.

La voce di Elijah era così simile alla tua che mi aveva riportata indietro nel tempo, quando quella canzone la conoscevamo solo io, te e Sara e con la chitarra tra le mani la cantavamo a squarciagola sul nostro letto nella casa al mare. Chi avrebbe immaginato che solo pochi mesi dopo avrebbe spopolato su YouTube per raggiungere anche l'altra parte del mondo? In effetti eri bravo, il talento c'era tutto, e poi lo sai come la pensassi io, ti avevo sempre spinto a buttarti nel mondo discografico, ma quando hai fatto davvero il grande passo era già troppo tardi.

E poi io lo so che se tu fossi stato lì, in quel momento, mi avresti detto di sgomberare la mente da tutti i pensieri e godermi la festa, la musica, le amicizie. Ma in fondo nessun luogo era più lo stesso senza di te e, soprattutto, nessuno dei miei amici era te. E mi sentivo dannatamente sola. Volevo che quelle persone entrassero nella mia vita, che mi dimostrassero di poter dare loro la mia fiducia, ma allo stesso tempo avevo una fottuta paura di restare delusa o, peggio ancora, con il cuore infranto.

Di nuovo.

«Tra poco dobbiamo tornare sul palco» constatò Alex, portando il suo sguardo su di me con aria preoccupata. Cercava conferme, così annuii mostrandomi sorridente, nonostante sentissi le gambe così molli che ero sicura avrebbero ceduto da un momento all'altro.

«Venite con noi» ordinò Blue, rivolto verso me e Lynette.

«Vi faccio accedere al backstage così che possiate stare più tranquille.»

«Non ce n'è bisogno, ragazzi, davvero» piagnucolai, afferrando il braccio di Alexander per sostenermi. Avevo ancora lo stomaco in totale subbuglio ed ero terrorizzata all'idea di cadere per terra. Elijah se ne accorse e mi lanciò un'occhiata truce.

Ecco un'altra cosa che non ho mai capito di voi ragazzi: la necessità di dover marcare il territorio anche quando qualcosa o qualcuno non è vostro. Non ho mai compreso se lo fate per proteggere voi stessi o qualcos'altro che, evidentemente, mi sfugge, ma una cosa è certa: siete tremendamente egoisti quando si tratta di donne. Siete così convinti che ognuna di noi cada ai vostri piedi, così fieri del fatto che, nella maggior parte dei casi, accade. Ma cosa c'é da andare fieri? Io mi vergognerei al posto vostro. Incrociare mille vite e non sapere nulla di nessuna di loro.

«Sì che lo è, Mel. Non ti reggi nemmeno in piedi» continuò Lynette, ma ebbi l'impressione che lo dicesse più per sé che per me, per poter spettegolare con il resto del college e dire a tutti che era stata nel backstage dei *The Strobe*. A ogni modo, non era affar mio.

Fu allora che lo sentii, l'acido bruciarmi la gola, e quello che accadde dopo fu questione di attimi. Nessuno si rese conto di nulla fino a quando il mio rigurgito non tinse di un brutto verdognolo la camicia di Elijah, il quale, com'era prevedibile, non si trattenne dal bestemmiare in ogni lingua possibile e imprecare con mille espressioni diverse.

«Calmati, amico. Non lo vedi che è ridotta uno straccio?»

«*Calmati, amico?* Poteva vomitare per terra, almeno non mi avrebbe rovinato la camicia! Adesso come ci salgo sul palco?»

Ignorai Elijah e strinsi più forte la presa sul braccio di Alex che, a sua volta, mi afferrò per la vita e mi strinse al suo corpo per non farmi cadere. Lo ringraziai mentalmente per l'aiuto che mi stava offrendo e cercai di non pensare alla puzza che si stava diffondendo nella sala. Potevo percepire gli sguardi curiosi della gente su di me, ma non me ne curai. Avrebbero potuto osservarmi anche per tutta la loro vita, non me ne facevo niente dei loro giudizi.

«Puoi metterti la mia, io porto Mel al dormitorio.»

«Cosa?» sbottò Elijah, spostandosi di un passo in avanti. Poi dovette rendersi conto di quanto stesse esagerando, perché tornò sui suoi passi. «Non possiamo perdere questo lavoro, Alexander.» La voce si era abbassata e lui sembrava essersi relativamente calmato.

«Lo so, ecco perché sarete tu e Blue a presenziare. Io accompagno Mel in stanza, ha bisogno di riposare.»

«Va bene, ma resta il problema della camicia...»

«Grazie, Alex» biascicai, reggendomi al suo braccio.

«Questo e altro per un'amica.»

Sentii il cuore fare una capovolta. Alexander mi aveva definita sua amica ed era moltissimo tempo che qualcuno non mi riteneva così importante. Poi Elijah si allontanò sconsolato, alla ricerca di una soluzione al danno che io avevo creato.

«Blue, vai con lui, io e Lynette accompagnamo Melissa a riposarsi. Nel mio borsone c'è una camicia bianca, dalla a Elijah.»

Dopo che Alexander ebbe fornito tutte le direttive, Blue annuì e raggiunse il suo amico, mentre io, Alex e Lynette ci avviavamo verso l'uscita.

Fino a pochi minuti prima ero fermamente convinta che il mio malessere di quella sera fosse dovuto ai troppi ricordi impossibili da sostenere, alla nostalgia di te e a quella dannata canzone che mi faceva sentire così sbagliata, ma poi avevamo scoperto che la causa scatenante era stata solo una semplice influenza.

Terminato lo spettacolo al locale, i ragazzi erano corsi nella nostra stanza per sapere come stessi, tutti tranne Elijah che, a quanto avevo capito, si era rintanato nella sua camera e non ne era più uscito. Non che mi interessasse più di tanto, in realtà. Adesso pensavo soltanto a stare bene.

Sai, quella notte ti sognai. Eri così bello fasciato dalla tua maglia blu, sempre quella, la tua preferita, con quei capelli lasciati andare al vento e il tuo sorriso che, per l'ennesima volta, mi fece mozzare il fiato.

«Promettimi che tornerai quella di prima, Is» mi implorasti, avvicinandoti a me così lentamente da far sembrare tutto un'agonia. Non ti risposi perché più ti guardavo e più sentivo il mio cuore sussultare nel petto. Non ti avevo dimenticato, non avrei mai potuto, ma te la feci con gli occhi quella promessa, te lo urlai piangendo che ci avrei almeno provato a tornare come prima, perché quella vita così stretta non stava più bene nemmeno a me. Non mi piaceva.

«Promettimi che ti innamorerai ancora e promettimi che permetterai al tuo cuore di aprirsi di nuovo.»

E anche questa volta non ti risposi, ma non solo. Questa volta abbassai lo sguardo sul pavimento bianco, marmoreo, mentre tu mi afferrasti il mento e mi alzasti la testa fino a permettere ai miei occhi di incrociare i tuoi.

«Promettimelo, Is.»

È che solo tu mi chiamavi così, solo per te io ero Is e mi mancava così tanto sentirmi chiamare in quel modo, mi mancava così tanto la tua voce che mi sussurrava «Resta con me, Is, almeno stanotte» e poi le notti diventavano due, tre e poi nove, dieci. Ormai anche i miei si erano rassegnati al fatto che dormissimo nella stessa stanza, che anche a loro non interessa-

va più perché gli bastava che noi fossimo felici.

E mi costò da morire ma ti accontentai, sapendo che se ti avessi fatto quella promessa alla fine ogni cosa sarebbe cambiata davvero, io avrei dovuto tentare con tutta me stessa di tornare come prima ma senza di te, ed era la cosa peggiore, il senza di te, intendo. Ma avrei fatto qualsiasi cosa pur di vederti sorridere ed era da quando ero arrivata che non ti avevo più visto farlo. Così, prima di andar via, lasciai un bacio sulla tua guancia e la sentii davvero la tua pelle calda sulle mie labbra, al punto che per un istante credetti che fossi reale, e poi lo dissi davvero.

«Te lo prometto.»

CAPITOLO 9

La verità può dirtela solo Elijah

Trascorsi gli ultimi giorni prima delle lezioni bloccata nel letto con l'influenza che non si decideva ad andare via. Presto, però, giunse il lunedì e, da brava universitaria che si rispetti, mi alzai seppur con qualche decimo di febbre al primo trillo della sveglia e fui io a buttare Lynette giù dal letto, intimandole di darsi una rinfrescata al più presto. Alla fine occupò il bagno per ben quarantacinque minuti, maledetta lei.

Quando finalmente uscì, le diedi il cambio. Non mi feci nessuna doccia semplicemente perché ero terrorizzata all'idea di aggravarmi, per cui mi lavai a pezzi, cercando di risultare comunque il più presentabile possibile a quel primo giorno di lezione.

Ero nervosa, felice, entusiasta e al tempo stesso triste e sconsolata. Avevo sognato così tante volte un futuro in America con te che nel momento stesso in cui quella possibilità mi era stata strappata avevo sentito un pezzo di me crollare. Sapevo che l'unica che avesse potuto capirmi sarebbe stata Sara, così, una volta pronta e uscita dal bagno, afferrai il telefono poggiato sul comodino e composi il suo numero.

Come ogni volta, rispose al quinto squillo. Sapevo che aveva come suoneria il ritornello di una canzone che per te e lei era stata importante, un po' come *Come back to me* per noi, e che voleva sempre ascoltarne una strofa in particolare che terminava al corrispondente quinto squillo della telefonata.

«Mel, tutto bene?»

Tirai un sospiro di sollievo nel sentire la sua voce, mi era bastato quello per sentirmi meglio. Non credevo mi rispondesse per via del fuso orario, ma una volta mi aveva rivelato che mai e poi mai avrebbe ignorato una mia telefonata, nemmeno di notte, e le ero grata per questo.

«Ho passato un brutto fine settimana, ma va meglio.» Non le lasciai il tempo di replicare, sapevo che mi avrebbe chiesto cosa fosse successo e non volevo parlarne. «Sono nervosa.»

«È il tuo primo giorno, Mel, è normale.»

Poi mi decisi e sputai il rospo.

«L'ho sognato.»

Dall'altro lato sentii un tonfo e poi il silenzio. La mia mente partì a trecento all'ora. Forse era caduto un libro o un altro oggetto di poco conto o forse Sara era inciampata e caduta sul pavimento, sconcertata da ciò che le avevo appena rivelato. Non avevo idea di cosa stesse accadendo, ma quel silenzio mi stava uccidendo.

E poi semplicemente accadde, la sentii singhiozzare, lei, la tua migliore amica, l'unica che ti avesse voluto bene quanto me, se non anche di più, stava piangendo.

«Lo hai dav-vero s-sognato?» mi chiese con la voce rotta e per la prima volta da tempo mi sentii inutile, a così tante ore e tanti chilometri di distanza.

Sara non piangeva più, non da quando tu ci avevi lasciate sole. Non aveva pianto nemmeno quando siamo venute a salutarti l'ultima volta, nemmeno quando siamo tornate nella casa sull'albero con un sacco a pelo in più in mezzo a noi, vuoto. Ma credo che questo fosse troppo anche per lei, era stata la goccia che aveva fatto traboccare il vaso. Voleva essere forte, ma aveva così tanta debolezza dentro di sé che meritava di sfogarsi per sentirsi meglio, ed ero contenta che finalmente fosse riuscita a sputare fuori tutto quello che si era conservata dentro in quegli anni.

«Sì» sussurrai, gettando un'occhiata all'orologio appeso sopra la scrivania. Avevo ancora una decina di minuti da dedicare a mia cugina, prima di dover scappare alla volta della prima lezione. «Mi ha fatto promettere delle cose, Sara. Il problema è che ho paura di non riuscire a mantenerle, quelle promesse.»

Ero disperata e terrorizzata.

La sentii soffiarsi il naso e capii che il momento di debolezza era terminato e adesso stava cercando di ricomporsi.

«Non lo hai mai deluso, Mel, non lo farai nemmeno ora.»

Dopo tutte le imprecazioni che Lynette aveva lanciato circa il nostro ritardo a causa della mia telefonata, ci ritrovammo finalmente in aula e ci sedemmo l'una accanto all'altra in attesa del professore di storia dell'arte.

Quando lui arrivò, espresse un *buongiorno* sommesso per poi prendere posto dietro la sua scrivania, in silenzio. Sembrava un tipo strambo, con i capelli in disordine e gli occhiali da sole che, per un motivo o per un altro, non voleva proprio togliersi. Dopo aver sistemato i suoi appunti e aver riposto la valigetta sotto la scrivania, si alzò e si voltò verso la lavagna dietro di sé. A caratteri cubitali scrisse con il gesso il suo nome:

Claude Diderot.

La prima cosa che pensai fu che dovesse essere francese, per via del suo cognome molto in voga in Francia, o che almeno dovesse avere qualche antenato proveniente da lì. Ma non doveva essere affar mio.

«Nella mia classe voglio solo eccellenze» cominciò, senza dar conto a nessuno. «Ed è per questo che non mi risparmierò all'esame finale. Rimanderò tutti quelli che non conosceranno l'arte alla perfezione, sono stato chiaro?»

Cavoli, se era stato chiaro. Chiarissimo. Insomma, o imparavi a memoria anche la storia dei muri, o ripetevi l'esame l'anno successivo.

«Che stronzo» commentò Lynette, strappandomi un sorriso. Non che si potesse darle torto.

«Non ci pensare» mormorai, attenta a non farmi sentire. Ero convinta che altrimenti mi sarebbe costata molto cara. «Vedrai che migliorerà.»

Non mi sembrò convinta della mia affermazione e, in realtà, non lo ero nemmeno io. Nutrivo molti dubbi su quell'uomo, ma il tempo avrebbe sistemato tutto, o almeno era quello che credevo.

Diderot non fece altro che spiegarci il programma di quel primo semestre e di minacciarci con frasi come *«Studiate o vi boccio»*. Non era proprio così, ma il senso è quello.

A lezione terminata ci riversammo nel corridoio. Era il primo e unico corso della giornata, per cui non ci restava che tornare in stanza o, come propose Lyn, andarci a prendere un caffè. Ci muovemmo in direzione del bar più vicino alla nostra ala del campus e una volta arrivate ci sedemmo a uno dei tavolini presenti nel giardinetto, felici di poter passare un po' di tempo a chiacchierare insieme.

Fuori ancora non faceva troppo freddo, il clima era mite, il sole, seppur non caldissimo, picchiettava sulle nostre teste e la stagione delle piogge continue e del ghiaccio polare non si era ancora decisa ad arrivare, per fortuna. Era la giornata ideale per sedersi a bere qualcosa, visto com'era andato anche il corso di quella mattina.

Avevamo cominciato l'anno col botto, senza dubbio.

Sai, forse a te sarebbe piaciuto un tipo come lui, come Diderot. Tu che sei sempre stato uno spirito libero, amante della natura e dell'arte molto più di me, forse lo avresti compreso.

Magari vi sareste compresi a vicenda, gli saresti piaciuto e mi avresti evitato la bocciatura al suo prossimo esame, chissà.

Avresti dovuto essere lì con me per vedere Elijah e Blue arrivare verso di noi, avresti dovuto guardarlo mentre sorrideva al suo amico e si passava una mano tra i capelli, gesto che, ormai avevo notato, compiva spesso. Avresti dovuto osservarci mentre lui fissava il suo sguardo nel mio e nient'altro per un istante sembrava acquisire importanza. Lo dovevi guardare mentre mi rivolgeva quel sorriso ammaliante che mi stordiva ogni volta di più e poi avresti dovuto esserci mentre, senza nemmeno un cenno della mano, cambiava rotta e svoltava verso una direzione che non era la nostra. Ma non potevo mostrarmi delusa, non ne avevo alcun diritto e non avrebbe nemmeno avuto senso. Non eravamo niente, neanche amici. Per un attimo rimasi a chiedermi se mi avesse sorriso davvero o se fosse stato solo frutto della mia immaginazione.

Blue era rimasto da solo sul ciglio del viale, stava andando via quando Lynette lo notò e gli urlò di sedersi a prendere qualcosa con noi. Non obiettai, non ne avevo la forza e onestamente non volevo rogne. Volevo godermi quel primo giorno di college e nient'altro, anche se niente sembrasse funzionare quella mattina, a partire dal professore per arrivare a Elijah.

«Ciao» esclamò Blue, prendendo una sedia dal tavolo accanto e accomodandosi insieme a noi.

«Ciao» gli risposi io, mentre Lynette si limitò a sorridergli.

Aveva un'aria strana. Sembrava appena uscito da una sala del cinema dopo aver visto un film strappalacrime, pareva distrutto e, per quanto avessi voluto aiutarlo, non sapevo cosa fare.

Dio, Melissa. Nemmeno una settimana con loro e già ti stai rammollendo.

«Volevo scusarmi per l'altra notte» esalò, rivolto verso di me. «Non avevo alcun diritto di portarti nella mia stanza, avrei dovuto chiamare subito Elijah e farmi dire dove alloggiassi.»

Quell'affermazione mi diede da pensare. Non conoscevo Blue la sera in cui mi sono ubriacata tanto da star male, non sapevo che fosse amico di Elijah, tantomeno che avessero una band insieme. Il dubbio sorse spontaneo: come faceva a sapere che io conoscevo Elijah?

«Blue, hai fatto bene. Non potevi sapere dove alloggiasse, va bene così. È merito tuo se sta bene» intervenne Lynette in mia difesa, ma si sbagliava, eccome se si sbagliava.

Mi avevano mentito tutti e due. Elijah, che non era più tornato su quel punto con me da sobria, e Blue, che si era lasciato sfuggire quel particolare su Elijah rovinandosi con le sue stesse mani.

«Tu come sapevi, esattamente, che io conoscessi Elijah?» chiesi, ignorando la mia amica e bevendo un sorso del caffé che avevamo ordinato poco prima.

Non mi rispose subito, anche perché credo non sapesse cosa dire. Posso annunciarti per certo che sbiancò, divenne più pallido di un lenzuolo, sembrava un cencio, ma non lo biasimai. Chissá in che diavolo di guaio lo aveva spinto Elijah, non poteva che farmi pena.

«I-io...»

Lynette alternava lo sguardo tra me e Blue, senza capire cosa stesse accadendo. Alzò le sopracciglia, girandosi verso di me, desiderosa di una spiegazione che però non le fornii, non subito almeno. Necessitavo una risposta di Blue al più presto e finché lui non avesse detto qualcosa io non avrei aperto bocca.

Poi però accadde l'unica cosa che non mi sarei mai aspettata da una persona come lui che ritenevo alquanto matura, ma evidentemente anche quella volta avevo preso un diavolo per capello. Si alzò e posò i pugni chiusi sul tavolo, spostando il peso del suo corpo in avanti e facendo ciondolare la testa verso il basso, quasi come se avesse avuto bisogno di sorreggersi.

«La verità può dirtela solo Elijah.»

Sospirò, come se dire quelle parole gli fosse costato più di quanto credesse. Forse era davvero così, forse no, ma se pensava che con quel tentativo mi sarei chiusa in me stessa e sarei stata zitta, allora non aveva ancora capito con chi stesse giocando.

Nota vocale

11 settembre 2017

I phone di Melissa > Desktop > In ogni parola del cuore

Ci chiediamo così spesso da che parte sia la verità che alla fine non lo sappiamo neanche noi. Magari è negli sguardi tristi della gente, nei gesti malinconici, nelle grida silenziose, nei sogni dell'inconscio.
O forse no.
Forse ce l'abbiamo sotto gli occhi, quella verità, ma non sappiamo dove guardare.

CAPITOLO 10

Ala est, terzo piano

Il resto della mattinata lo avevo trascorso in segreteria a pregare tutti quelli che lavorassero lì di darmi l'orario scolastico di Elijah, ma, ovviamente, nessuno si degnò nemmeno di rifilarmi un'occhiata. Così chiamai Alexander e lo ringraziai mentalmente per avermi lasciato il suo numero, qualche giorno prima.

«Melissa, tutto bene?» rispose preoccupato, dall'altro lato del telefono.

«Ciao Alex, sì, tutto okay, solo che avrei bisogno dell'orario dei corsi di Elijah.»

Okay, mi rendevo conto di sembrare completamente pazza e psicopatica, ma lo stavo facendo per una buona causa: demolire quello stronzo.

E so che se ci fossi stato tu mi avresti detto di mettere da parte l'impulsività e di ragionare ma, credimi, era impossibile in una situazione come quella. C'era qualcosa che non quadrava in tutta quella storia, un interesse nei miei confronti troppo sviluppato per essere l'inizio di una semplice conoscenza. A pensarci bene, era accaduto già la prima volta, quando Elijah mi aveva squadrata con l'aria di uno che pensa *«ti ho già vista da qualche parte ma non so nemmeno io dove»*, già da quel terribile primo incontro sotto la pioggia, dove tra una parola e l'altra non cercavamo di fare altro che mandarci a quel paese.

Era sempre stato uno strano gioco di sguardi, il nostro. Lui che guardava me, mi sorrideva e poi lo distoglieva, e io che invece nel suo mi ci perdevo, completamente. Eppure non ci eravamo particolarmente simpatici, anzi, non ci eravamo simpatici nemmeno un po'.

Non puoi innamorarti di lui, Melissa, non di lui. Si tratta solo di attrazione fisica.

Me lo ripetevo in continuazione ormai da giorni. Attrazione fisica, era solo quello. Non poteva essere altro, non potevo creare una relazione con nessuno dopo di te, men che meno con un pazzo psicopatico che ero quasi sicura mi stalkerasse, anche se non avevo ancora ben compreso il motivo. E so anche che te l'avevo promesso che mi sarei innamorata di nuovo, ma non ora, non di lui.

«Cosa vorresti sapere con esattezza?» mi domandò titubante, cercando di capire dove volessi andare a parare per tentare di difendere il suo amico, se fosse stato necessario.

«Dove sia adesso. Devo parlargli.»

Ero stata categorica, della serie *«O mi dai tu questa informazione o la chiedo a qualcun altro»*, anche se non avevo la più pallida idea di a chi chiederlo e, per fortuna, mi diede ascolto.

«Ala est» lo sentii sospirare. «Terzo piano, aula di musica.»

Me lo figurai mentre alzava gli occhi al cielo e poi faceva spazio a un piccolo sorriso tirato.

«Grazie, Alex.»

«A disposizione per te, Mel.»

Chiusi la telefonata, feci una pernacchia alla segretaria accompagnandola con un «Visto? Ho ottenuto lo stesso quello che mi interessava», la guardai soddisfatta mentre spalancava la bocca per lo shock e poi iniziai a correre verso la mia meta, seguendo le indicazioni che Alex mi aveva fornito poco prima.

Era ormai da venti minuti che ero appostata fuori dall'aula di musica. Continuava a esserci un via vai di studenti che entravano e uscivano ma non avevo avuto nessuna intenzione di spingere quella porta e ritrovarmi faccia a faccia con Elijah. Aspettavo che uscisse lui, ma inutilmente. Ne passarono altri venti, di minuti, e di lui ancora nessuna traccia, così mi feci coraggio, mi schiarii la voce e presi un respiro profondo.

«Dai che ce la fai, Mel» mi infusi coraggio, poi afferrai la maniglia della porta e la spinsi.

Dal lato opposto della stanza proveniva il suono di una chitarra, una melodia dolce e romantica si stava pian piano diffondendo tutto intorno a me, inebriandomi i sensi e colpendomi al cuore.

Mi diedi un'occhiata intorno: gli strumenti erano tutti ben ordinati su un lato dell'aula, alcuni appesi al muro, altri appoggiati alle pareti o riposti delicatamente sui tavoli. La cosa che più mi sorprese fu che non c'era nessuno. Nessuno tranne Elijah.

Per un attimo tornai con la mente a qualche sera prima, quando stavo quasi per avere un attacco di panico all'udire i ragazzi che cantavano *Come back to me*.

Non pensai nemmeno, non lo feci apposta, non controllai le mie gambe muoversi verso Elijah che, con la chitarra tra le mani, stava smuovendo tutto il mio mondo interiore. Lo superai e mi sedetti sul una sedia di fronte a lui. Non mi notò, era troppo concentrato sulla sua musica per rendersi conto di una ragazza qualunque che si era fermata ad ascoltarlo. Poi, però, all'improvviso fermò tutto e notai sul suo volto una lacrima scendere piano lungo la guancia.

Mi ricordò un po' te negli ultimi tempi, così felice eppure così triste, con le lacrime agli occhi per la tristezza di dovermi abbandonare e la gioia di poterti liberare di un peso. E ho sperato così tante volte che tornassi che alla fine sono scoppiata anche io, e ne ho piante così tante, di lacrime. Più di quante un essere umano possa produrne.

Non dissi niente, sperai che terminasse di affogare i suoi pensieri nelle lacrime e che poi riprendesse a suonare, ma non accadde perché il suo sguardo si alzò e si fissò nel mio con una brutalità tale che sembrava quasi mi stesse chiedendo di andarmene, in silenzio. Eravamo così vicini che per la prima volta potei perdermi nei suoi occhi. Erano di un marrone molto scuro, tendente al colore del cioccolato fondente, ma sembravano essere leggermente più chiari in corrispondenza della pupilla. Erano così banali i suoi occhi, eppure così magnetici.

Stavo per alzarmi e andarmene, esaudendo la sua muta richiesta di restare solo, ma poi capii di aver frainteso perché, a quella che io interpretai come brutalità, si sostituì la sorpresa e poi un altro sentimento che non seppi ben decifrare.

Si alzò in uno scatto felino dalla sedia e si voltò, dandomi le spalle e portandosi una mano all'altezza degli occhi per asciugarsi le lacrime. Colsi al volo che non voleva mostrarsi debole, non davanti a me almeno. E guardandolo in quel modo, distrutto davanti a solo Dio sa quali ricordi e pensieri, non riuscii assolutamente a dirgli nulla e fui presa anche alla sprovvista quando si girò di nuovo verso di me, si avvicinò e, senza dire niente, mi cinse in un abbraccio.

Rimasi a dir poco senza parole. Mi stava stritolando, quasi

fossi stata una sorella che non vedeva da anni. Avrei voluto così tanto ricambiare quel gesto, ma ero sconvolta al punto tale che riuscii soltanto a restare ferma, bloccata dalle sue braccia intorno a me e dal mio cuore galoppante che non sembrava avere intenzione di fermarsi.

Faceva così bene e allo stesso tempo così male, quell'abbraccio. Un po' come i tuoi ultimi, quelli che mi davi così forte da farmi mancare il fiato e salire le lacrime agli occhi, ma che amavo così tanto. E, cavoli, dovevo smetterla di paragonarlo a te!

«Scusami» sibilò poi, rattristandosi di nuovo e lasciandomi andare. Quel distacco mi provocò un capogiro, anche se non seppi spiegare a cosa fosse dovuto. A ogni modo, mi aggrappai alla sedia per non cadere e aspettai che dopo un paio di secondi passasse, per poi rispondergli: «Non scusarti.»

Lui mi sorrise con gratitudine per poi accomodarsi dove era seduto poco prima e riprendere la chitarra che era stata riposta delicatamente accanto al muro. Riprese a suonare, ma questa volta una melodia diversa che dopo un po' mi resi conto conoscessi. E poi cominciò a cantare e mi incantò con quelle parole che sembravano fatte per me e per te, anche se quando l'hai scritta ancora non sapevi cosa sarebbe stato di noi.

Love can hurt, you know?
(L'amore fa male, sai?)
Especially if it comes slow
(Specialmente se arriva piano)
And you are not prepared
(E tu non sei preparato)
To welcome it with open arms
(Ad accoglierlo a braccia aperte)

Lo lasciai proseguire, parola dopo parola, mentre io mi perdevo sull'arrangiamento che lui aveva composto per la tua canzone, stravolgendola, e che, giuro, mi stava facendo impazzire. Non era possibile che scaturisse in me tutte quelle sensazioni il solo ascoltare la sua voce. Quando cantava quelle parole mi sembrava quasi che mi conoscesse da sempre, che sapesse tutto, di me, di te, del mio dolore, dei nostri problemi, della voglia di cambiare, di diventare una persona diversa. Mi sembrò quasi che con gli occhi, mentre cantava, mi stesse dicendo: *«Tu sei più un tipo da felpe che da scollature.»* Mi sembrava che avesse già capito ogni cosa di me ed era incredibilmente frustrante perché io, di lui, mi stavo rendendo conto di non aver capito quasi nulla.

Quello che avevo davanti, quell'Elijah così triste, malinconico, reale, umano, mi sembrava così diverso da quello che avevo conosciuto nel mio brevissimo periodo lì. Lui non era così. Lui era lo scapolo della scuola, l'uomo più ambito di tutte le ragazze del college, lo stronzo che mi era venuto addosso il primo giorno addossandomi la colpa, quello che si era scolato il mio bicchiere di vodka e che era coinvolto in chissà cosa contro di me.

Eppure vederlo lì, in quel momento, riuscì solo a farmi fantasticare su quale fosse il vero Elijah: lo stronzo o il malinconico? Ma non si poteva fingere così bene un malessere dell'animo, non credevo almeno.

Because if you go away, nothing is like before
(Perché se tu vai via, niente è come prima)
Inside it's freezing and outside it's even worse
(Dentro si gela e fuori è anche peggio)
I'd like to have your love, but you're not here
(Vorrei il tuo amore, ma tu non ci sei)
And I scream: "come back", but you do not
(E grido: "torna", ma tu non lo fai)

And even if it hurts, that's okay
(E anche se fa male, va bene così)
Inside it's freezing, but outside it is even worse
(Dentro si gela, ma fuori è anche peggio)
And if I scream: "come back"
(E se grido: "torna")
I beg you, come back to me
(Ti supplico, torna da me)

Avevo i brividi, sentivo il cuore pulsare troppo forte per poterlo contenere nel petto e lo stomaco che ormai si era ingarbugliato e capovolto. Lo sguardo di Elijah su di me mi faceva sentire nuda, esposta alle intemperie, e allo stesso tempo viva.

Poi si fermò, così, all'improvviso, e mi chiese: «Ti piace?»

E io invece caddi dalle nuvole, ancora intontita dalla miriade di sensazioni che quella canzone mi aveva provocato, e gli chiesi: «Che cosa?»

«L'arrangiamento.»

Oh, certo, l'arrangiamento.

Quell'arrangiamento che avevo amato e che mi aveva riportato ad anni addietro, a te che ti arrampicavi sulle scale della casa sull'albero e io che ti guardavo da su e ti porgevo la mano per aiutarti a salire l'ultimo gradino e poi entrare all'interno insieme e ripararci nei nostri sacchi a pelo.

«Lo adoro» confermai, senza pensarci troppo su. Era la verità. Aveva creato qualcosa di unico, di spettacolare, che mi aveva smossa dentro e fatto pensare a te per l'ennesima volta. Sentii una lacrima fare capolino all'angolo dell'occhio ma la ricacciai indietro. Non era il momento di mostrarsi più debole del dovuto. Erano già cadute abbastanza lacrime in quell'aula.

«Grazie, Mel» sussurrò alzandosi, lasciando un bacio tra i miei capelli e scappando via.

Rimasi da sola in un aula con cui non avevo niente a che fare e con un peso ancora più grande sulle spalle e una consapevolezza sempre minore di quello che stesse accadendo.

L'unica cosa che mi era rimasta da fare fu osservare la chitarra di Elijah lasciata in un angolino della stanza e immaginarlo suonare ancora, magari una canzone scritta per me. Per me e per nessun altro.

CAPITOLO 11

Ti piace l'arrangiamento?

Elijah

Non lo programmavo, a volte semplicemente accadeva. Avevo quei vuoti, quei buchi dentro di me che non sapevo come richiudere, come colmare. C'erano canzoni in cui ti rivedevo troppo, canzoni come quella, come *Come back to me*. Avevo trovato lo spartito che mi avevi inviato anni prima e lo avevo riarrangiato, soltanto perché sentire la tua melodia mi avrebbe spaccato a metà per l'ennesima volta e quella era l'unica cosa che non potevo permettermi in quel periodo. Ma è anche vero che non decidiamo noi quando essere felici e quando essere tristi, le cose semplicemente accadono, a volte.

Quando l'aula si è svuotata del tutto, ho preso la chitarra che mi avevi lasciato tu il giorno in cui ci siamo ritrovati, incollandoci sopra il mio nome, e le dita si sono mosse da sole, iniziando a pizzicare le corde fragili dello strumento per suonare la canzone che, io sapevo, fosse dedicata a lei.

Non dovevo innamorarmi di lei, non era giusto per te, non era giusto nei confronti della missione che dovevo portare a termine, ma sin dalla prima volta in cui le ero andato addosso, con quel simpatico siparietto sotto la pioggia, avevo incontrato i suoi occhi e avevo capito che con quel solo sguardo lei sarebbe arrivata dove nessuna mai era riuscita a giungere. Avevo paura, paura di sbagliare tutto, paura di cadere nella trappola che mi stava tendendo Cupido, paura di ferire te, paura di ferire lei.

Le lacrime cominciarono a scendere senza controllarle, la voce cominciò a tremare, così ben presto smisi di cantare e lasciai che le dita continuassero a produrre la tua melodia. Soltanto quando non riuscii nemmeno più a vedere le mie dita, a causa delle lacrime, le tolsi dalla chitarra e alzai la testa quanto bastasse per vederla.

Era lì, seduta davanti a me, ad ascoltarmi attentamente.

Lei la conosceva quella canzone, lo sapevo. L'avevi scritta per lei, non poteva essere altrimenti.

Mi faceva così rabbia essere accomunati dallo stesso dolore e non poterne parlare.

Ogni volta che la guardavo, pensavo a come avesse fatto a ridursi così. Le avevo viste le sue foto quando stava con te. Era sempre allegra, divertita, aveva quell'aria felice con una risata sempre pronta a nascere dalla gola. Mi resi conto che non l'avevo mai vista ridere davvero da quando era lì. E poi aveva cambiato colore dei capelli, tingendoseli di quell'azzurro ribelle che mi faceva impazzire. Castana, ricordai. Lei era castana.

«Ti piace?» le chiesi. Sapevo già quale sarebbe stata la sua risposta. Come poteva non amare la tua canzone per lei? No, non solo la amava, la adorava, ne ero certo. Come adorava te.

«Che cosa?»

«L'arrangiamento.»

Non la canzone, l'arrangiamento. Perché la canzone la conosceva già e la amava, mentre l'arrangiamento era mio, non lo aveva mai sentito prima e io ero dannatamente curioso di conoscere la sua opinione in merito.

Avrei voluto conoscere le sue opinioni in merito a qualunque cosa, in realtà.

Avrei voluto conoscerla in circostanze diverse per poterla stringere, portare fuori, magari a un appuntamento vero, uno di quello fatto con i fiocchi, e poi confessarle di come lei fosse stata l'unica a far battere il mio cuore così forte da avere quasi paura potesse scoppiare.

«Lo adoro.»

Avrei voluto sorridere, ma non ci riuscii. Riuscivo soltanto a fissare i suoi occhi scuri e pensare che tutto quello che mi era passato nella testa fino a quel momento era sbagliato. Molto sbagliato.

Così feci l'unica cosa possibile.

«Grazie, Mel» sussurrai alzandomi. Le lasciai un bacio tra i capelli, il suo profumo risalì su per le narici arrivando al cervello e mettendolo ko. Costrinsi i miei piedi a muoversi verso la porta e, con lo stesso silenzio con cui lei era entrata, sedendosi lì, davanti a me, io uscii, ricordando a me stesso che niente sarebbe mai stato più importante della sua sicurezza, nemmeno i miei sentimenti.

CAPITOLO 12

Sugar

Ti sei mai chiesto perché a volte sembra che il mondo ce l'abbia con te? Che tutti sembrano voltarti le spalle e che nessuno sembra volerti raccontare la verità? Il mondo è così pieno di bugie che spesso ci limitiamo a raccontarne anche noi di nostre per amalgamarci agli altri, ma sbagliamo, Dio se sbagliamo. Noi dobbiamo dire la verità, dobbiamo essere diversi. È la diversità a rendere speciali le persone, non l'uguaglianza.

Spensi il registratore del cellulare concludendo il mio pensiero e ripromettendomi che, in serata, lo avrei passato sul computer.

Il Ringraziamento era sempre più vicino e con questo l'arrivo delle vacanze che avrebbero significato il mio rientro in Italia. E se da un lato non vedevo l'ora di riabbracciare Sara, dall'altro avrei preferito senza ombra di dubbio restare in California a godermi le vacanze con Lynette e Iris che, a quanto pareva, avevano deciso di restare alla UCLA e di non tornare a casa. Avevo incontrato nuovamente Iris durante le lezioni di lingua che ricoprivano le stesse fasce orarie, per cui ci eravamo scambiate i numeri di telefono, eravamo rimaste in contatto e poi avevamo cominciato anche a uscire insieme.

Quella sera avevamo deciso di andare ad ascoltare l'ultimo spettacolo dei *The Strobe* al *Million Dollars* del periodo pre-Ringraziamento. Il mese di Novembre avrebbero preso una pausa per dare gli ultimi esami prima delle feste.

Lynette si stava ancora asciugando i capelli quando udii un bussare concitato alla porta; corsi ad aprire, ritrovandomi faccia a faccia con Elijah.

«Sei piena di zucchero accanto alle labbra, *Sugar*» rivelò con un tono di voce che gli permettesse di coprire il fastidioso rumore del phon che Lynette stava utilizzando; poi avvicinò due dita alle mie labbra per togliere i residui della graffe che avevo appena terminato, mentre io lo fissavo impotente. Non lo vedevo da quella giornata in cui era fuggito da me, nell'aula di musica e, per quanto possibile, mi sembrava anche più alto.

O forse sei tu ad esserti accorciata.

Alexander mi aveva più volte chiesto come si fosse svolta la situazione e cosa avessi di così tanto urgente da dire a Elijah per chiedergli il suo orario accademico, ma per mia fortuna ero sempre stata salvata da Lynette o da Iris, alle quali avevo raccontato dei miei dubbi in merito alla faccenda.

A ogni modo, non potevo rinviare la questione all'infinito, questo lo sapevo bene, ma sentivo di doverci capire qualcosa in più prima di spiattellare ad Alexander i miei dubbi sulle confabulazioni del suo migliore amico.

Una scossa elettrica partì dalle labbra per raggiungere il centro pulsante del mio corpo nello stesso instante in cui Elijah posò l'indice sul mio volto per togliere i residui di zucchero.

Sugar, mi aveva chiamata, e chissà perché avevo l'impressione che non si sarebbe dimenticato facilmente di quel soprannome, non che mi dispiacesse.

«Vieni con me in auto, al *Million Dollars*?» mi chiese poi, lasciandomi interdetta. Non capivo perché mi avesse fatto una proposta del genere sapendo che già si erano offerti Alexander e Blue di accompagnare me e le ragazze. «Solo io e te» aggiunse, come a indovinare il mio dubbio inespresso.

Ah.

Con quell'informazione feci due più due e compresi la sua richiesta alquanto strana.

Cosa fare? Volevo davvero andare in macchina con lui, da sola, nonostante i dubbi, le incertezze e la rabbia? Però, pensai, forse quella sarebbe potuta essere la mia occasione, forse avrei potuto farlo cantare per bene e poi suonargliele per avermi mentito. O forse, come mi avevano fatto notare Lynette e Iris, mi stavo appigliando a solo Dio sa cosa e non c'era assolutamente niente di cui parlare. Ero io, secondo loro, che mi stavo facendo mille film mentali inutili.

Elijah era una persona normale, a tratti scontrosa e burbera, ma normale, che viveva la sua vita proprio come me. Quindi, a cosa erano dovute le mie incertezze sul suo conto?

Del resto me lo aveva dimostrato lui stesso, quel giorno, di essere una persona semplice, come tutti noi. Eppure qualcosa nel suo modo di comportarsi continuava a non convincermi. Non era più così stronzo, non come prima, ma la mia testa continuava a pensare ai primi giorni lì e alle coincidenze troppo strane e spiacevoli per essere soltanto coincidenze.

«Avverto Lynette e ti raggiungo» esalai, confermando una decisione che in cuor mio avevo preso fin dal primo momento.

So anche che tu non saresti stato d'accordo, che mi avresti rinfacciato il fatto di conoscerlo solo da poche settimane. Avresti detto che bisogna conoscere una persona davvero e a fondo prima di uscirci insieme da sola, soprattutto in macchina. Ma se da un lato Elijah mi spingeva a stare sul chi va là, dall'altro mi attraeva inspiegabilmente e quale miglior modo, se non uscire con lui, per indagare sulle sue priorità?

Lasciai un post-it sul computer di Lynette.

Sono con Elijah, ci vediamo al locale.

Poi presi la pochette e corsi nelle braccia dell'unico uomo a cui non mi sarei mai dovuta affezionare. Ma l'affetto e l'amore sono sentimenti che non si programmano: se ti affezioni succede e basta, se ti innamori succede e basta. Magari ti danni, anzi, accade di sicuro, soprattutto quando sei certa che quei sentimenti sono del tutto sbagliati, e allora ti crogioli nelle lacrime perché in quel momento sono le uniche amiche che desidereresti al tuo fianco. Cosa ne so io, mi chiedi? Parlo per esperienza, tu dovresti saperlo meglio di chiunque altro.

«Grazie per aver accettato il mio invito.»

«Ho accettato un passaggio in macchina, Elijah, non un invito a cena» puntualizzai, più che sicura che altrimenti avrebbe girato quella frase a suo favore.

«Lo so, ma per me è un inizio.»

Roteai gli occhi, odiavo il modo in cui aveva cominciato a guardarmi, mi fissava con quello sguardo così intenso che avrebbe potuto farmi cadere senza nemmeno accorgersene.

E poi mi chiedevo perché, perché mi guardava in quel modo? Doveva aver capito l'effetto che mi provocava con quelle occhiate penetranti, allora perché continuare se non per vedermi crollare ai suoi piedi? Io non ero le altre ragazze della UCLA, non mi conosceva per niente, non sarei mai diventata sua. Io ero *libera*.

È vero, ti avevo fatto una promessa quella notte, in quel sogno, ma non era ancora arrivato il tempo di rispettarla. Ti avevo promesso che mi sarei innamorata di nuovo e che non avrei ostacolato quel sentimento, anzi, che lo avrei assecondato. Ma fino a che non avessi trovato la persona giusta con cui stare non avevo alcuna ragione per cui non dover essere quella che ero stata fino a quel momento. E avevo una voglia matta di sbronzarmi e divertirmi da matti quella sera, prima di tornare a casa e dover far finta di essere nuovamente la santarellina che non ero.

«Per me no» fu la mia risposta apatica. Ero troppo concentrata ad osservare il mondo fuori dal finestrino per permettermi di controllare quale espressione avesse assunto la sua faccia, come se poi me ne importasse. Lo sentii sospirare, ma non me ne curai. Non ero un tipo facile da gestire, lo sapevo, ma anche lui non scherzava.

«Senti, *Sugar*, forse io e te abbiamo solo cominciato con il piede sbagliato, forse potremmo ripartire da capo.»

«Io e te non abbiamo proprio cominciato, Elijah. Il fatto che abbiamo degli amici in comune non significa che io debba per forza essere tua amica.»

Sì, hai ragione, sono stata troppo dura con lui quel giorno, ma non mi interessava. Tu non capisci quanto era in grado di mettermi a disagio con un solo sguardo, con una sola parola, e odiavo quella sensazione. Lo sai, mi è sempre piaciuto essere indipendente, autorevole su me stessa. Con lui al fianco mi sentivo terribilmente al sicuro, come quando mi aveva abbracciata in aula di musica, quel pomeriggio, eppure allo stesso tempo in gabbia. La verità credo sia, con il senno di poi, che avessi paura potesse fottermi non solo il cervello, ma anche il cuore, e quella era una prerogativa che era spettata a una sola persona in tutta la mia vita, un'opportunità che non volevo dare a nessun altro, ma tu questo lo sai bene, giusto?

Fermò la macchina all'improvviso, tanto che se non avessi avuto la cintura di sicurezza allacciata sarei stata sbalzata in avanti.

Credevo volesse farmi una scenata, ma poi guardai fuori e mi resi conto che eravamo già arrivati al parcheggio del *Mil-*

lion Dollars. Slacciai la cintura, afferrai la pochette e aprii il portello, uscendo e sentendo l'aria fresca della sera sferzare sui lembi di pelle nuda. Neanche il tempo di chiudere l'auto che Elijah era già di fronte a me, con le mani ai lati del mio corpo poggiate sulla vernice nera della macchina e il suo viso a troppi pochi centimetri dal mio per poterli quantificare.

«Quando la smetterai di fare l'indifferente?» mi chiese. La voce era roca, calda, pungente. Improvvisamente sembrava fare caldo, troppo caldo per i miei gusti. Sentivo il cuore battere all'impazzata e non ne conoscevo il motivo. Odiavo non avere il controllo sulle mie azioni e sulle mie emozioni. Deglutii, non senza far rumore, provocando in lui un sorriso divertito.

«Andiamo *Sugar*, puoi mentire a me ma non a te stessa.»

Si avvicinò ancora di più, potevo sentire il suo profumo impregnare le mie narici, il battito accelerato del suo cuore contro il mio e il respiro spezzato e irregolare che sembrava essere entrato in sincronia con il mio.

Chiusi gli occhi, immaginando il sapore che avrebbero avuto le sue labbra sulle mie, ma non arrivò mai alle mie labbra, anzi, cominciai a pensare che fosse stato tutto frutto della mia mente perché, quando riaprii gli occhi, Elijah era scomparso e il calore che avevo provato fino a quel momento era andato via con lui, riportandomi con i piedi per terra e la testa tra le nuvole.

Lynette e Iris erano scomparse nella folla da un po'. I *The Strobe* avevano cantato un paio di canzoni e, come al solito, le loro performance erano state impeccabili, poi erano scesi dal palco e si erano andati a prendere un drink al bancone. Li avevo seguiti con lo sguardo, ma non mi ero mossa dal mio divanetto, dove avevo trovato un tipo niente male che mi aveva già offerto ben due drink.

Chi non accetterebbe alcool gratis?

Quando Elijah, Alexander e Blue risalirono sul palco, la mia attenzione era già calata da un po'. Non ero ubriaca, non ancora almeno, ma brilla sì e ogni tanto la testa aveva qualche piccolo capogiro. Mi tornò alla mente la raccomandazione di Sara riguardo l'alcool, me ne fregai. Volevo ubriacarmi e volevo prendermi una sbronza colossale, divertirmi fino a non poterne più della musica o di chi mi girasse intorno.

«Ti va di ballare?» mi chiese Thomas, il ragazzo che avevo conosciuto quella sera e che, stranamente, mi stava simpatico.

Era di poche parole, ma apprezzava i fatti e io, quella sera, avevo bisogno di qualcuno che sapesse soddisfarmi nonostante il mio silenzio. Così annuii alla sua proposta e mi gettai in pista con lui alle calcagna.

La canzone che Elijah stava cantando con la sua band era movimentata, da discoteca quasi, oserei dire. Fu per quello, credo, che non esitai nemmeno un secondo a gettarmi su Thomas. L'alcool che avevo in corpo mi era sicuramente d'aiuto e poi la voglia di far capire a Elijah che non ero il suo giocattolo era tale da spronarmi a fare qualunque cosa. Volevo fargli capire a tutti i costi che lui, per me, era uno dei tanti, che una notte di passione l'avrei accettata con piacere, se avesse voluto, ma che non avrei preteso altro, che lui non avrebbe dovuto pretendere altro, anzi, perché non glielo avrei concesso.

Mi chiesi dove fosse finita la me che non voleva cedere alle sue bassezze e mi liberai di quel pensiero nemmeno due secondi dopo.

Diciamocelo chiaramente, Elijah era un bel ragazzo e, a differenza di quelle che dopo una scopata si aspettavano sempre qualcosa, io mi aspettavo soltanto indifferenza, esattamente come credevo se l'aspettasse lui. Quindi, pensandoci bene, negarmi un piacere del genere per una stupida teoria insignificante che mi ero creata non aveva alcun senso. E allora decisi di buttarmi, cominciando a provocarlo.

Adesso, sotto lo sguardo attonito di Elijah, a cui si incrinò la voce e stonò un acuto, non facevo altro che divincolarmi premendo il mio fondoschiena contro Thomas e sentendo il suo corpo reagire. Non so per quanto tempo proseguimmo con quella farsa, ma so che quando lui mi chiese di spostarci in un posto più tranquillo non osai obiettare.

Alzai lo sguardo verso il palco, dove Elijah sembrava puntarmi con aria di sfida e Alexander, invece, mi stava guardando con l'aria di uno che vorrebbe chiederti *«cosa stai combinando?»* ma poi non lo fa perché capisce che non sono affari suoi.

Quella era la vita a cui avevo ambito dopo di te e la vita che avevo deciso di abbandonare una volta in California. *Niente più ragazzi e niente più alcool*, mi ero detta. Non ero mai riuscita a mantenere quella promessa fatta a me stessa.

Spostai di nuovo lo sguardo su Thomas, afferrai la mano del mio compagno d'avventura e mi lasciai trascinare fuori da quel groviglio di corpi sudaticci per raggiungere il piano di sopra alla ricerca di un posto libero in cui avremmo potuto chiuderci dentro e avere un po' di intimità.

In fondo, mi ero trattenuta fin troppo per ben due mesi. Era giusto che adesso mi divertissi un po' anche io.

Fu quello il momento in cui capii che se nessuno fosse riuscito a rialzarmi, sarei potuta crollare davvero.

CAPITOLO 13

Ce li hai diciotto anni?

Non avevo più visto Elijah per ben un mese, nemmeno prima della mia partenza. Sembrava quasi mi evitasse come la peste e, in tutta onestà, devo dire che ero felice della piega che aveva assunto la situazione. Senza di lui tra i piedi riuscivo a essere lucida e soprattutto mi veniva facile comportarmi normalmente, senza dovermi arrabbiare ogni cinque minuti per i suoi comportamenti bizzarri.

In aereo avevo riflettuto molto su quanto era successo quella sera con Thomas. Mi aveva ricontattata più volte per provarci, ma avevo sempre cercato di evitarlo fino a che, stanca delle sue insistenze, la sera prima di tornare in Italia gli avevo detto chiaro e tondo che non mi importava niente di lui e che stavo benissimo da sola. Cruda ma vera e la verità, in questi casi, è sempre meglio di una bugia. Di conseguenza non si era più fatto sentire. Non mi era dispiaciuto passare una notte con lui, anzi, ci sapeva anche fare, ma non c'era niente che mi legava a un tipo conosciuto in un locale per puro caso e che io avevo usato semplicemente per far adirare Elijah, e la cosa sorprendente è che, a quanto pareva, ci ero riuscita.

Non sapevo se esserne lusingata o se offendermi per il comportamento che aveva assunto negli ultimi tempi.

Non ci beccavamo mai, nemmeno per sbaglio, nemmeno negli ascensori del campus o al bar, persino a pranzo mi evitava come la peste, costretta a mangiare con i suoi amici, Iris e Lynette, mentre lui spariva chissà dove. A un certo punto ero arrivata a pensare che fosse geloso, poi mi sono semplicemente detta che stavo esagerando e che ad Elijah interessavo meno di zero, proprio come lui interessava a me.

Volevo allontanarlo e ci ero riuscita, quindi perché rimuginarci ancora su?

Basta, Melissa, toglitelo dalla testa.

Quando arrivai a Milano, la prima cosa che notai fu la differenza climatica con Los Angeles: si gelava ed era strano perché per me Milano era sempre stata fredda ma non troppo, non ero abituata al clima della California e adesso, invece, mi sembrava fredda eccome.

In Italia non si festeggiava il Ringraziamento, per cui avevo approfittato della settimana di vacanza del college semplicemente per riabbracciare Sara. I miei li avevo sentiti sì e no due volte dalla mia partenza e non credevo che per loro avrebbe fatto poi tanta differenza se fossi tornata o meno.

Il viaggio era stato tranquillo, non avevo avuto troppi problemi in aeroporto, così mi diressi subito alla volta di un taxi che mi avrebbe portata a casa, sui miei adorati Navigli.

Milano era sempre stata splendida, aveva sempre avuto un certo fascino che la differenziava dalle altre città d'Italia, forse dovuto proprio alla presenza del fiume che divideva la città e che la rendeva spettacolare.

Ero stata via solo pochi mesi, ma avevo paura di essermi dimenticata tutto della mia città: i giochi di luce sul fiume di notte, la bellezza di piazza del Duomo illuminata nelle ore tarde erano solo alcune delle principali cose che non vedevo l'ora di osservare di nuovo.

Sul muretto che costeggiava il palazzo dove avevo abitato fino a pochi mesi prima era seduta Sara, con lo sguardo fisso sul cellulare e un sopracciglio aggrottato. Mi venne quasi da ridere, guardandola con quell'espressione così buffa. La osservai alzarsi e incamminarsi verso il portone d'ingresso, così, mentre il tassista recuperava la mia valigia dal portabagagli, io le andai incontro e la picchiettai sulla spalla con due dita. L'espressione che assunse il suo volto quando mi vide fu impagabile.

«Melissa!» urlò prima di gettarmisi addosso a peso morto, stordendomi un orecchio e facendomi balzare all'indietro. «Perché diamine non mi hai detto che saresti tornata!»

«Volevo farti una sorpresa» ammisi, cercando di divincolarmi dalla sua stretta e andare a pagare il conducente del taxi che ci stava fissando sorridente. Poi la vettura ripartì e Sara mi pregò di raggiungerla all'interno.

«Tua madre e tuo padre saranno felici di rivederti» esclamò con aria cantilenante, mentre premeva il pulsante per far scendere l'ascensore al nostro piano.

«Ho i miei dubbi al riguardo.»

L'ascensore arrivò e ci portò al nostro piano. Io e Sara abitavamo l'una di fronte l'altra, stesso palazzo, stesso pianerottolo. Lo so, lo so, una volta non era così. Tu ti ricordi di quando lei abitasse dall'altro lato dei Navigli, ma poi, dopo di te, non ce l'abbiamo più fatta a stare così lontane. Dovevamo trovare a tutti i costi un modo per stare più vicine possibile. Che poi è un gran paradosso, direi, dato che sono finita in America. Ma ce l'hai insegnato tu che non importa quanto siamo lontani, possono essere anche chilometri, l'importante è esserci con il cuore.

«Programmi per la giornata?» chiesi, riempiendomi un bicchiere d'acqua dal lavandino.

Appena arrivate sul pianerottolo ho implorato talmente tanto Sara di farmi alloggiare almeno temporaneamente a casa sua che alla fine ha ceduto.

«Samuele mi ha chiamato per una festa, stasera, al Sirenuse.»

«Avvertilo che ci sarò anche io» esclamai così, su due piedi, senza nemmeno pensarci. Ero a Milano e non vedevo l'ora di rivivere la mia vita da italiana per qualche giorno. Ma ovviamente Sara non ci pensò due volte a smorzare la mia felicità in un battibaleno.

«Devi parlare con i tuoi.»

Alzai gli occhi al cielo e mi buttai a peso morto sul divano, afferrando il telecomando della televisione dal tavolino di fronte a me e cercando un canale carino su cui trasmettessero bei programmi.

«Non ignorarmi» si infervorò, staccando la spina del televisore.

«Sara!»

«Sara, un corno! I tuoi genitori sono preoccupati per te. Non li chiami mai, non gli scrivi mai nulla, nemmeno un insulso messaggio per far sapere loro che stai bene. Chiamano me tutti i giorni per sapere se ho tue notizie. Diamine, Melissa, sono i tuoi genitori e ti vogliono bene, è naturale che si preoccupino per te.»

«Ma quando mai loro si sono preoccupati per me, quando?

Quando andavo male a scuola non gliene fregava un accidenti, figuriamoci quando andavo bene. Quando è successo quel che è successo con Daniele loro non hanno fatto niente. Niente, Sara, capisci? E mentre loro facevano finta che non fosse mai esistito, la mia vita crollava a pezzi, uno dopo l'altro. La dolcezza si è trasformata nel suo opposto e le felpe sono diventate questi stupidi top che odio ma che lui amava da morire e quindi va bene così.»

Non mi ero nemmeno accorta di quanto avessi urlato, capii di aver esagerato solo quando mi voltai verso Sara e notai lo sconcerto sul suo volto, mi sembrava sull'orlo di una valle di lacrime, ma poi compresi che non era colpa del mio sfogo, anzi. Lei mi aveva capita e aveva cercato di immedesimarsi nel mio dolore, ma non ci si può calare nei panni di qualcun altro fino al punto di comprenderlo a pieno. È impossibile, purtroppo. E dico purtroppo perché, se riuscissimo a fare una cosa del genere, magari potremmo essere capiti a fondo, nel verso senso della parola, ed essere aiutati invece di dover essere obbligati a chiuderci in noi stessi. E tu lo sai che l'unico con cui ho sempre parlato eri tu, che anche se non potevi capirmi fino in fondo con te ci parlavo lo stesso perché sapevi ascoltarmi e aiutarmi anche quando dei miei discorsi non ci capivi niente di niente.

«Loro sono davvero in pena per te, Mel, te lo assicuro.»

Sospirai, senza sapere se ridere per quell'affermazione o mettermi a piangere. La odiavo quando insisteva così tanto, eppure sapevo che in qualche strano e contorto modo i miei mi volevano bene, quindi forse sarei potuta almeno passare a fare un saluto.

«Facciamo così: stasera andiamo alla festa e domani passo dai miei, d'accordo?»

«Sì!» gridò, gettandosi tra le mie braccia.

«A patto che però io dorma da te.»

«Puoi restare quanto vuoi» sussurrò, mentre la stretta diveniva sempre più forte. «E comunque puoi vestirti come piace a te, lui è fiero di te in ogni caso.»

Ignorai la fitta al petto e la strinsi di più, affondando col viso tra i suoi lunghi capelli ramati e ingoiando il groppo che mi si era appena formato in gola.

Avevo dimenticato come fossero le feste a Milano e, soprattutto, avevo dimenticato quanto fossero depravati tutti i ragazzi che entravano in quei locali di periferia. Erano decisamente molto, troppo diversi dai ragazzi del college americano. Persone come quelle che avevo conosciuto io alla UCLA erano sicuramente particolari e strambe, ma almeno evitavano di sedurre in tutti i modi una donna pur di portarsela a letto o almeno se ci provavano lo facevano con stile. Elijah era l'eccezione che faceva la regola.

La prima cosa che puntai al mio ingresso fu la postazione del dj, fantastico, certo, intoccabile per tutti quelli che erano lì dentro, ma io preferivo di gran lunga la musica live dei *The Strobe*, e non solo perché avevo scoperto che conoscessero la tua canzone. Preferivo decisamente l'ambiente del *Million Dollars*, più piccolo e riservato, con musica live da paura e universitari che, dopo giornate intense di studio, non cercavano altro che un posto dove potersi sfogare un po' e divertirsi.

Avevo perso di vista Sara, in tutta quella folla, così mi decisi a muovermi verso la zona bar e fermarmi da quelle parti per un po'. Avrei voluto ballare, ma non da sola. E per un attimo, uno solo, giuro, mi ritrovai a pensare a quella dannata festa per i tuoi diciotto anni, quando io ne avevo ancora soltanto sedici. E lo sai, ci penso di continuo. Penso di continuo a come sarebbe potuta andare se io e te non avessimo litigato e se tu non fossi corso fuori da quel maledetto locale, che tu sostenevi che io avessi baciato qualcuno, ma ero talmente ubriaca che neanche me lo ricordo.

E lo sapevamo che sarebbe potuto accadere, eri stato previdente, ma io non volevo crederci, non potevo farlo. E ogni volta ti ripetevo di stare tranquillo, di provare a tirartene fuori, ma non potevi: ormai ci eri dentro fino al collo. Non ho mai saputo tutto, anzi, non sapevo quasi nulla se non lo stretto necessario per comprendere la tua situazione, eppure mi chiedo continuamente cosa sarebbe accaduto se io fossi stata a conoscenza di ogni singolo dettaglio. Magari avrei potuto fare qualcosa, comprendere i punti deboli della situazione e sfruttarla a mio vantaggio.

«Oppure potresti permettermi di proteggerti» mi ripetevi ogni volta, ma io non volevo essere protetta, volevo proteggere te.

Tu e il tuo stupido vizio di proteggermi, ti avrei sgozzato molto volentieri se avessi potuto.

Per proteggermi… volevo fiducia, non protezione, Dani.

Avevo bisogno di bere.

«Ce li hai diciotto anni?» mi chiese il barista quando gli chiesi un Gin Tonic.

«Che c'è, Gino, non mi riconosci più?» domandai, allungandomi verso di lui sul bancone e alzando la voce. Non che non avessi diciotto anni, anzi, ne avevo venti, ma avevo lasciato la carta di identità a casa e non sapevo come dimostrarglielo, così scelsi la via più facile.

«Cristo, Melissa! Quando ti sei fatta così bella?»

Sapevo che sarebbe finita così. Mostra a Gino la materia prima nella tua scollatura e lui farà qualsiasi cosa pur di compiacerti e portarti nel suo schifoso letto. No, grazie. Non con un viscido come lui. Io volevo soltanto bere qualcosa, ubriacarmi e dimenticare.

Me lo avevi presentato tu, Gino, sempre la sera di quella

tua dannata festa. Era in ferie, non doveva andare al Sirenuse a lavorare e lo avevi invitato per fare numero. Si sa com'è in queste occasioni: non è importante chi ci sia al tuo compleanno, piuttosto che i numeri siano maggiori di quelli dei tuoi migliori amici. Sapevi anche tu quanto fosse malandrino, rubava le ragazze agli altri, anche se per una notte sola, per il semplice gusto di vedere litigare e lasciarsi coppie che stavano insieme da anni. Non ti è mai piaciuto e nemmeno a me, ma ci sono situazioni in cui certe persone devi fartele andare a genio per forza, come la mia in quel momento.

Pensare che fossero passati già quattro anni non fece altro che farmi tornare il magone. Fu per quello, credo, che una volta terminato il mio drink mi buttai in pista. Dovevo spegnere i pensieri e l'unico modo per farlo era divertirmi. A modo mio.

CAPITOLO 14

Amico o collega?

Elijah

Non lo riuscivo a sopportare. Vederla strusciarsi su quel tipo era troppo, soprattutto perché si muoveva su di lui ma non smetteva di fissare me.

Cosa vuoi ottenere, Sugar?

Alex mi lanciò un'occhiataccia quando non riuscii a prendere una nota. Lo ignorai e continuai a cantare e suonare fin quando lei non sparì e qualche ora dopo la serata giunse al termine.

«Siamo stati bravi, stasera.»

«Noi siamo sempre bravi, Alex.»

Posai la chitarra in un angolo del backstage e mi avviai verso i camerini per cambiarmi.

Perché? Perché lo aveva fatto? Perché era andata via con un altro? Era chiaro che voleva dimostrarmi qualcosa. O forse mi stava dicendo in silenzio di farmi da parte.

«Non mi piace quello sguardo, *Mercury.*»

Odiavo quando faccva così, quando mi chiamava con il nostro nome in codice soltanto per mettermi alle strette.

«Non ho nessuno sguardo.»

«Mi prendi per culo?»

Con la coda dell'occhio lo vidi avvicinarsi mentre mi sfilavo la camicia sudata per mettermi qualcosa di pulito. Non vedevo l'ora di tornare al mio appartamento per farmi una doccia. Il lato positivo del mio lavoro era che avevo un piccolo bilocale tutto mio dove potevo fuggire quando la confraternita mi stava stretta, cioè molto spesso.

«Parli da amico o da collega?»

«Tu che dici?»

«Collega» sbuffai e lui annuì.

«Da amico voglio che tu sappia che sarei felicissimo di vederti felice, lo merita anche lei e noi due sappiamo quanto, ma da collega… avevi promesso che non ti saresti lasciato coinvolgere e io ho promesso che se fosse accaduto avrei fatto rapporto.»

Mi girai verso di lui lasciando andare la camicia sulla sedia accanto a me.

«Fammi capire, vuoi farmi togliere il caso?» ringhiai.

Lui si avvicinò guardandomi senza battere ciglio.

«No, se non me ne dai motivo.»

Digrignai i denti, infilandomi la t-shirt pulita dopo essermi passato un asciugamano intorno al torace e al collo.

«Non c'è nessun motivo per togliermelo, no?»

«Elijah…»

«Non la sfiorerò nemmeno con un dito, *Mars*. Ho promesso che non mi sarei innamorato di lei e, dato che non ho mai amato nessuna, non vedo perché Melissa debba essere la sfortunata. Ora levati dalle palle.»

Mi scrutò per un altro secondo, cercando di capire se mentissi o meno. Restai imperturbabile. Non poteva capire, non doveva farlo. Se lui avesse compreso quanto forte mi battesse il cuore quando ero vicino a lei… non osavo nemmeno pensare dove saremmo arrivati e io non potevo permettermi il lusso di perdere la sua custodia.

L'avrei protetta a ogni costo, proprio come avevo promesso a te e ai suoi genitori.

«Io e Blue le saremo sempre attaccati al culo.»

Non risposi, mentre lui imboccava il corridoio chiudendosi la porta alle spalle.

CAPITOLO 15

Case distrutte e vecchie coperte

Per fortuna non avevo bevuto al punto tale da risentirne il giorno dopo, soprattutto perché, come promesso a Sara, avrei presto dovuto bussare alla porta del mio appartamento e salutare i miei. Era passata la mezzanotte da un pezzo quando ritrovai mia cugina a pomiciare con un perfetto sconosciuto su un divanetto del locale. Non la giudicai di certo, ero l'ultima sulla faccia della terra che avrebbe potuto farlo.

Aspettai che si accorgesse di me prima di farle segno di raggiungermi. Non protestò, si alzò dalle gambe di quel tipo, che devo ammettere fosse molto carino, e si avviò all'esterno senza dire una parola. Facevamo sempre così, io e lei. Quando una si stancava richiamava l'altra e tornavamo dritte a casa senza discutere, anche a costo di interrompere il divertimento, ma tu questo lo sai già.

«Sei pronta?» mi domandò una volta davanti la porta dei

miei.

«No, ma bussa pure.»

Il campanello risuonò all'interno dell'abitazione facendo giungere l'eco fino a noi. Aspettammo qualche secondo prima che qualcuno venisse ad aprire la porta. Mio padre era lì, che mi guardava con un'espressione stravolta. Avrebbe potuto chiedermi di entrare, abbracciarmi, piangere, fare qualsiasi cosa, invece stette lì, fermo, sull'uscio, a osservarmi sconcertato e senza sapere cosa dire. La realtà è che non c'era assolutamente niente da dire, così mi voltai senza dire nulla, amareggiata e delusa perché ero sicura che forse quella volta le cose sarebbero potute cambiare, e pronta a tornarmene in America in qualsiasi momento, ma il lamento sommesso di una donna mi fermò.

«È la mamma?» chiesi a mio padre, voltandomi di scatto con sguardo assassino. Non parlò, annuì soltanto. Non si spostava dall'uscio, così lo travolsi con la mia furia nell'intento di entrare e corsi nella sua stanza, da cui provenivano quei singhiozzi strozzati.

La trovai distesa per terra con una coperta tra le mani a piangere tutte le sue lacrime. Sembrava distrutta, anzi, non lo sembrava, lo era. Intorno a lei c'erano cornici di foto in pezzi, le statuette della famiglia di gufi che mamma portava sempre su una delle mensole sopra il letto, vecchi album di foto stracciati e frantumi di vari soprammobili di vetro. Solo in quel momento ebbi la lucidità necessaria per capire di dovermi guardare intorno. Quella casa era un disastro. C'erano oggetti sparsi ovunque, le coperte erano state tolte dal letto e sembravano essere state dilaniate dalle fauci di chissà quale mostro. Niente era più in ordine, anzi, c'era un disordine tale da far quasi paura.

Mi accasciai accanto al corpo tremante di mia madre e le sfilai la coperta che, non chiedermi come fosse possibile, mi sembrava avesse ancora il tuo odore. La aprii con le lacrime agli occhi; ero nel panico più totale e l'unica cosa a cui riuscivo a pensare era: *«cosa significa tutto questo?»*

In un primo momento pensai fosse soltanto una reazione, finalmente direi, da parte della mamma dopo tutto quella sofferenza ingiusta, ma c'era qualcosa che non quadrava.

Sentivo le orecchie fischiare con prepotenza, la vista era annebbiata da tutte le lacrime che stavano sgorgando senza controllo, il cuore batteva all'impazzata, così forte che credetti potesse scoppiare da un momento all'altro.

«Che cosa significa tutto ciò?» domandai con la voce spezzata dal pianto, ma non ottenni risposta.

Mia madre non smetteva di singhiozzare e mio padre ci guardava, inerme, appoggiato con le spalle a un muro della stanza, lo sguardo vuoto e spento, le braccia conserte. Non sembrava nemmeno più lui.

E poi la vidi, Sara, intendo, entrare con passo felpato nella stanza e abbassare lo sguardo su di me. Spalancò gli occhi e la bocca per la sorpresa quando notò cosa stringessi tra le mani e si gettò sulla tua coperta, scoppiando a piangere a dirotto.

La cosa terribile fu quel senso di impotenza che mi schiacciava il petto e mi impediva di prendere in mano le redini della situazione.

Volevo capire, diamine se lo volevo, ma ero così distrutta e terrorizzata da ciò che avrei potuto scoprire che preferii rimanere in silenzio, consolare Sara, poi alzarmi e con passo malfermo raggiungere quella che un tempo era stata anche la mia cucina, la *nostra* cucina. Mi lasciai scivolare su una delle sedie che attorniavano il tavolo e portai le mani alle tempie, accarezzandole con movimenti circolari. La testa aveva cominciato a pulsare incredibilmente e avevo bisogno di riposo, ma non era il momento ideale per concedermi un paio d'ore su un letto.

Intorno c'era un silenzio assordante, uno di quelli che vorresti riempire in qualsiasi modo ma non hai idea di come rimediare, uno di quelli che fanno troppa paura, ma che sei costretta a sopportare.

Sentii il rumore dei pioli di una delle sedie che veniva spostata, così alzai lo sguardo e caddi in quello di papà, che mi guardava spento.

Non sapevo cosa stesse accadendo, ma avevo capito che qualcosa non funzionasse a dovere. C'era troppa tensione nell'aria per essere soltanto una specie di reazione da parte di mamma. E poi non era solo la stanza dei miei a essere un disastro, ma era la casa intera. Quindi le opzioni erano due: o mamma aveva avuto una reazione tanto spropositata da distruggere tutto o qualcuno era entrato in casa alla ricerca di qualcosa.

«Papà ti prego, dimmi cosa sta succedendo.»

Lo implorai, lo pregai di dirmi anche solo una parte della verità, ma non voleva ascoltarmi o parlarmi dell'accaduto nella maniera più assoluta.

«Tesoro, non sei al sicuro qui. Devi tornare in America.»

Serrai i pugni sul tavolo e mi alzai di scatto, sbattendoli poi con forza sulla superficie di legno.

«Ti rendi conto della gravità della situazione?» sbottai. «La mamma ha una crisi, rispunta una vecchia coperta di Daniele che doveva essere scomparsa secoli fa. Qualcosa non va, è ovvio. Di chi è quel sangue? Mi spieghi come faccio io a star tranquilla se sono dall'altra parte del mondo?»

Dopo il mio scatto d'ira, papà sospirò e spostò la sedia accanto a me, poi si alzò, allungò un braccio sulla mia spalla e mi attirò sul suo petto. Erano anni che non mi cullava così e mi mancava così tanto quel contatto. Da quando tu eri andato via la nostra famiglia era caduta in frantumi e quella era l'ennesima dimostrazione di quanto ci avessi reso fragili e scoperti alle cattiverie del mondo.

La verità è che con te io mi sentivo forte, così tanto da poter affrontare qualsiasi cosa ci fosse là fuori, ma nel momento stesso in cui ho perso te, ho perso anche i miei genitori, e io non ero fatta per affrontare il mondo da sola. Questo spiegava il mio cambiamento dal punto di vista caratteriale e anche tutti quelli che avevo attuato sul mio modo di vestire o sulle mie relazioni. La vecchia me non sarebbe sopravvissuta e così aveva dovuto adattarsi, diventando quella che ero adesso. Ma, dimmi, si può mai cancellare chi si è stati in passato?

«Mamma ha solo avuto una crisi. Vai a Los Angeles, Melissa, ti prego. Fallo per noi. Lì sarai al sicuro, si prenderanno cura di te.»

Chi?

Nella mia testa risuonava una sola domanda.

Chi si prenderà cura di me?

Non riuscii a esternarla, non riuscii a dire niente. Lo guardai soltanto e pensai che mi fidavo, che nonostante tutti gli ultimi trascorsi mi fidavo ciecamente di mio padre. Così non replicai, mi tenni le domanda per me e mi ripromisi di cominciare la mia vita da capo, lontano da Milano, lontano dai miei, lontano dai loro stupidi e schifosi segreti e lontano da tutto quello che poteva ricordarmi di te.

Lì, cullata nelle braccia dell'unico uomo che riuscivo in qualche modo ad amare, mi lasciai convincere del fatto che magari tutto quello era stato davvero un modo di reagire della mamma, che magari era solo la mia mente che si faceva strane congetture, perché era l'unico modo che avevo per non pensare e per gettarmi alle spalle tutte le stranezze di quella mattina.

Non entrai nella tua stanza, non riuscii nemmeno ad avvicinarmi alla porta. Il tuo odore era ancora troppo presente tra quelle mura, il mio dolore ancora troppo forte e i ricordi ancora troppo vividi. Non potevo permettermi di rivederci su quel letto mentre mi stringevi forte durante una nottata no dei nostri genitori.

Così lasciai quella casa con il più falso dei sorrisi e la mattina dopo presi il primo aereo per Los Angeles, diretta verso la

UCLA giusto in tempo per partecipare alla festa di Ringraziamento organizzata dai miei amici, se ne fossi stata dell'umore.

CAPITOLO 16

Dovevo farti sentire una cosa

Sara mi aveva letteralmente implorata di restare con lei, di non lasciarla sola, ma per l'ennesima volta nella mia vita la parte più codarda di me aveva preso il sopravvento e avevo quindi deciso di tornarmene alla UCLA il prima possibile, prendendo l'aereo per Los Angeles la mattina successiva. Il viaggio fu lungo e tormentato, le poche volte che chiudevo gli occhi per riposare mi ritrovavo davanti le immagini di quella dannata coperta di Snoopie e irrimediabilmente il mio pensiero tornava a te.

Quante volte mi sono chiesta perché, perché proprio a te fosse dovuta capitare una cosa simile? Eri entrato nelle nostre vite in punta di piedi e ci avevi scossi con la potenza di un uragano, ci avevi mostrato tutte le sfaccettature dell'amore, ci avevi reso felici, e poi eri andato via, di nuovo. E lo so, lo so che non è stata colpa tua, che le cose a volte semplicemente accadono, ma non riesco a togliermi dalla testa il fatto che a pagare le spese di quella malattia del cavolo sia stato proprio tu, una persona così buona e tranquilla, incapace di fare del male a una mosca. E sì, tu eri stato proprio così: leggiadro come una farfalla e potente come un uragano. Il mio cuore non ha più retto senza di te, dopo l'averti incontrato. Era diventato parte integrante di te e non sapevo come fare per sganciarlo da quella morsa intaccabile che lo teneva legato a te. Non ci riuscivo in nessun modo e faceva male.

Quando rimisi piede alla UCLA non mi sembrava vero, ero stanca morta e non avevo la più pallida idea di cosa fare, ma poi mi ricordai della festa di cui mi aveva parlato Lynette e così pensai di dirigermi alla confraternita dei ragazzi nella speranza di riuscire a mettere da parte i pensieri almeno per un po' e di far smettere di ronzare la testa. Guardai l'orario, ero giunta appena in tempo per il buffet notturno del Ringraziamento, così entrai nella mia stanza per posare la valigia e poi mi allontanai verso la mia meta. Non ci impiegai molto a raggiungere la destinazione.

Ero già fuori alla porta quando sentii il cellulare vibrare nella tasca posteriore dei jeans.

Entrai nell'edificio facendomi investire dalla musica altissima e dall'odore acre di alcool. Era un ambiente così diverso da quelli a cui ero abituata in Italia che avrebbe dovuto darmi fastidio, invece mi mise a mio agio. Nessuno che ti guardava quando entravi con quello sguardo pervertito che odiavo. Gli americani erano molto più per il vivi e lascia vivere.

Avanzai di qualche passo, poi afferrai il telefono e aprii la casella dei messaggi su cui aleggiava un uno rosso che mi avvisava della notifica non ancora aperta. Il numero era sconosciuto.

- Felice giorno del Ringraziamento ;)

Non avevo bisogno di conoscere il mittente perché sapevo già di chi fossero quelle parole, sentivo dentro di me che fosse lui.

Mi ero ripromessa di cambiare vita, di partire da capo con una nuova me. Chiedere una tregua a Elijah mi sembrava un buon primo passo.

Alzai lo sguardo e mi guardai intorno. Se Lynette era lì, lo erano di sicuro anche i ragazzi e io dovevo trovarlo. Lo sguardo vagò sull'improvvisata pista da ballo, dove le ragazze erano appiccicate con corpo e anima alle camicie di ragazzi che probabilmente non avevano mai visto prima, cercando di muoversi in maniera sexy su di loro; poi si spostò verso quella che era stata adibita a zona bar, accanto alla cucina: c'erano diversi ubriaconi, ma dei miei amici nessuna traccia; mi spostai allora verso una zona più nascosta, composta da divanetti vari distanziati soltanto da un tavolino di vetro posto al centro, e fu lì che lo riconobbi.

I suoi capelli neri erano impossibili da confondere, spettinati come al solito, mai in ordine e attraenti più di una calamita. Era solo, seduto su un divanetto, e degli altri non c'era traccia, così mi avvicinai alle sue spalle e notai che aveva il cellulare tra le mani. Presi la palla al balzo e risposi al suo messaggio senza riflettere, le dita si mossero da sole sulla tastiera, inconsapevoli del danno che avrebbero creato.

Voltati -

Non chiedermi come sapessi che il messaggio fosse suo, lo sapevo e basta, lo sentivo dentro di me ed è una sensazione impossibile da spiegare con le parole. È un po' come quando sei a scuola, dietro quei banchi terribili, non hai studiato nulla ma tu sai che il professore chiamerà te, lo senti dentro e difficilmente sbagli. Chiamalo pure istinto, se vuoi, ma è decisamente un qualcosa di più profondo dell'istinto.

Poi accadde.

Il suo capo si girò verso di me con una lentezza immane e quando il suo sguardo si puntò nel mio sentii le gambe tremare e la pancia andare a fuoco in un turbinio di sensazioni incredibili. Mi sorrise e sentii il mondo intorno a noi cadere in un profondo oblio. Eravamo come in una bolla, soltanto io e lui. O forse mi stavo solo creando la mia ennesima fantasia. I miei occhi non lo mollarono nemmeno per un secondo, lo videro alzarsi e avvicinarsi piano, come se temesse che andando più veloce avrebbe potuto rompermi.

«Ciao» disse, ma il suono non arrivò alle mie orecchie per via della musica troppo alta. Lessi soltanto il labiale e ricambiai con un altro «Ciao» decisamente più timido e meno sorridente del suo. Credo che capì che in quella situazione non ci saremmo compresi perché afferrò la mia mano e mi trascinò via, verso il piano superiore. Aprì una delle tante porte in fila e mi invitò a entrare.

«Qui riusciremo a parlare indisturbati» annunciò, spostandosi dall'altra parte della stanza e sedendosi su un letto.

«È la tua stanza?» domandai, riprendendo le mie capacità oratorie e muovendomi anche io verso il materasso.

«Sì» confermò, per poi cambiare discorso. «Ma tu che ci fai qui? Non eri tornata in Italia?»

«Te l'ha detto Alex?»

«Lynette.»

Ah. Tutta questa confidenza Lynette ha con te?

«Diciamo che il viaggio non è andato come previsto» tagliai corto. Ero lì per dimenticare, non per ricordare, e a dire la verità non sapevo nemmeno perché diavolo avevo seguito Elijah nella sua camera.

«Ne sono felice.»

«Che il viaggio sia andato male?»

«Sì.»

«E perché?»

«Dovevo farti sentire una cosa e dovevo farlo subito.»

Sorrisi, consapevole del fatto che si riferisse a una canzone, e mi misi comoda, incrociando le gambe. Si avvicinò a me, eliminando la porzione di letto che ci divideva. Eravamo così vicini che potevo sentire il suo respiro irregolare infrangersi sulla mia pelle e i battiti accelerati del mio cuore scoppiare nelle mie orecchie.

«Non prendi la chitarra?» mormorai a pochi centimetri dalle sue labbra, per poi deglutire rumorosamente.

«Non ho bisogno della chitarra per farti sentire quello che sento io.»

Un istante dopo la sua bocca fu sulla mia, ma io non gli concessi subito carta bianca. Si muoveva con delicatezza, cercando di capire fino a che punto potesse spingersi, ma ero ancora sconcertata dalla sua mossa. Quando capii che non si sarebbe arreso facilmente come speravo, schiusi le labbra e gli permisi di approfondire quel bacio che sembrava tanto insaziabile quanto letale. Nessuno dei due riusciva a fermarsi e giuro che non mi era più successa una cosa del genere da tanto tempo ormai, tu lo sai bene.

Mettiamo le cose in chiaro: negli ultimi anni avevo baciato tante, tantissime, troppe persone, ma mai nessuna con il trasporto con cui stavo baciando Elijah. Con lui era diverso. Con lui avevo le gambe che tremavano e la testa che si sconnetteva, il cuore che batteva all'impazzata e il respiro che si spezzava all'improvviso. E poi sentivo quelle dannate farfalle nello stomaco da cui non avevo fatto altro che provare a stare lontana, ma quando ti prendono succede e basta. Non lo programmi. Non lo decidi. Non puoi farlo. E lo sapevo che sarebbe finita così, che mi sarei arresa nelle braccia di quel ragazzo che mi aveva fatta sentire a casa nonostante i suoi modi di fare scostanti e burberi, ma ti avevo fatto una promessa e se davvero quello che provavo per Elijah era amore allora dovevo fermarmi e pensare. Non potevo far crollare ogni barriera in un colpo solo, perché me ne sarei pentita per tutta la vita.

«Elijah» lo fermai, quando la sua mano si intrufolò sotto il top nero e scollato.

«Scusami» si distaccò lui, prendendo le distanze da me e alzandosi di scatto, come se avesse preso la scossa. Cercai di non mostrare la mia delusione e il mio sconcerto quando si allontanò dal mio corpo. Afferrai i lembi del top e li tirai verso il basso, con l'intenzione di coprire un po' in più la pancia totalmente scoperta, ma peggiorai la situazione perché la scollatura si accentuò. Percepii lo sguardo di Elijah cadere esattamente dove il pezzo di tessuto aveva scoperto la pelle e mi sentii morire dall'imbarazzo. Cosa mi stava succedendo? «Sono stato un idiota, non dovevo farlo.» Si portò una mano ai capelli, mentre poggiò l'altra al muro scaricandovi il peso del corpo sopra.

«È tutto okay, Elijah, davvero» cercai di sistemare le cose.

«No, Melissa. Devi stare lontana da me.»

Rimasi in silenzio, fissandolo attonita e senza sapere cosa aggiungere per fargli capire che non c'era alcun problema tra noi, ma per la prima volta da molto tempo ero rimasta senza la capacità di ribattere a tono, troppo delusa dalla situazione. Abbassai lo sguardo per trattenere le lacrime che stavano minacciando di uscire e quando lo rialzai la porta era aperta e di Elijah non era rimasta più alcuna traccia.

«Perché diamine non sei a Milano?» urlò Lynette per sovrastare la musica, gettandosi poi a peso morto su di me e avvolgendomi le braccia intorno alla vita.

«C'è stato qualche problemino a casa» rivelai, ormai non

più tanto convinta che il mio rientro in America fosse stata la scelta migliore. L'incontro-scontro con Elijah mi aveva destabilizzata e, soprattutto, lasciata con l'amaro in bocca. Sperai che non facesse domande e per fortuna esaudì il mio desiderio. Al posto di porre quesiti a cui comunque non avrei dato risposta, mi trascinò in pista a ballare. La seguii dimenandomi a ritmo di musica e poco dopo ci raggiunse anche Iris, comparsa dal nulla con un sorriso contagioso impresso sul volto e una voglia matta di gettarsi anche lei in pista. Per la prima volta da tanto tempo mi sentii libera davvero, felice di poter essere me stessa e, perché no, contenta di avere finalmente al mio fianco qualcuno su cui contare.

Il problema è che quando pensi che tutto stia ingranando, poi ti crolla tutto sulle spalle.

«Guardate là.»

Lynette indicò con un dito un punto non troppo lontano da noi. I ragazzi stavano venendo dalla nostra parte. Elijah rideva insieme ad Alex, mentre Blue sembrava assorto in qualche pensiero tutto suo. «Devi dirci qualcosa?» urlò poi a Iris che, con sguardo imbambolato, non toglieva gli occhi di dosso a Elijah.

«Ci siamo baciati» esclamò con aria sognante e un paio di occhi a cuoricino che mi fecero venire da rimettere. Ero sicura che se non fosse stato per quella musica infernale ci avrebbe raccontato tutto, ma io riuscivo a sentirmi soltanto nauseata.

Non dissi nulla, ero troppo intenta a cercare una via di fuga che trovai quando notai il cartello del bagno a pochi passi dal punto in cui ci trovavamo. Lasciai le ragazze e corsi via, fregandomene di quello che avrebbero potuto pensare di me. Scoppiai a piangere a dirotto, ma nemmeno io sapevo per cosa. In fondo, Elijah era quasi uno sconosciuto. Con lui parlavo davvero poco, anzi, la maggior parte del tempo la trascorrevamo a litigare o a minacciarci velatamente. Anche se non riuscivo ad ammetterlo, però, qualcosa nei miei sentimenti verso di lui stava cambiando e, se queste erano le premesse, non potevo permettermelo. Non potevo permettergli di ferirmi perché ero già stata spezzata una volta e non avrei sopportato il poter essere spezzata una seconda.

E lo so, lo so che ti avevo fatto una promessa, so che non avrei dovuto infrangerla, che andando contro quel sentimento che stava nascendo per lui avrei irrimediabilmente disonorato la mia parola verso di te, ma fu più forte di me. Avevo troppa paura di soffrire quando l'unica cosa che volevo era smettere di provare dolore e cominciare a vivere sul serio.

CAPITOLO 17

Elijah, controllati

Elijah

Ero stato un idiota, un completo, grandissimo, enorme idiota. Quando Alex sarebbe venuto a sapere di quel bacio mi avrebbe prima tolto dall'indagine e poi anche ammazzato per essere stato così stupido e cretino. Dio, ma come avevo potuto baciarla?

Uscito dalla mia camera mi gettai di sotto e afferrai al volo l'unica persona che potesse aiutarmi, Iris. Avevamo già pomiciato quel pomeriggio, ma ora, dopo tutto quello che era successo, lei era l'unica distrazione che potevo permettermi. La usavo, la usavo da quando mi ero accorto di dovermi togliere Melissa dalla testa. Avevo iniziato a scriverle, a corteggiarla, anche se la sua vicinanza non mi provocava gli stessi stimoli di quella di Melissa. Ricacciai quel pensiero nell'angolo più nascosto del mio cervello e la tirai sulle mie gambe, sedendomi su un divanetto in pelle.

Non sarei mai andato oltre, non con lei, non potevo. Ma se baciarla mi toglieva Melissa dalla testa almeno per un po', allora andava bene. Dovevo assolutamente togliermi dalla testa il ricordo di quel bacio con lei, il cuore galoppante, il respiro irregolare e la voglia di sbatterla contro il muro.

Non potevo.

Elijah, controllati.

«Mi spieghi cosa stiamo facendo?»

Iris mi squadrò con l'aria di una che non vedeva l'ora di fottermi su quel divanetto.

Anche no, grazie.

«Zitta e baciami.»

Chiusi le mie labbra sulle sue in una morsa infernale.

Non aveva niente, quel bacio, della passione, l'amore e la voglia di scoprirsi che c'era stato in quello con Melissa. L'unica cosa che sentivo baciando Iris era ribrezzo.

Lei non mi piaceva, la stavo usando e quello non era un comportamento da me.

Misi le mani sui suoi fianchi e la spinsi via, facendola alzare in piedi.

«Scusa» mormorai in un tono così basso che non credevo potesse aver sentito con tutta quella musica.

Presi l'ultimo briciolo di dignità che mi restava e mi defilai prima che lei potesse aggiungere qualunque cosa.

CAPITOLO 18

Fidati di me

La mattina dopo avevamo tutte e tre delle occhiaie enormi che non riuscivamo a coprire nemmeno con il correttore. Iris aveva trascorso la notte da noi in un sacco a pelo sul pavimento e ci aveva raccontato per filo e per segno come fosse finita appiccicata alle labbra di Elijah più volte. Ebbene sì, a quanto pare non si erano soltanto baciati a stampo, come speravo dentro di me. Mi rinchiusi nel bagno a piangere e a vomitare anche l'anima come una bambina a cui era stata tolta la sua caramella preferita da sotto al naso, mi sentivo uno straccio.

Non puoi innamorarti di lui, Melissa. Non puoi.

Ma era troppo tardi perché io ero già innamorata di lui, anzi, non ero solo innamorata, ero proprio cotta a puntino.

Mi sciacquai il viso e tornai in camera, il viso nascosto dal buio che aleggiava nell'aria, per fortuna. Mi infilai sotto le coperte, mentre sentivo Iris sospirare profondamente. Che stesse immaginando Elijah?

Non odiavo Iris, non avrei mai potuto, anche perché lei non era a conoscenza di quel paio di occasioni intime che avevamo avuto io e quello che a quel punto credevo di poter definire il suo ragazzo. Non sapeva nulla di me e lui, quindi era più che legittimo il fatto che lei non pensasse di poter ferire o far ingelosire qualcuno.

Me, ad esempio.

Non posso dire lo stesso di Elijah, invece, il quale sono convinta avesse ben compreso che tra noi c'era dell'alchimia, altrimenti non avrebbe avuto senso il giochetto che aveva fatto quella sera sulla canzone che avrei dovuto sentire e che poi ha arrabattato su quelli che, secondo lui, erano i nostri sentimenti. Davvero non so cosa volesse dimostrare baciandomi e poi lasciandomi andare ancor più frastornata di prima. E poi a che pro? Farmi capire che gli piacessi per poi buttarmi via come un fazzoletto usato, perché? Ero l'ennesimo giocattolino? Non volevo esserlo e mi ero lasciata convincere dal fatto che in quegli ultimi giorni lui sembrasse diverso, più maturo, meno stronzo.

«E quindi? Avete fatto sesso?» chiese Lynette, piuttosto eccitata dalla situazione, non appena ci fummo svegliate la mattina dopo.

«Oh no, vi prego, risparmiatemi i dettagli!» mi lamentai, afferrando il guanciale a soffocandoci la testa all'interno, nella speranza di non sentire nemmeno una parola del racconto sconcio di Iris. Avevo paura che dicesse che fossero davvero stati a letto insieme, anche se non capivo perché dovesse darmi fastidio. Con quanti me l'ero fatta io? Troppi. La sua voce però confermò che tra loro non c'era stato niente di più di qualche bacio e la tenaglia che si era agganciata al mio stomaco lasciò un pochino la presa, facendomi tornare a respirare.

Qualcuno bussò facendoci sobbalzare.

Per paura che potesse trattarsi del custode, chiudemmo Iris e il sacco a pelo nel mio armadio, il quale dopo mesi era ancora mezzo vuoto, e Lynette si fiondò ad aprire.

«Buongiorno fanciulle!»

Blue aveva in mano un sacchetto su cui era stampata l'immagine di un milkshake e nella mia testa si illuminò un'insegna che recitava: colazione, colazione, colazione. Dietro di lui c'erano Alex ed Elijah tutti vestiti di tutto punto, mentre io, Lynette e Iris eravamo ancora in pigiama. Dirai tu, qual è il problema? Nessuno, se non fosse stato per le mie pantofole enormi a forma di unicorno rosa.

«Abbiamo pensato di portarvi del cibo.»

Iris spalancò la porta dell'armadio che sbatté al muro e risuonò rumorosamente per tutta la stanza, poi si catapultò accanto al letto, alzò le mani in aria e si gettò verso di noi, per poi aggiungere: «Qualcuno ha detto cibo?»

Blue alzò la mano che manteneva il sacchetto, imitato dai suoi amici, poi glielo porse.

«Un sacchetto a testa» ordinò poi.

«Ma sono quattro!» si lamentò Iris.

«Uno è per me, non ho ancora fatto colazione stamattina» rivelò Elijah, andandosi a sedere accanto a lei sul mio letto e lasciandole un bacio sulle labbra.

Bleah, mi rifiuto categoricamente di vederli pomiciare.

«Alex» lo richiamai, avvicinandomi a lui. «Ti va di andare a mangiare nel giardinetto dietro la biblioteca?» domandai con quanto più charme possibile. Dovevo convincerlo assolutamente, perché la piega che i baci di Iris ed Elijah stavano prendendo non mi piaceva per niente.

«Certo.»

«Mi cambio e arrivo.»

E così fu. Mi chiusi nel bagno con i vestiti da indossare, mi feci una lavata veloce, spruzzai un po' di profumo e lasciai il pigiama in bagno senza preoccuparmene, ci avrei pensato dopo. Quando tornai in stanza Lynette e Blue erano già andati via, lasciando Alexander in balìa di quei due. Afferrai la sua mano e lo trascinai fuori.

«Se proprio dovete farlo, non sul mio letto, grazie.»

Chiusi la porta con un tonfo e mi allontanai con Alexander lungo il corridoio.

La verità è che ci stavo provando con tutta me stessa a comprendere quello che avevano detto i miei genitori, ma l'unica cosa che riuscivo a ricordare era il pianto strozzato di mia madre e quella dannata copertina di Snoopie che tu adoravi così tanto da bambino. Non li avevo più sentiti da quando ero tornata in America e la cosa che più mi faceva preoccupare era che anche Sara sembrava completamente essersi dimenticata di me: non rispondeva più alle mie telefonate o ai miei messaggi, spesso beccavo addirittura il suo cellulare spento, abitudine che lei non aveva mai.

Ero finita per trascorrere le giornate con una tale agonia da aver paura di poter essere risucchiata all'improvviso da quel buco nero creato da tutti i dubbi e le insicurezze che mi portavo dentro. Erano giorni che non sorridevo, spesso rispondevo male ai miei amici e in fondo mi dispiaceva anche, ragionandoci con mente salda, ma mi veniva spontaneo. Eppure avevo pensato tanto a quella soluzione e ogni volta mi ero ritrovata soltanto con mille punti di domanda in più rispetto a cinque minuti prima, ed era frustrante.

«Si può sapere che ti succede?»

Eravamo seduti sull'erba, con le spalle alla vetrata che ci

divideva dalla biblioteca e soltanto la carta di un cornetto alla crema ormai finito nello stomaco da un bel po'.

«Pensieri.»

Non volevo spifferare ad Alexander i dettagli sulla mia vita non perché non mi fidassi ma perché mi sentivo stupida a pensare che potesse davvero esserci qualcosa in più dietro quella storia. Magari mi stavo soltanto facendo mille film, magari non era niente, magari era stato davvero un attacco di rabbia della mamma. Poi però ripensavo alle parole di papà, che aveva espressamente rivelato che in Italia non fossi al sicuro, e le mie paturnie cominciavano di nuovo, ogni volta da capo, ogni secondo con un po' d'ansia in più rigettata sul mio corpo già stremato dalla sessione invernale.

«Vuoi parlarne?» si avvicinò, poggiando una mano sul mio ginocchio con il palmo rivolto verso l'alto. Incastrai la mia mano nella sua, sperando che la sua stretta calda mi avrebbe portato un po' di sollievo.

«Prometti che non mi prenderai in giro?»

«Promesso.»

«E che resterà un segreto tra me e te?»

«Promesso.»

Strinse la mia mano con più forza ma senza farmi male, come se avesse voluto dirmi che lui ci sarebbe stato sempre, in ogni caso. Quel gesto mi aiutò a restare concentrata sull'obiettivo e a sciogliermi con lui.

«Quando sono tornata in Italia è successo qualcosa che mi ha messa sull'attenti.»

Alzai lo sguardo verso l'alto, notando un piccolo pettirosso che volava tra i rami dell'albero sotto cui eravamo riparati, probabilmente cercando il suo nido per portare il cibo ai suoi piccoli. Istintivamente sorrisi, pensando a quanto la natura fosse magica e meravigliosa.

«All'inizio non volevo vedere i miei genitori... sai, i nostri rapporti non sono un granché. A ogni modo, mia cugina Sara è riuscita a convincermi, così dopo un paio di giorni ho bussato a quel maledetto campanello e ho trovato il disastro.»

«Cosa intendi per disastro?»

«La casa era stata messa sottosopra, mia madre piangeva nella sua stanza aggrappata a quella maledetta coperta di quando *lui* era bambino e io mi sono sentita così impotente.»

Senza rendermene conto le lacrime avevano cominciato a scendere copiose sul mio volto, ma non avevo permesso loro di interrompermi o di far incrinare la voce. Se mi fossi fermata, sapevo già che non avrei più ritrovato la forza per continuare.

«*Lui* chi?»

«Non posso rispondere a questa domanda.»

Tirai su con il naso e aprii lo zaino alla ricerca di un pacco di fazzoletti. Alex fu più veloce e me ne porse uno al volo.

«Scusa. Torniamo indietro... hai detto che hai trovato la casa a soqquadro, giusto?»

Annuii, asciugandomi gli occhi stando ben attenta a non rovinare il trucco.

«Magari non è successo niente, magari i tuoi hanno solo litigato e avuto uno scatto d'ira eccessivo.»

«Ci ho pensato anche io, Alex, ma non mi sembra possibile. Prima di uscire da quella casa mio padre mi ha espressamente chiesto di tornare qui. Era chiaro che a casa non fossi la benvenuta.»

«Forse non volevano che ti preoccupassi per loro.»

«Sì, ma qualcosa non torna...»

«Pensarci su ogni secondo non farà che renderti le cose ancora più difficili. Non pensi che sia meglio studiare, per il momento?»

Aveva ragione, aveva dannatamente ragione, ma come facevo a non preoccuparmi per la mia famiglia che era soltanto dall'altra parte del mondo? Se fosse successo qualcosa non mi sarei mai perdonata l'essere scappata via così, senza affrontare la situazione.

«Sono pur sempre i miei genitori, Alex. Sono preoccupata per loro.»

«Andrà tutto bene, Mel. Stai tranquilla.»

«Non puoi saperlo, Alex.»

Si voltò verso di me e lo sguardo determinato che fissò nel mio mi fece quasi paura, ma non glielo dissi, lo tenni per me e deglutii sperando di mandare giù quel groppo che si era formato in gola.

«Tu fidati di me.»

Nota vocale

3 dicembre 2017

I Phone di Melissa > Desktop > In ogni parola del cuore

Aprirsi con qualcuno significa donargli
un pezzo di cuore.
Ricorda: mai aprirsi con le persone che
non darebbero il cento per cento pur di aiutarti a ricostruire i
pezzi rotti della tua vita,
anche se la loro è persino più incasinata della tua.

CAPITOLO 19

Mi stai evitando?

Se c'era una cosa che avevo compreso di Elijah e Iris ascoltando i suoi discorsi ogni singolo secondo libero della giornata era che il loro rapporto era basato esclusivamente sui baci, il che avvalorava la mia tesi sul fatto che gli uomini ragionino soltanto con l'uccello e che noi donne siamo così attratte fisicamente da loro che ci lasciamo pure trascinare. Voglio dire: una cosa è essere come ero io, libera e indipendente da ogni relazione possibile a meno che non fosse basata esclusivamente sul sesso; un'altra è stare con un ragazzo di cui si è innamorati senza scambiarsi opinioni sulle proprie vite. Non ha senso.

La cosa che più mi faceva pensare però era: perché non erano ancora stati a letto insieme? Voglio dire, lui era adulto, vaccinato e playboy, lei non credo si sarebbe tirata indietro se lui ci avesse provato in quel senso.

Quindi perché, Elijah?

«Mi stai evitando?»

Eravamo a lezione con Diderot quel pomeriggio ed Elijah si era precipitato accanto a me non appena aveva notato il posto libero. Mi stava mettendo in croce da almeno mezz'ora tra bigliettini vari con richieste di chiarimento e i suoi continui *«Mi stai evitando?»* che cominciavo davvero a non sopportare più.

«Sto cercando di leggere questa dannata pagina, Elijah.»

«Almeno non hai perso la lingua» esclamò sollevato e con una punta di soddisfazione nella voce. «Non hai risposto alla domanda però.»

«Non ti sto evitando.»

Sì che lo stavo evitando invece, lo stavo facendo eccome. All'inizio non volevo, ma poi era risultato tutto piuttosto spontaneo. La verità è che ogni volta che lo vedevo avvinghiato a Iris sentivo qualcosa spezzarsi dentro di me, il cuore andare in frantumi, squarciato da una lama più che affilata. Non potevo vivere così, precludermi l'opportunità di sopravvivere in quell'università che non avrebbe dovuto portarmi altro che felicità, invece da quando ero lì ogni cosa sembrava remarmi contro.

«Perché mi stai evitando?»

«Ti ho detto che non ti sto evitando, Elijah» sbottai, posando la matita tra le pagine del libro e voltandomi verso di lui con un'occhiata omicida. Avrei tanto voluto afferrare i suoi genitali e girarli venti volte su loro stessi fino a farmi implorare di smettere. Sarebbe stato così divertente e appagante.

«Sicura? Perché ho proprio l'impressione che sia così, invece.»

Basta, non avrei tollerato un secondo di più di quel suo accanimento psicologico nei miei confronti.

«Professore» richiamai Diderot dalla sua lettura attenta del volume di storia dell'arte, beccandomi un'occhiataccia. Sicuramente non ero tra i suoi preferiti, al contrario di Elijah che, contro ogni mia aspettativa, otteneva da lui tutto ciò che desiderava. «Posso andare in bagno?»

«Si sbrighi, Calligaris» fu la sua risposta secca. Non me lo feci ripetere due volte e filai via prima che lui potesse tornare sui suoi passi e impedirmi di uscire dall'aula. Stavo avanzando verso il bagno femminile in preda alla mia rabbia nei confronti di quell'idiota, quando qualcuno mi afferrò il polso e mi ritrovai voltata verso la direzione opposta a quella in cui ero diretta, con lo sguardo fisso su una maglietta nera su cui risaltava la scritta *The Strobe* e che sapevo fin troppo bene a quale dei membri della band appartenesse, più che altro perché quei pettorali in rilievo sotto la maglia erano inconfondibili.

«Non mi stupisce che il pupillo del prof sia riuscito a svignarsela» incrociai le braccia al petto con una nota di risentimento nella voce. Avrei tanto voluto essere io al suo posto!

«Se tu mi dicessi la verità potrei persino pensare di mettere una buona parola per te con Diderot.»

Offerta interessante, molto interessante, ma soltanto uno stupido sarebbe caduto nella sua infida trappola.

«È un peccato che tu non mi creda, allora.»

Mi voltai, cercando di non pensare al fatto che la sua mano ancora stretta intorno al polso mi stesse per mandare in tilt il completo sistema nervoso, strattonai il braccio per fargli lasciare la sua stretta su di me e poi proseguii verso la meta che mi ero prefissata fin dal principio: il bagno. Solo una volta entrata in quel confine invalicabile dagli uomini mi sentii al sicuro. Mi fermai davanti al lavandino e mi sciacquai il volto con dell'acqua fredda, nella speranza che mi avrebbe risollevata un po', ma inutilmente. Ero quasi pronta quando la porta del bagno delle donne si spalancò ed Elijah entrò con uno sguardo che prometteva tutto tranne che voler discutere civilmente.

«Non puoi stare qui, Elijah.»

«Posso stare dove mi pare.»

Lo oltrepassai, dandogli una spallata.

«Vedremo cosa ne penserà il preside.»

«Non sprecarti, non ti darà nemmeno ascolto.»

Il palmo della mia mano sbatté così forte sul marmo dei lavandini che il rumore che provocò fu assordante. Avrei dovuto provare dolore, ma l'adrenalina che mi circolava in corpo non permetteva nemmeno quello.

«Sono stufa di te, Elijah. Sono stufa del fatto che ti comporti come se tu avessi un qualche potere sugli altri o su di me» sbottai avvicinandomi e afferrandolo per quella maglietta così attillata che avrei voluto strappargliela di dosso solo per accarezzare quei muscoli perfetti che si ritrovava. «Tu non sei nessuno» sibilai a un millimetro dalle sue labbra, per poi spintonarlo all'indietro. Se solo avessi saputo quello che sarebbe accaduto dopo, non mi sarei mai permessa.

Non so come, non me lo chiedere nemmeno, so soltanto che mi ritrovai con le spalle al muro ed Elijah che troneggiava su di me, con un sorriso vittorioso dipinto sul volto. Mi venne spontaneo chiedermi come facesse a essere così amico di Alexander, sempre così disponibile e gentile, o di Blue, che sembrava un angelo, a confronto con lui.

«Sei così convinta del fatto che io qui non sia nessuno da non esserti resa conto che invece sono proprio io a dettare le regole del gioco.»

Lo odiavo, lo odiavo davvero. Mi stava mostrando una faccia di sé che non avevo mai visto prima e che avrei preferito non conoscere mai. Era così frustrante aver perso la testa per un ragazzo che credeva di essere onnipotente, soprattutto perché non ero abituata a persone del genere nella mia vita. C'erano sempre stati i miei genitori, particolari, certo, ma non al suo livello; Sara, che sia prima che dopo di te era sempre stata l'unica su cui poter fare affidamento a occhi chiusi; e poi tu, così buono e gentile con tutti, amorevole, pieno di vita.

Invece Elijah sembrava covare così tanto odio dentro di sé, quasi come se avesse avuto bisogno di essere amato ma come se nessuno volesse amarlo davvero. Eppure io ero lì, sotto i suoi occhi, a bruciare per lui anche senza volerlo, anche quando l'unica cosa che desideravo era eclissarmi e scomparire per sempre dalla sua vista. Ero lì sotto il suo sguardo prepotente, pronta a farmi mettere i piedi in testa da lui, a vivere una vita che mai avrei desiderato solo per stare con lui.

È inutile girarci intorno: Elijah mi aveva attratta fin dal primo istante, ma l'attrazione fisica generalmente passa dopo qualche settimana. Io, invece, non ero solo attratta fisicamente da lui, ma avevo preso una bella cotta che non sapevo assolutamente come smaltire.

«Peccato che la vita non sia un gioco, Elijah.»

Non so dove o come trovai il coraggio di rispondere, ma ci riuscii e nella mia mente segnai uno splendido uno a zero per me su un tabellone enorme.

«Non ti rendi conto che anche adesso il gioco lo sto conducendo io?» continuò lui, imperterrito, spingendosi verso di me. «Non ti rendi conto dell'effetto che ho su di te?» il suo bacino non faceva altro che sfiorare contro il mio, le sue braccia ai lati della mia testa e i suoi occhi più neri del petrolio fissi nei miei che, sono sicura, vacillarono per un istante. «Ammettilo, *Sugar*. Ammetti che non ti sono indifferente.»

Non so quale fu la goccia che fece traboccare il vaso, se la sua voce roca contro il mio collo o il bacino che spingeva sempre di più verso il mio. Strinsi le gambe d'istinto, perché il calore che si stava propagando dentro di me era insopportabile.

Aveva ragione lui. Elijah mi faceva un effetto che nessun altro uomo provocava in me da tempo immemore e, non posso negarlo, la cosa mi dava fastidio. Detestavo che fosse proprio lui a provocarmi quei tremiti ovunque e non una persona come Alexander, che sapevo sarebbe stata perfetta al mio fianco: romantica, dolce, gentile e attenta. Ma ovviamente no, chi poteva mai arrivare a irrompere con prepotenza nella mia vita se non un tipo come Elijah?

«Non ti sei nemmeno resa conto che ti sei aggrappata alle mie spalle perché le gambe non ti reggevano più.»

Ancora la sua voce roca contro il mio collo. Le sue labbra lasciarono una scia di baci umidi sulla pelle che a ogni contatto sembrava prendere fuoco. Dal collo passarono alla mandibola e dalla mandibola arrivarono a un millimetro dalle mie labbra. Lasciò un bacio all'angolo della bocca che mi fece sussultare.

«Avanti, dillo.»

«Cosa?» trovai il coraggio di chiedere.

«Che ti senti attratta da me.»

Non ero soltanto attratta: ero persa. Ero persa nel mondo di Elijah, persa in quell'universo che con ogni probabilità non avrei mai compreso del tutto, nonostante la mia pazienza e la mia voglia di mettermi in gioco, ma tutto quello non sarebbe bastato, non con lui.

Poi però come in un flash la realtà mi si abbatté davanti agli occhi, ricordandomi che tra me e lui c'era una persona che si frapponeva: Iris. Pensai che non era giusto tutto quello, che come sua amica avevo il dovere di farmi da parte, anche se l'unica cosa che avrei voluto in quel momento sarebbe stata baciarlo fino a sentire le labbra intorpidite e gli occhi chiudersi per la stanchezza.

«Dimenticati di me, Elijah.»

Non so come trovai il coraggio di pronunciare quelle parole e di svincolarmi dalle sue braccia e raggiungere l'uscita con il passo più fermo che riuscissi a mantenere, ma ce la feci e lo sguardo perso e confuso che notai assunse, attraverso lo specchio, fu la mia conferma di quanto, se lo si vuole davvero, le persone possono essere sorprese e messe al loro posto, anche quando vorremmo con tutte noi stesse che accada l'esatto opposto.

Nota vocale

7 dicembre 2017

I Phone di Melissa > Desktop > Le parole del cuore

Quando ti rendi conto che ciò che provi
va ben oltre l'attrazione fisica
hai solo due scelte: scappare lontano,
con la speranza che prima o poi
lui ti trovi comunque, oppure amare incondizionatamente, con
la consapevolezza
di poterti scottare.

CAPITOLO 20

Un amico di merda

Elijah

Ero stato un idiota, un completo e fottutissimo idiota. Non lo so che cazzo mi era preso, ma dentro di me sentivo che avvicinarmi a lei era la cosa giusta. Io la volevo, la desideravo, la bramavo, ma non così. La persona che aveva guardato negli occhi in quello squallido bagno non ero io, io non mi comportavo in quel modo, non costringevo le ragazze ad ascoltarmi, ma la maschera che portavo addosso da mesi si stava appiccicando sempre di più al mio volto senza lasciarmi respirare.

Non tornai in classe, Diderot non sarebbe stato un problema.

Sapevo perché faceva così con i suoi studenti, cercava di mostrarsi inflessibile così che nessuna si fosse avvicinata troppo a lui. Le ragazze a volte fanno pensieri strani quando vedono un insegnante giovane e di bella presenza e il nostro collega non poteva permetterselo, ma proprio perché eravamo colleghi, io potevo permettermi di saltare una sua lezione.

Uscii nel giardino sul retro raggiungendo il punto dove incontravo Alex e Blue quando avevamo gli stessi buchi tra una lezione e l'altra. Mi aspettavo di non trovare nessuno, dato che il venerdì erano tutti a lezione di mattina, ma Blue era lì, con le gambe incrociate l'una davanti all'altra, appoggiato al muro chiaro dell'edificio.

«Da quando bigi?» domandai appoggiandomi al tronco dell'albero di fronte a lui e tirando fuori dalle tasche il mio adorato pacchetto di Marlboro blue.

«Potrei farti la stessa domanda.»

Portai una sigaretta alla bocca e l'accendino alla sua estremità per accenderla.

«Prima tu.»

Lui allungò una mano verso il pacchetto e glielo porsi. Prese anche lui una sigaretta e dalla tasca posteriore dei jeans afferrò l'accendino.

«Iris mi sta incollata addosso e non capisco perché.»

Espirai il fumo lanciandolo verso l'alto.

«Tu lo sai che è innamorata di te, vero?»

Lui ripose l'accendino, mi restituì tutto e fece un tiro, fissando poi lo sguardo su di me.

«Ma se esce con te.»

Scossi la testa, rendendomi conto che quello che mi aveva richiesto di fare Iris stava solo mandando tutto a puttane, facendo confondere persone che non sapevano neanche di far parte del suo stupido piano. Inspirai profondamente.

«Ascolta, Blue, lei è convinta che stando con me tu possa ingelosirti. Mi ha tirato dentro questo suo piano stupido e io come un cretino ho accettato.»

Spensi la cicca contro il cestino di metallo e la buttai.

«Non capisco, Elijah...»

«Il patto era qualche bacio in pubblico e qualche storia inventata per far ingelosire te e allontanare Melissa. Mi dispiace, sono stato un pessimo amico sia con te che con Mel.»

Lui abbassò lo sguardo, terminando la sua sigaretta in un silenzio straziante. Gli lasciai spazio, sapevo che stava prendendo tempo per elaborare la cosa. Presi lo zaino che avevo posato sull'erba appena arrivato e me lo misi in spalla, girandomi per tornare dentro.

«Sei stato veramente un amico di merda.»

Non mi voltai di nuovo, ma mi strinsi nelle spalle.

«Mi sembrava strano, voglio dire… l'hai mai avuta una ragazza tu? Una relazione seria?»

Tutto d'un tratto sentii montare la rabbia e il sangue salire al cervello. Lo zaino cadde di nuovo sull'erba mentre mi giravo di scatto afferrandolo per il colletto della camicia.

«Tu sai come stanno le cose, Blue, lo sai molto bene e da te, più che da chiunque altro, mi aspetto comprensione, non un inutile tentativo di provocazione.»

Lo lasciai andare e lui barcollò di poco all'indietro. Lo fissai e poi sollevai le mani guardandole e rigirandole sotto al mio naso.

Che cazzo sto diventando?

«Basta maschere» annunciai, posando di nuovo le braccia lungo i fianchi. «Sono stanco di mostrare a Melissa e alle altre un lato di me che non esiste. A furia di recitare mi sto trasformando nel mio finto alter ego e questa versione di me non mi piace, quindi basta. Da domani sarò Elijah Carsteirs, quello vero. Basta sotterfugi, basta dover dimostrare di essere i migliori della UCLA perché non lo siamo. Ci stiamo trasformando in feccia e non ho intenzione di ultimare la trasformazione, nemmeno per l'FBI.»

Afferrai lo zaino e me ne andai, lasciando Blue a guardarmi sbigottito, mentre io mi allontanavo più che deciso a riprendere in mano le redini della mia vita.

Nessuno sa quanto a lungo può vivere un soldato dell'FBI,

nessuno sa quando una bomba colpirà al momento giusto, nel luogo giusto o quando un proiettile arriverà troppo vicino al cuore o alle arterie principali per poter davvero fare qualcosa. Me lo avevano insegnato la storia e il mio capo, con i centinaia di racconti che negli ultimi anni aveva narrato a me e ai miei compagni di squadra. Mi ero sempre detto che sarebbe stato diverso, che non avrei mai fatto una fine simile, ma quel giorno, dopo aver spinto Melissa al muro, avevo capito un cosa.

Ognuno è artefice del proprio destino, è vero, ma a volte è il destino stesso a metterci su strade così impervie che anche quando sei consapevole che la fuga è la strada giusta, non riesci a intraprenderla, restando bloccato con il respiro tra le costole per la paura.

CAPITOLO 21

Signorina, dove pensa di andare?

Non avevo fatto parola con nessuno di quello che era successo tra me ed Elijah in quel bagno, mi vergognavo anche solo ad ammettere che stavo per tradire una delle mie amiche più strette con un ragazzo che, ero sicura, fosse soltanto una cotta passeggera.

Quello che più mi preoccupava, in realtà, era il sentimento profondo che Iris provava per Elijah e che lui non meritava nemmeno un po'. Avevo paura che se Elijah si fosse comportato con me in quel modo, avrebbe potuto farlo anche con qualcun'altra e, di conseguenza, tradire Iris.

«Dobbiamo parlare» mi rivolsi a Elijah in pausa pranzo, sperando non fosse ancora arrabbiato con me per la reazione che avevo avuto, ma cosa avrei dovuto fare, secondo lui? Baciarlo?

«Ma tu guarda un po', *Sugar* che torna da me strisciando.»

Te lo sogni.

«Io non striscio proprio per nessuno, coglione. Devo parlarti di Iris.»

«Sono tutt'orecchie» esclamò, accomodandosi a uno dei tavoli della mensa con il suo vassoio tra le mani.

«La stai usando?»

«Tu cosa intendi per usare?»

«Non credo proprio che tu stia con lei perché la ami.»

«Io non sto con lei in nessun senso.»

Ecco. Avevo ragione.

Lo osservai mentre si portava alla bocca il suo panino ripieno di ketchup e maionese e cercai di trattenermi dalla voglia di ripulirgli con le labbra l'angolo della bocca su cui gli era rimasta un po' di salsa.

«Faresti meglio a dirglielo allora, dato che è convinta che tu sia il suo principe azzurro.»

«Altrimenti?»

«Altrimenti lo faccio io» sbottai, poi afferrai la coca cola che aveva sul suo vassoio, mi alzai, e la portai con me verso il dormitorio, tracannandola in pochi sorsi.

«Direi che sei truccata abbastanza, Lynette. Possiamo andare adesso?»

Ricevetti in risposta uno sbuffo e un'alzata di spalle che non seppi bene se interpretare come un *assolutamente no* oppure come un *certo, andiamo pure*. Presi la palla al balzo per afferrare il parka e aprire la porta della stanza, riversandomi in corridoio e puntando verso l'uscita.

Ci eravamo finalmente accordati per andare a fare un po'

di sano shopping, per cui eccomi lì, nella sala d'ingresso dei dormitori, ad attendere una Lynette troppo presa dal trucco e una Iris troppo innamorata per evitare di farsi sbavare tutto il rossetto da quel cretino di Elijah.

Anche in California il freddo di dicembre era ormai alle porte; certo, mai quanto in Italia, ma gli undici, dodici gradi cominciavano a farsi sentire e pian piano i top con le bretelline erano stati sostituiti con camicette annodate sopra l'ombelico in modo più provocante possibile.

Sì, lo so che non avresti voluto che io mi vestissi così o che continuassi a tingermi i capelli di blu ogni mese, ma puoi comprendermi date le circostanze, o almeno provarci. Dio, erano cambiate così tante cose che mi sembrava di impazzire, letteralmente. Ne erano successe così tante che avevo persino paura di guardarmi allo specchio e non riconoscere più non solo la me *prima* di te, ma anche quella *dopo* di te. Continuavo a riflettere su mamma e papà, sulla casa a soqquadro, sulla tua coperta e ogni singolo pensiero mi riportava al sogno in cui ti avevo promesso che avrei permesso al mio cuore di innamorarsi ancora, senza capire come e se le due cose fossero collegate.

Sentii il torpore del respiro di qualcuno a pochi centimetri dal mio viso.

«Tigre *Sugar* all'arrembaggio.»

Un brivido percosse la colonna vertebrale in tutta la sua lunghezza, ma mi ricomposi all'istante voltandomi verso di lui.

«Non ti stanchi mai, vero?»

C'era una certa ilarità nella mia voce, ma non credo la colse.

«Di te? Assolutamente no.»

Roteai gli occhi e incrociai le braccia al petto, andando a sedermi su uno dei divanetti più vicini.

«Oh, avanti *Sugar*, non fare quella faccia.»

«Punto primo: non chiamarmi *Sugar*» chiarii, ma l'unica cosa che riuscii a notare è che quel soprannome dalle sue labbra sembrava tremendamente sexy, mentre dalle mie totalmente fuori luogo. «Punto secondo: faccio la faccia che mi pare.»

«Te l'hanno mai detto che sei proprio una stronza?»

«A te hanno mai detto che sei proprio una testa di cazzo?»

Fu così che cominciò quel gioco di sguardi tra me e lui, con una domanda del cavolo che però mi aveva fatto riflettere più di quanto potesse immaginare. Elijah aveva ragione: ero stronza, ma non con tutti. Ero stronza con chi si meritava di essere trattato come tale o con chi conoscevo ancora troppo poco per potermi fidare, motivo per cui, forse, non avevo poi chissà quali amici.

Una cosa era certa: io non dimenticavo. Non avevo resettato il perché ero lì: guadagnarmi la mia libertà. E c'era solo un modo per farlo: studiare. Questo significava interagire il minimo possibile con le persone, non partecipare alle feste e starmene pomeriggi interi chiusa nella mia camera. Poi però avevo conosciuto Alexander e poi ancora Blue, Lynette e Iris e ho compreso che la vita andava vissuta perché basta un istante perché tutto ci scivoli via dalle mani lasciandoci con il niente. Ecco perché avevo cambiato le mie priorità. Studiare era importante, certo, ma senza delle amicizie solide su cui contare come pensavo di poter sopravvivere?

Sara? Certo, lei ci sarebbe stata sempre, in ogni caso, ma se fosse accaduto qualcosa avrebbe dovuto attraversare mezzo globo terrestre per giungere da me. Siamo proprio sicuri che in quel caso avrei resistito?

Tu sai quanto io sia fragile, quanto io abbia bisogno di una spalla su cui potermi aggrappare. E sai anche che eri sempre stato tu la mia spalla, sin da quando abbiamo memoria.

«Siamo pronte!»

Lynette e Iris apparvero nella hall con un'allegria dipinta in volto che non avevo mai visto loro prima. Elijah distolse le iridi color petrolio dalle mie e le concentrò sulle mie amiche, rivolgendo a Iris un sorriso sornione e facendola arrossire.

Ventiquattro ore, mi ripromisi, *ventiquattro ore e poi se non parlerai tu lo farò io.*

«Questo?»

«No, Lyn, non mi piace. Devi trovare qualcosa che ti cada morbido sulla vita.»

«Okay, provo il prossimo.»

Lynette e Iris avevano deciso di dover acquistare un nuovo vestito per il ballo che si sarebbe tenuto prima di Natale per festeggiare l'inizio delle vacanze. Io avevo già raccolto tutto ciò che mi aveva colpito e pagato il conto, ritrovandomi con due buste piene di vestiti, pronta ad allestire il mio armadio che per ben due mesi era rimasto quasi vuoto. Avevo preso un po' di tutto, a partire da indumenti per tutti i giorni per arrivare ad abiti dedicati alle uscite mondane.

Alexander e Blue si erano fermati alla caffetteria di fronte per potersi riposare davanti a un buon caffè, mentre Elijah era stato costretto da Iris a entrare con noi per darle un parere su quello che avrebbe provato.

«Dovresti indossare questo al ballo» esordì, avvicinandosi verso di me con un bellissimo vestito verde smeraldo tra le mani. Aveva una scollatura a V che permetteva di intravedere le forme dei seni e uno spacco lungo tutta la gamba destra. Una favola. «Provalo, voglio vedere come ti sta.»

Non riuscii a negargli quella richiesta, anche se sapevo avrei dovuto farlo eccome. Avrei dovuto prendere quel vestito e rimetterlo al suo posto, oppure lanciarglielo addosso e urlargli contro che doveva lasciarmi stare, che io ero troppo complicata per lui e lui troppo complicato per me. Avrebbe dovuto capirlo subito che due casini non fanno altro che crearne uno infinitamente più grande. Ma lui sembrava non preoccuparsi affatto dei danni collaterali che la nostra vicinanza avrebbe potuto causare.

«Come mi sta?» domandai allora, spostando la tenda che mi separava da lui e mostrandomi in quell'abito che metteva in risalto il mio corpo al punto tale da mettermi paura. E per la prima volta da tanto tempo mi chiesi cosa fossi diventata. Diamine, io non ero così, io odiavo i vestiti come quello, io ero una di quelle che alle feste ci vanno in pantalone e maglietta, una di quelle che un vestito del genere non sapeva nemmeno cosa fosse.

Elijah si voltò verso di me e rimase attonito, spiazzato. Non mi rispose, non disse nemmeno A. Mosse un passo, poi un altro e un altro ancora. Mi raggiunse nel camerino e chiuse la tenda dietro di noi, spostando la sua mano dalla tasca dei suoi pantaloni alla mia vita, mentre con l'altra prese a risalire la curva del seno che non era coperta dal vestito.

«Mi farai impazzire» mormorò sulle mie labbra, mentre il mio corpo sembrava ancorato al pavimento, le mie gambe facevano da perni irremovibili e l'unica cosa che aveva preso a muoversi con una furia immane era il cuore, che sembrava volermi uscire fuori dal petto per poi urlare a Elijah quanto in realtà fosse lui a farmi impazzire.

«Non possiamo farlo» biascicai, tentando di mostrare sicurezza. C'era Iris nella cabina accanto alla mia, non bisognava dimenticarlo.

«Smettila di sopravvivere e comincia a vivere sul serio, *Sugar.*»

Non saprei dirti quale fu il momento esatto in cui le sue labbra morbide si poggiarono sulle mie, non lo so nemmeno io, ma so che le sensazioni che provocò in me quel bacio furono ineguagliabili. Avevo le gambe così molli che credetti di poter cadere da un momento all'altro, il cuore che ormai aveva preso a battere come se non ci fosse stato un domani, le labbra che tremavano dall'emozione ma che ogni volta che incontravano le sue scaturivano un brivido che scendeva giù fino ai piedi. La verità è che Elijah mi faceva sentire in paradiso, mi faceva sentire quasi come se fossi importante, ma sapevo bene che per lui ero soltanto uno sfizio passeggero e la cosa peggiore era che volevo godermelo fino in fondo.

Non ero tanto migliore di Iris, alla fine. L'avevo criticata per essere una donna che da innamorata quale era si faceva mettere i piedi in testa da uno come Elijah, ma alla fine stavo compiendo il suo medesimo errore.

Lo sbaglio più grosso fu il non riuscire a fermarci.

Avevamo bramato così tanto quel contatto che non eravamo riusciti a impedire che prima o poi avvenisse. E infatti era accaduto. Ci eravamo baciati. Avevo baciato Elijah e per la prima volta da una vita intera mi ero sentita come se fossi nel momento giusto al posto giusto.

Avrei dovuto sapere che stavo commettendo il più grosso errore della mia vita, cedendo il mio cuore a uno come lui.

Eravamo così presi da quel turbinio di sensazioni che ci aveva investiti che non avevamo nemmeno sentito la tenda spostarsi lungo i cardini.

«Non ci posso credere...»

Spalancai gli occhi, Elijah non aveva intenzione di lasciarmi andare, glielo lessi in faccia nonostante Iris ci avesse appena scoperti. Così lo spintonai lontano dal mio corpo e corsi all'inseguimento della mia amica, ma il metal detector sull'uscio del negozio mi fermò.

«Signorina, dove pensa di andare?»

Il bodyguard troneggiava dinanzi a me con le braccia conserte e l'aria di uno che poteva essere tutto tranne che benevolo, così rientrai, abbandonando Iris alla sua crisi più che giustificata, e mi avviai verso il camerino.

«Da nessuna parte» mormorai più a me stessa che a lui.

Oltrepassai l'uomo che aveva provocato tutto quel casino e che mi fissava con un'aria così affranta che per un secondo, giuro, solo per un secondo, mi fece credere di essere dispiaciuto davvero.

Poi ricordai che era di Elijah che stavamo parlando, per cui mi rintanai dietro la tenda, tagliandolo definitivamente fuori dalla mia vita.

CAPITOLO 22

Pensaci

«Sei un coglione o cosa?» sentii Alex imprecare verso Elijah, anzi no, stava proprio urlando nel bel mezzo della piazzetta in cui ci eravamo ritrovati una volta usciti dal centro commerciale.

«Calmati, *Mars*.»

«Non chiamarmi così, non sono in servizio.»

Avevano abbassato i toni ma io avevo teso le orecchie. Ero sempre più incuriosita dalla loro conversazione e qualcosa dentro di me mi diceva che avrei potuto cogliere qualcosa di importante.

«Sì che lo sei, *Mars*, lo siamo entrambi.»

Mars. Lo aveva chiamato di nuovo con quel soprannome. Lo collegai a Marte, in italiano, ma non ero sicura di averlo tradotto bene. Perché mai Elijah doveva chiamare Alexander in quel modo?

«Qual è il tuo problema, Elijah, eh? Vuoi farci scoprire per caso?»

Abbassarono ancora di più la voce e da quel momento non sentii più nulla se non i singhiozzi disperati di Iris a pochi passi da me. Lynette stava provando a consolarla da quando ci aveva colti sul fatto. Mi avvicinai anche io, decisa a raccontarle la mia versione della storia, ma non appena mossi un passo nella sua direzione, lei si alzò e si incamminò verso il marciapiede opposto, con Lynette alle calcagna che, prima di seguirla, mi lanciò un'occhiata per farmi intendere di rispettare i suoi spazi. Pensandoci bene, al suo posto avrei reagito esattamente nella stessa maniera. Non potevo far altro che comprenderla e maledirmi per quanto fossi stata svergognata e imprudente.

Il lato di me per niente razionale prese il sopravvento, portando le mie gambe a muoversi verso colui che aveva contribuito a rendere quella situazione di merda un qualcosa di fin troppo reale, per i miei gusti.

«Io ti ammazzo» annunciai, afferrandolo alle spalle per la maglietta e costringendolo a voltarsi verso di me. «Non ti tiro un calcio solo perché non ti farei niente, visto che sono certa che non ci sia nemmeno un briciolo di materia prima lì sotto» sputai, alzando una mano in aria per tiragli uno schiaffo che però venne stroncato sul nascere da Alexander, il quale afferrò il mio polso e lo riportò delicatamente lungo il corpo.

«Non ne vale la pena, Mel» sussurrò, indicandomi con la testa il muretto accanto la fontana, al centro della piazza. Aveva ragione, non ne valeva la pena.

«Non voglio vederti mai più gironzolare intorno a me o alle mie amiche» lo minacciai. «E io odio ripetere la stessa cosa più di una volta.»

Poi seguii il consiglio silenzioso di Alexander e mi mossi in direzione della fontana, sperando che lo scrosciare dell'acqua sarebbe riuscito a calmarmi almeno un po'.

«Complimenti, *Mercury*» questa volta fu Alex a parlare. «Hai fatto proprio un bel lavoro.»

Non so che cosa ti ho fatto o perché tu ce l'abbia con me, ma possiamo parlare? Ho bisogno di te, non chiudermi fuori. -

Erano giorni che cercavo di mettermi in contatto con Sara, ma sembrava essere diventata un fantasma. Non effettuava nemmeno più l'accesso sui social e, anche se non volevo ammetterlo, ero preoccupata da morire. Non era da lei scomparire così, non era da lei scomparire e basta.

Quando avevo lasciato Milano mi era sembrata normale, non credevo che la vicenda l'avesse affetta più di tanto ma a quanto sembrava ero in gran torto, altrimenti come spiegare il suo mancato interesse nei miei confronti? Possibile che non le mancassi neanche un po'? Perché lei a me mancava da morire.

Il picchiettare sommesso sulla porta mi distolse dai miei pensieri, così bloccai il cellulare, lo lasciai sulle coperte e mi alzai per aprire.

«Ho dimenticato le chiavi sulla scrivania.»

La chioma scura di Lynette mi apparve davanti agli occhi. Mi spostai su un lato e la lasciai entrare nella stanza. Le sue gambe procedettero spedite verso l'obiettivo, poi si mossero verso il letto, ancora sfatto e con un mucchio di libri lasciati sopra a marcire in disordine. Chiusi la porta alle mie spalle e mi appoggiai al legno scuro, mentre la osservavo muoversi accanto alle coperte alla ricerca di qualcosa.

«Hai visto il mio libro di inglese?»

Ancora non capivo perché Lynette avesse scelto di seguire quel corso. Lei era madrelingua, non aveva senso a parer mio studiare qualcosa di cui si dovrebbe essere già a conoscenza.

«Sicura di non averlo lasciato in biblioteca?» domandai, accasciandomi sulla sedia girevole accanto al letto.

Lynette faceva sempre così: il giorno prima andava a studiare in biblioteca, il giorno dopo non trovava più i suoi libri perché, indovina un po'? Li lasciava in biblioteca e puntualmente la responsabile li prendeva e li metteva da parte, vicino alle cose smarrite.

«Non ci sono stata in biblioteca ieri. Deve essere qui, da qualche parte...»

Alzai gli occhi al cielo, consapevole del fatto che prima o poi avrei dovuto mettere in ordine anche il suo lato di stanza. Tutto quel disordine mi dava alla testa, era più forte di me.

E poi lo vidi, il suo libro. Abbandonato sul pavimento sotto la scrivania.

«Lynette.»

«Sì?»

«È lì.»

Con l'indice le indicai la posizione esatta del testo e il suo sguardo si riempì di gratitudine.

«Finalmente, santo cielo! Se non termino gli esercizi entro domani la professoressa mi uccide.»

Raccolse il libro da terra e lo infilò nella borsa a tracolla che portava sempre con sé durante le lezioni. Ammucchiò tutti i testi velocemente sul comodino accanto al letto e tirò su le coperte, cercando di aggiustarle alla bell'e meglio, poi si sedette sulla fantasia floreale.

«Non devi dirmi niente?»

La sua risultò una domanda proprio per me, benché io non avessi la minima voglia di rispondere. Lynette mi conosceva, sapeva che queste cose non facevano per me, che parlare non era una delle mie qualità, eppure era sempre lì pronta a chiedermi come stessi, anche quando sapeva che non avrei risposto.

Eppure ci fu qualcosa nell'aria, quella sera, che mi spinse a confidarmi con lei. Era come se ne sentissi il bisogno, come se qualcuno mi stesse spingendo verso le braccia della mia coinquilina nella speranza che l'atterraggio sarebbe stato morbido.

«Hai visto la scena, sai cos'è successo» snocciolai, senza sbilanciarmi troppo. Volevo capire cosa sapesse effettivamente, prima di rivelarle ogni singolo dettaglio di quella vicenda che a me metteva i brividi.

«Ho visto Alexander prendersela con Elijah e Iris piangere a dirotto, ma lei non mi ha detto nulla e i ragazzi nemmeno. Quindi no, non so niente.»

Non sapeva niente. Alexander non le aveva detto niente e non sapevo se esserne sorpresa, felice, rincuorata o se fosse stato meglio che le avesse raccontato tutto, in modo da non dover far parlare me.

«Va bene» sospirai e mi misi comoda, sperando di non dovermi pentire di quell'improvviso atto di fiducia. «È cominciato tutto il giorno del Ringraziamento» iniziai. «Ero appena tornata al campus e ho incontrato Elijah alla festa, volevamo parlare ma in quel trambusto non riuscivamo nemmeno a sentire le nostre voci, così mi ha trascinata nella sua stanza.»

«Nella stanza di Elijah?»

Feci un cenno positivo con il capo.

«E ci siamo baciati.»

Non le raccontai il come, non le interessava e mi piaceva l'idea di tenere quel dettaglio così intimo per me, non che Elijah lo meritasse per come mi aveva trattata, ma era un qualcosa che desideravo io e che speravo lui, invece, non avesse sbandierato ai quattro venti vantandosi di quanto fosse stato semplice appropriarsi della mia bocca.

Dio, che cretina che sono stata.

Vidi lo sguardo di Lynette spalancarsi, ma non le diedi modo di dirmi qualsiasi cosa stesse per esprimere.

«Da quel momento in poi è andato tutto a rotoli» proseguii, spostandomi una ciocca di capelli scappata alla coda dietro l'orecchio. «Qualche giorno dopo Elijah mi ha seguita nel bagno delle donne e mi ha bloccata al muro facendo chiare allusioni sessuali.»

Lynette scoppiò a ridere seduta stante, facendomi pentire dell'aver rivelato quel dettaglio.

La fulminai con lo sguardo e lei smise subito.

«Ho cercato di allontanarlo più volte perché sapevo che tra lui e Iris c'era qualcosa, ho tentato di persuaderlo a lasciarla in pace perché so bene che le sue intenzioni non sono serie, conosciamo entrambe Elijah abbastanza bene. Ovviamente non mi ha ascoltata.»

«E cos'è successo al centro commerciale?»

«Elijah è entrato in camerino mentre stavo provando un abito.»

Già, quello che mi ha consigliato lui.

«Mi ha baciata di nuovo e io...»

«Tu non sei riuscita a resistergli.»

Già, non ero riuscita a resistergli. Che brutta persona ero?

«Lynette, io non sono così.»

«Lo so, Mel. Tu sei sfrontata, ami frequentare gli uomini ma solo se sono tanto liberi quanto te e senza vincoli, sai essere egoista e allo stesso tempo la persona più generosa del mondo, qualche volta sai essere anche meschina e te ne esci con certe battute non proprio amichevoli, ma non sei una cattiva persona. È solo il tuo modo di affrontare il dolore e la vita.»

Abbassai lo sguardo sul pavimento scuro, aveva davvero capito così tanto di me in così poco tempo, senza nemmeno che glielne dessi la possibilità? Presi a schioccare le dita delle mani, una alla volta, molto lentamente. Stavo cercando di rinchiudere in un angolo remoto il nervosismo, ma non ci riuscii. Ero arrabbiata con Elijah, anzi, furiosa. Ero dispiaciuta per Iris, anche se in fondo se l'era cercata, e poi continuavo a non comprendere come facesse Lynette ad aver appreso così tanto su di me nonostante la mia bocca chiusa. Cos'era, un qualche tipo di veggente?

«Elijah è un'idiota, Melissa, ma non è una cattiva persona, te lo assicuro. È solo che certe volte non sa come comportarsi.»

Non lo giudicavo, non potevo proprio io che non guardavo in faccia a nessuno pur di arrivare ai miei tornaconti con i ragazzi, il problema però è che mentre io cercavo gente disperatamente single e che non mi portasse guai, Elijah si era ficcato in una situazione più grande di sé, mettendo anche me e Iris l'una contro l'altra. Avrei dovuto essere infuriata, eppure per qualche motivo che non riuscivo a comprendere non lo ero. Ero persa nel ricordo delle sue labbra premute sulle mie nel camerino, dei nostri corpi l'uno contro l'altro, della voglia che avevamo entrambi di possederci fino a svenire. Per quei pochi istanti il mondo intorno a noi era scomparso, la mia mente aveva eliminato la possibilità che Iris potesse vederci e aveva deciso di buttarmi in qualcosa da cui avrei potuto uscire distrutta.

Ecco perché avevo deciso di non innamorarmi mai più.

Ma al cuore non si comanda.

Però avrei potuto scindere il cuore dalla mente, chiudere il primo in una gabbia di ferro e buttare la chiave. Sì, avrei fatto così.

«Non è mai stato un donnaiolo e non ha mai provato a stare con due donne contemporaneamente.»

La mia mascella si allungò fino al pavimento, le braccia caddero con un tonfo lungo il corpo e qualcosa dentro di me sembrò ricomporsi.

Lynette si alzò dal letto e afferrò la borsa piena di libri che le faceva compagnia durante le lezioni.

«Non so perché si stia comportando così ora, ma qualsiasi cosa ci sia sotto deve esserci una spiegazione.»

Issò la borsa sulla sua spalla e si mosse in direzione della porta, la mano si poggiò sulla maniglia, spinse verso il basso e poi tirò a sé il battente di legno.

«Non sono Elijah, non posso sapere cos'ha nella testa, ma fossi in te parlerei con lui o almeno tenterei di capire cosa prova Iris. Pensaci.»

Poi sparì nel corridoio e la porta si richiuse dietro di lei con un tonfo.

CAPITOLO 23

Merda. Merda. Merda. Merda. Merda

Elijah

«Merda. Merda. Merda. Merda. Merda.»

«Continuando a dire merda e a camminare avanti e indietro davanti a una fontana non risolverai le cose.»

Alexander aveva riaccompagnato le ragazze al dormitorio ed ero rimasto con Blue e Iris. Avevo perso completamente il lume della ragione dopo che Melissa mi aveva respinto in quel modo e aveva ragione, cazzo. Quando ero sceso così in basso?

Mi voltai verso Iris stringendo i pugni lungo i fianchi. Ero incazzato e disperato, un mix letale.

Melissa mi stava letteralmente friggendo il cervello, quando si trattava di lei non capivo più nulla, impazzivo e basta.

«Mi spieghi che cazzo ti è passato per la testa? Fare la cazzo di fidanzata gelosa! Non stiamo neanche insieme, Iris, porca puttana!»

Lei mi lanciò uno sguardo di fuoco, determinata a non cedere, spostando poi gli occhi su Blue, che alzò le mani.

«Non guardare me» esclamò, sedendosi sul bordo della fontana del centro commerciale.

«Elijah» mormorò lei. «Non mi sembra il momento per discutere dei nostri affari.»

«Cosa intendi per affari, esattamente? Il tuo modo stupido e contorto di far ingelosire Blue? Quello di far ingelosire Melissa? Cazzo, Iris, il tuo piano di merda ha fatto solo casini!»

Lei divenne viola e si girò verso il mio amico che teneva lo sguardo basso sulle sue mani. Doveva trovarle particolarmente interessanti in quel momento.

«Lui…»

«Sa tutto, l'unica che non sa è la ragazza che amo, cazzo!»

Blue sollevò la testa di scatto, guardandomi con aria di rimprovero.

«Elijah, non…»

Lo zittii con il gesto di una mano, avvicinandomi a lui.

«Che vuoi fare, Blue, eh? Dirmi che è un'idea pessima? Beh è successo e basta, porca troia. La amo. E la voglio. Quindi o tu e la tua… spasimante del cazzo vi fate da parte o io me ne tiro fuori. Sai cosa intendo, *Saturn*.»

«Elijah, aspetta, forse…»

Ignorai Iris e le parlai da sopra.

«O le dici tutto tu o lo faccio io. Sono stanco, voglio vivere la mia vita come dico io. Il piano non ha funzionato come volevi tu, no? Melissa si è ingelosita e Blue no, forse dovresti semplicemente parlarne e smetterla di mettere i tuoi amici di mezzo, sempre se avrai ancora degli amici dopo oggi.»

Voltai le spalle e mi allontanai senza aggiungere altro, dirigendomi verso la postazione dei taxi. Non avevo alcuna intenzione di rientrare con loro due, dovevo sbollire prima di prendere a pugni qualcuno.

CAPITOLO 24

Non riesco a smettere di amarti

La notte porta consiglio, me lo dicevi sempre tu quando non riuscivo a capire come fare per andare avanti nella mia vita, per prendere decisioni importanti che avrei preferito lasciar decantare. Non sono mai stata brava con le scelte, tu lo sai bene. Quella notte mi avevi presa alla lettera.

Bussai alla porta della tua stanza, come avevo fatto per anni, ogni sera, prima che mi lasciassi sola.

Eccoti lì, adagiato sul letto con le spalle al muro e le tue adorate cuffie intorno al collo che dovevi aver distolto dalle orecchie nel momento in cui avevi notato la porta muoversi con la coda dell'occhio. Alzasti il computer dalle gambe e lo spostasti sul comodino, per poi sederti in una posizione più scomoda e battere con la mano sul materasso, invitandomi a raggiungerti.

«Stai già andando a dormire? È più presto del solito.»

Ti osservai toglierti le cuffie dal collo e posarle accanto al pc, poi mettesti un braccio sulla mia spalla e mi attirasti a te.

«Mamma e papà hanno litigato di nuovo» dissi soltanto, accoccolandomi ancora di più sul tuo petto.

«Sai come fanno loro, litigano per le cose stupide e il mattino dopo fanno pace con i pancakes.»

Sorrisi, avevi ragione, come sempre.

Non era la prima volta che i nostri litigavano, lo facevano spesso e ogni volta che accadeva io mi rifugiavo in camera tua e cercavo conforto.

«Cosa darei per tornare a vivere un po' di questa normalità» mi sentii mormorare. Ma perché? Non la stavo già vivendo la nostra normalità?

«Anche io, Is. Darei qualsiasi cosa per tornare da te.»

Ecco di quale normalità parlassimo.

«Allora fallo.»

«Sai che non posso.»

Mi si mozzò il respiro in gola, afferrai la tua t-shirt e la strinsi così forte nel mio pugno che per un secondo temetti di strapparla, poi però la tua mano si posò sulla mia e mi rilassai immediatamente, lasciando andare la stoffa. Strinsi la tua pelle e mi beai del calore che sprigionava, non sapevo per quanto tempo potessi farlo ancora e avevo intenzione di godermi ogni singolo minuto accanto a te.

«Devi parlare con Alexander, Is. Lui saprà come aiutarti.»

Alexander? Come conoscevi Alexander lui? E che cosa stavi blaterando?

«Di che parli?»

«Di Elijah. Alex è la persona che lo conosce meglio al mondo, saprà come tirarti fuori da questo casino.»

Il mio sguardo si fissò nel tuo. Avevo la mente confusa e il cuore in subbuglio. Avrei dovuto dirti qualcosa, qualsiasi cosa, ma riuscivo a concentrarmi solo sul battito proveniente dal tuo petto. Sembrava la cosa più reale del mondo ma io sapevo che non lo era.

Mi sforzai di non piangere e quando una lacrima solcò il volto tu fosti pronto a raccoglierla con un dito, come avevi sempre fatto ogni volta che ne avevo avuto bisogno, ogni giorno che eri stato al mio fianco

«Mi prometti che gli parlerai?» mi esortasti, ma io non dissi nulla. Annuii con il capo, sperando bastasse. E bastò.

«Non riesco a smettere di amarti, Daniele, nemmeno ora che non sei al mio fianco.»

Il suo sguardo si addolcì e per un istante credetti che avresti iniziato a piangere anche tu, invece sentii solo la tua stretta sul mio corpo rafforzarsi. Affondasti il volto tra i miei capelli e vi lasciasti un bacio, uno di quelli che io adoravo, che facevano partire mille scariche elettriche destinate a ogni singolo membro del mio corpo, senza confini e senza inibizioni.

«Non devi smettere di amarmi, devi solo imparare ad amare qualcun'altro tanto quanto hai amato me.»

«Quanto amo te.»

Scoppiasti in una risata cristallina che mi fece capitombolare.

«D'accordo, quanto ami me.»

Il resto del tempo lo trascorremmo in silenzio, con la mia testa sul tuo petto, cullata dal movimento che quest'ultimo compiva ogni volta che tu inspiravi e poi espiravi. Da quanto tempo non lo facevi più? O era possibile respirare anche in una vita di cui non eravamo a conoscenza?

Il sonno stava prendendo il sopravvento sulla mia coscienza, quando mi sussurrasti all'orecchio un'ultima cosa: «Nemmeno io riesco a smettere di amarti, non ci riuscirò mai.»

«Daniele!»

Il petto si alzava e riabbassava a un ritmo troppo veloce per essere naturale, mentre la mente tornò al sogno concepito durante la notte.

Tu eri stato lì, nella mia testa. Per qualche istante eravamo tornati alla normalità, nella tua stanza, una sera come tante. Mi ero addormentata sul tuo petto, come tutte le volte in cui i nostri genitori litigavano e io mi sentivo inquieta e tu mi avevi rassicurata, sapendo benissimo che la mattina dopo avrebbero fatto pace con i pancakes, come sempre.

E poi mi avevi detto che mi amavi ancora, tanto quanto io amavo ancora te.

Si può davvero amare anche quando non c'é niente che si possa fare per continuare a vivere le proprie vite insieme? Evidentemente sì. E mi avevi anche chiesto di provare ad amare qualcuno almeno quanto amassi te. Ti avevo fatto un'altra promessa che non sapevo se fossi riuscita a mantenere, ma in fondo tu lo sapevi già che il mio cuore si stava già donando a qualcun'altro e forse speravi anche che fosse quello giusto.

Qualcuno prese a bussare fastidiosamente alla porta, così mi alzai controvoglia sperando che Lynette non avesse dimenticato ancora una volta le sue chiavi. I nostri orari non coincidevano mai, lei aveva sempre corsi mattinieri mentre le mie lezioni si svolgevano soprattutto a partire dall'ora di pranzo, fatta eccezione per il giovedì.

«Possiamo parlare?» formulò Iris, senza nemmeno darmi il tempo di metabolizzare che fosse stata proprio lei ad aver bussato alla mia stanza.

«Certo, entra.»

Mi spostai dall'uscio e le permisi di farsi spazio, prima di richiudere il battente alle mie spalle e riposizionarmi dove ero accomodata poco prima. Le feci segno di sedersi accanto a me e, con mia grande sorpresa, acconsentì.

Sbadigliai, ma non si curò troppo né dello sbadiglio né del mio pigiama. Come se non si notasse che mi avesse tirata su dal letto e come se il fatto che poco prima stessi dormendo non le importasse per niente.

«Non hai fatto niente di male» esalò tutto d'un fiato, lasciandomi sbigottita. Avevo baciato il suo fidanzato nel camerino di un negozio, certo che avevo fatto qualcosa di male.

«Non difendermi, Iris, non so nemmeno perché tu lo stia facendo.»

«Non ti sto difendendo, sto dicendo la verità.»

«Sappiamo bene entrambe che questa non è la verità.»

Si alzò dal letto e cominciò a camminare nervosamente per la camera, su e giù, a destra e a sinistra. Si fermò, supposi, per raccogliere le idee, poi si voltò verso di me con lo sguardo afflitto, come se dovesse liberarsi di un peso.

«L'unica che deve vergognarsi, qui, sono io.»

Tu? E perché mai?

«Sentivo che tra te ed Elijah ci fosse qualcosa, l'ho capito da come l'aria sembrava elettrizzarsi anche solo allo scontro dei vostri sguardi, eppure me ne sono infischiata e gli ho proposto quello stupido patto.»

Adesso sì che ero curiosa.

Non avevo la più pallida idea di quale patto stesse blaterando, ma qualcosa dentro di me mi implorava di andare a fondo alla questione, nella speranza che dopo avrei potuto sentirmi meglio anche io.

«Non avevo nemmeno messo in conto l'eventualità che accettasse, Melissa, giuro. È stata un'idea che mi è uscita dalle labbra ancor prima che potessi rendermi conto del guaio in cui mi sarei andata a ficcare.»

«Iris, vuoi dirmi di che si tratta o no?» sbottai spazientita. Quell'attesa mi stava portando all'agonia.

«Non abbiamo mai fatto sul serio noi due. Non lo amo e lui

non ama me. Stavamo fingendo.»

Notizia bomba: ero stata presa in giro per l'ennesima volta e la cosa peggiore è che ci ero cascata come una pera cotta.

«Quindi?»

Il mio tono di voce era spazientito, stanco, scocciato. Volevo arrivare al nocciolo della questione e volevo farlo in fretta, poi Iris sarebbe finalmente uscita dalla mia stanza e io avrei ricominciato a respirare.

«Gli ho chiesto di far finta di stare con me per far ingelosire il ragazzo che mi piace e lui così avrebbe potuto far ingelosire te. Avevo capito da un po' che gli piacessi e invece di comportarmi da amica e venire a dirtelo mi sono infilata in questo gioco. Volevo Blue, ma alla fine non sono comunque riuscita a prendermelo e ho fatto solo guai.»

Abbassò lo sguardo sulle piastrelle del pavimento e io capii che il discorso era stato chiuso, almeno per lei. Il problema era che aveva lasciato troppi interrogativi aperti nella mia mente, troppo sconcerto e soprattutto rabbia.

La verità era che aveva ragione Lynette quando diceva che Elijah non era come credessi. Aveva agito perché mi voleva e davvero non era capace di stare con due persone contemporaneamente solo per divertimento. Ma il fatto che volesse me non era assolutamente una giustificazione per il suo comportamento immaturo.

Dov'erano finiti gli uomini che ti invitavano a cena e si presentavano sotto casa con un mazzo di rose? Dov'erano finiti quelli come te, Daniele, eh?

«Quindi hai fatto tutto questo casino per Blue?» le chiesi ormai sulla porta, quando era pronta ad andare via.

«L'amore porta a compiere brutte pazzie» rispose lei e non ci fu bisogno di altre parole per confermarmi che sì, lo aveva fatto per Blue, e nonostante ciò lui sembrava non considerarla nemmeno di striscio.

C’era solo un particolare che Iris aveva trascurato. Era venuta da me sperando che avrebbe ottenuto il mio perdono, ma non era così che funzionava.

La fiducia va conquistata e Iris ed Elijah avevano appena perso la mia.

CAPITOLO 25

Piovuta dal cielo

Il lato positivo di tutto ciò che era successo era che adesso avevo ben chiara in mente una cosa: Elijah non aveva mai fatto il doppio gioco. Con Iris aveva sempre finto mentre con me no, almeno me lo auguravo.

Sperai di avere ragione, ma allo stesso tempo cercai di non illudermi troppo. Avevo già subito abbastanza, non sapevo se fossi in grado di contenere ancora tanto prima di scoppiare.

Quando eravamo piccoli, un pomeriggio al luna park, mi hai chiesto come avresti capito di essere innamorato un giorno. Ti risposi che non ne avevo idea, che forse è una cosa che capita e basta, che quando l'amore giunge non lo sai, lo senti. È stato così quando mi sono innamorata la prima volta, di te, quando ho capito, ho sentito dentro di me così tanta felicità che ho creduto di poter scoppiare con un crack più sonoro di quello di un palloncino. Ho capito in quel momento che l'amore arriva e basta, ti prende e non ti lascia più, così come era successo con te. Sei arrivato, mi hai preso e non mi hai lasciata più.

Adesso, però, ero consapevole che quello strano sentimento stava tornando e avevo paura. Ero terrorizzata che l'amore che provavo per Elijah potesse in qualche modo cancellare tutto quello che provavo per te e non volevo. Tu eri stato il mio primo amore, quello vero, quello che non scorderò mai, ma poi eri volato via da me e io avevo bisogno di stabilità e certezze nella mia vita. E così poi è arrivato lui, Elijah, e io lo sapevo perfettamente che mi ero persa nel suo mondo. Lo avevo capito, alla fine, e avevo deciso di provare a lasciarmi andare, anche se avevo paura, anche se lui non era te. Volevo mantenere la promessa che ti avevo fatto e credevo non ci fosse momento migliore per onorarla, ma allo stesso tempo ero ancora troppo arrabbiata per la messa in scena che lui e Iris avevano creato e, cosa ancora più importante, non aveva ancora riconquistato la mia fiducia.

La domenica successiva mi recai alla confraternita dove dormivano Elijah e Alex, decisa più che mai a parlare con il secondo. Arrivai alla loro stanza e mi fermai davanti al battente di legno solo per qualche secondo, il tempo di inspirare quanta più aria possibile e poi espirare tutto. Ero pronta. Picchiettai sul legno e poi portai lo sguardo sul pavimento, in attesa di sentire lo scricchiolare della porta per via del movimento sui cardini.

«*Sugar*, che ci fai qui?»

Elijah era appoggiato allo stipite con soltanto i boxer a coprirlo, rivelando il suo torace meraviglioso e facendomi deglutire rumorosamente a quella vista da urlo.

«Sei solo?»

Lui annuì, spostandosi per farmi passare. Accettai l'invito, entrai e mi accomodai su una delle sedie accanto alla scrivania.

«Potresti coprirti?» domandai con una punta di acidità nella voce. Non volevo parlare con lui svestito in quel modo, mi avrebbe distratta e non sarebbe finita bene per la mia salute mentale.

«No.»

Fantastico...

Lo avevo lì, a quel punto tanto valeva vuotare il sacco.

Cercai di ignorarlo e di andare dritta al punto.

«Iris mi ha detto tutto» esordii. «So del patto e del fatto che tu cercassi di farmi ingelosire.»

«E ci sono riuscito?»

Diamine, se ci sei riuscito. Mi sembrava di impazzire.

«No.»

«E allora perché sei qui?»

Deglutii ancora. Come diamine glielo spiegavo che ero lì per Alexander anche se ogni parte di me, anche quella più nascosta, lo reclamava?

«Non lo so.»

Sei qui per parlare con Alexander. Cazzo, Melissa, non ne fai una buona!

Il suo sorriso sghembo fu la cosa più bella e letale che avessi visto negli ultimi mesi.

«Te lo dico io perché sei qui» esordì venendosi a sedere al mio fianco. «Sei qui perché sei gelosa marcia e non hai il coraggio di ammetterlo.» La sua mano finì sulla mia guancia, facendo partire un brivido che raggiunse la colonna vertebrale e mi scosse da capo a piedi. «Perché sei così attratta da me che più mi respingi e più il tuo corpo non fa che cercare il mio, perché in fondo ti è piaciuto da morire baciarmi la sera del Ringraziamento o quel pomeriggio nel camerino, perché non puoi più fare a meno di me e non sai nemmeno più cosa raccontare a te stessa per convincerti del contrario.»

La sua mano continuava a guizzare da una guancia all'altra, accarezzandomi con lentezza e delicatezza, quasi come se temesse che fossi fatta di porcellana, che potessi rompermi.

Però aveva ragione. Ero così attratta da lui che stavo dispe ratamente cercando un modo per allontanarlo per paura di scottarmi. Ma me lo hai insegnato tu che l'amore è impossibile da combattere da soli, l'amore è un sentimento che va affrontato in due e che non va vinto, ma assaporato ogni singolo giorno.

«Vaffanculo, Elijah.»

«È cominciato tutto così, tra me e te, con un vaffanculo che però è stato il più bello ricevuto in tutta la mia vita.»

Le sue labbra furono di nuovo sulle mie e ancora una volta mi sentii in paradiso. Ma era sbagliato, era tutto incredibilmente sbagliato.

Poggiai una mano sul suo petto e lo spinsi via. Dio solo sa quanto volessi baciarlo ancora, sentire ogni fibra del mio corpo reclamare il gusto amaro di quei baci che non avrei più potuto avere tanto presto, ma se avessi continuato a esplorare le sue labbra nessuno mi avrebbe più fermata e non potevo permetterlo, non in quel momento.

Come a leggermi nel pensiero, Alexander entrò nella stanza, salutandomi con fervore, mentre Elijah continuava a fissarmi con aria sgomenta.

«Che ci fai qui?»

«Sono venuta per parlarti» esordii, andandogli in contro e lasciandomi avvolgere in un abbraccio.

«Perfetto» esclamò Elijah. «Possiamo sederci qui» comunicò, indicando il suo letto.

«Credo che Melissa volesse parlarmi a quattr'occhi, amico.»

Il momento successivo fu un coro di: «Sì» e «No» da parte mia e del compagno di stanza di Alexander.

«Fantastico» esordì poi, alzando gli occhi al cielo. «Quella è la porta.»

Scrutai Alexander come per chiedergli in silenzio se il suo

sei l'unica che riesce a tenergli testa più di chiunque altro. Il problema è che sei piombata qui in un momento difficile per lui e semplicemente non se lo aspettava.»

È come se fossi piovuta dal cielo, quindi?

«Lo capisco, Alex, davvero. Ma non può trattarmi in questo modo. Se ha qualcosa da dirmi deve farlo. La mia fiducia nei suoi confronti è sul filo del rasoio.»

Gli dissi la verità, tenermi dentro quello che pensavo non sarebbe servito più a nulla e se ero un minimo fortunata forse Alexander avrebbe spifferato tutto a Elijah, alleviandomi dal compito di farlo di persona.

Nei giardinetti prese a tirare un vento leggero, una brezza fresca che però mi fece rabbrividire. Ero vestita ancora troppo leggera e il freddo si stava alzando. Portai uno sguardo all'orologio che avevo al polso e mi resi conto di aver perso più tempo di quanto avessi immaginato.

«Devo andare a lezione. Ci sentiamo più tardi» biascicai, masticando le parole con fatica. Quella conversazione mi aveva oltremodo sfiancata.

Mi voltai sotto lo sguardo attento del mio amico, aprii la porta che mi distanziava dall'interno dell'edificio e poi sparii dietro di essa, chiudendo Alexander ed Elijah fuori dal mio mondo almeno per qualche ora.

CAPITOLO 26

Bomba

Ero alla solita noiosissima lezione di Diderot, pensando ai pro e ai contro di uccidere il professore in un assalto armato di forconi o con una semplice impiccagione fatta passare per suicidio, quando un bigliettino atterrò esattamente sul mio libro. Mi guardai intorno, ma tutti sembravano concentratissimi sulla spiegazione del professore. Non mi restò che aprirlo.

Stasera suoniamo al Million Dollars. Vieni?

Elijah.

Appallottolai il pezzo di carta e lo infilai in tasca. Non gli diedi una risposta nemmeno quando Diderot annunciò finita la lezione. Radunai le mie cose e mi lanciai in corridoio, ma ovviamente la mia uscita trionfale dall'aula non poteva filare liscia.

«Signorina Calligaris, attenda un minuto per favore.»

Diderot che ricordava il mio nome era un miracolo.

Mi avvicinai alla sua scrivania con passo felpato, intimorita dalla sua autorità. In effetti, Elijah a parte, dovevo ancora conoscere qualcuno che non lo temesse. Diderot sapeva essere davvero fastidioso e irriconoscente nei confronti della maggior parte degli esseri viventi, uomini o animali che fossero. Una volta Lynette mi aveva raccontato di come avesse spaventato a morte un povero gatto urlandogli qualcosa di incomprensibile in francese, la sua lingua madre.

«Mi dica pure, professore.»

«Mi duole ammetterlo, ma lei è una delle alunne migliori di quest'anno, signorina Calligaris.»

Cosa? Cosa cosa? Sta dicendo davvero quello che ho sentito o mi sono solo immaginata tutto?

«Ed è proprio per questo motivo che ho un compito che posso affidare soltanto a lei.»

In quel momento stavo mostrando la maschera più grande che avessi mai portato: un'impassibilità che quasi faceva paura persino a me stessa. E mentre fuori sembravo più ferma e solida del muro di Berlino, dentro stavo gongolando come non mai.

«Ho bisogno che faccia delle ripetizioni su tutto il programma ad un allievo che, purtroppo, ha avuto un evidente... calo nella mia materia.»

Sapevo che l'esaudire quella richiesta mi avrebbe portato via tempo per il mio studio e per me, ma sapevo anche che accettare era l'unico modo per provare a farmi bella agli occhi di Diderot. Magari sarei potuta diventare qualcosa di più che una nullità per lui e avrei potuto smettere finalmente di fantasticare su come sarebbe stato facile invece entrare nelle sue grazie se ci fossi stato tu con me, dato che tu eri quello perfetto, quello di cui si innamoravano tutti. Un po' come Elijah insomma.

«Posso sapere di chi si tratta, professore?»

«Blue Lee.»

Il problema dei guai è che, la maggior parte delle volte in cui ci finisci, non sei stata tu a cercarli ma sono loro che hanno trovato te. E più cerchi di uscirne, più non riesci a fare altro che trovarti ancora di più con la corda al collo che stringe sempre più forte, fino a farti mancare l'aria. E allora capisci che tagliare la corda non serve e che l'unico modo per salvarti la vita è riuscire a sciogliere il nodo.

Un "toc toc" sommesso mi portò a spegnere il registratore. Andai alla porta e la aprii, ben cosciente di chi mi sarei trovata sull'uscio, anche se dovevo ammettere che era in anticipo.

«Ciao, Blue.»

Ricambiò il mio saluto con un cenno del capo, senza togliere nemmeno per un secondo le mani dalle tasche dei jeans scuri e strappati sulle ginocchia. Un look da vero gangster, insomma.

Sì, alla fine avevo accettato la proposta di Diderot. Sapevo che mi avrebbe creato problemi con Iris, ancor più di quanti già non avessi, ma sapevo anche che quello era l'unico modo per non inimicarmi ancora di più l'unico professore che sembrava odiarmi più di qualunque altra cosa. Almeno aveva ammesso che ero brava, era già un inizio.

«Accomodati.»

Mi spostai dalla porta e lo feci entrare. Sulla scrivania avevo già posizionato i libri che ci sarebbero serviti, accantonando le cartelle dei disegni che stavo progettando in un angolo del letto.

La cosa che mi sorprese fu che Blue non si guardò intorno nemmeno una volta, come se già conoscesse quella stanza o come se non avesse nemmeno un briciolo di curiosità verso un ambiente a lui sconosciuto. Afferrò una sedia e si sedette davanti alla scrivania, poi alzò lo sguardo su di me in un tacito invito a cominciare la lezione.

Lo raggiunsi e mi accomodai sulla sedia che avevo preparato accanto alla sua. Lui osservava il libro di Storia dell'Arte con aria perplessa, come se da un momento all'altro quello avrebbe potuto spalancare le fauci e inghiottirlo in un solo boccone. Poi lo aprì, sfogliò distrattamente le pagine e lo richiuse, riprendendo a fissarlo. Non sapevo cosa gli passasse per la testa, pensai che forse era solo scocciato dal dover ripassare tutto il programma con me e non aveva tutti i torti, ma avrebbe potuto studiare in quei pochi mesi dall'inizio del college e ora non si sarebbe ritrovato in quella situazione.

«Hai intenzione di venirci stasera, al *Million Dollars*?»

A quel punto capii che non era la ripetizione a preoccuparlo, ma stava semplicemente cercando il modo giusto per chiedermi ciò che Elijah voleva sapere.

«Puoi dire a Elijah che non ho intenzione di vederlo» ribattei piccata, spalancando il libro sulla scrivania.

«Sai, non credevo che fosse mai arrivato qualcuno in grado di tenergli testa.»

Gli angoli della bocca gli si curvarono verso l'alto in un sorriso quasi strafottente.

«Io non riesco a tenergli testa, Blue.»

«Stai parlando sul serio? Ma hai visto come si comporta quando è con te?»

Il mio sguardo interrogativo credo che dicesse tutto. No. Pensavo mi guardasse semplicemente come guardava un qualunque essere umano con tette e culo. Non che io avessi tette e culo, in realtà.

«Non sa mai cosa dire perché ha paura di ferirti, ma inevitabilmente ti ferisce lo stesso perché non è in grado di soppesare le parole. Quando siete nella stessa stanza l'aria diventa bollente, come se sapeste di essere nel medesimo ambiente ancor prima di vedervi e quando poi i vostri sguardi si incontrano succede il putiferio. Lui lo abbassa sulle scarpe e tu continui a fissarlo chiedendoti cosa tu abbia fatto di sbagliato al punto da fargli distogliere lo sguardo. Ma sai perché lo distoglie? Perché è un fifone e ha paura dei suoi sentimenti.»

Guardai Blue senza realmente farlo. Lo avevo sempre definito un ragazzo taciturno, uno di quelli che non parlano mai ma che quando lo fanno è per una buona causa, perché sanno quanto sono importanti le parole e sanno cosa dicono. Sono in grado di utilizzare il filtro cervello-bocca con coerenza. Eppure, in quel momento, quello che aveva detto mi sembrava incredibilmente inutile e fuori luogo, oltre che falso. Quando mai Elijah mi aveva guardata come se mi amasse? Quando mai si era solo azzardato ad avvicinarsi a me per dirmi qualcosa che non fosse mandarmi a quel paese?

«Il suo vero problema è che non sa amare, non lo ha mai fatto davvero. Non ha mai rincorso una donna, non sa cosa significa morire per lei in ogni senso possibile.»

Cacciai dalle labbra un piccolo sbuffo e alzai il mio sguardo piantandolo nel suo, così chiaro da far paura. Sembrava quasi di specchiarsi in una nuvola, ma riuscì comunque ad inquietarmi. Cosa mi stava nascondendo dietro quelle belle parole?

«Vogliamo parlare di te e Iris, allora?»

Cambiai discorso perché non ne potevo più di sentire parole su me ed Elijah, perché io e lui eravamo fatti per tutto tranne che per stare insieme, al contrario di quanto pensasse Blue, e più sentivo il suo nome più cresceva una voglia smisurata di prendere tutto quello che avessi intorno a me e scagliarlo al muro.

Rompi, rompi, rompi.

Una voce dentro la testa mi supplicava di lanciare qualcosa, come se fosse consapevole che poi mi sarei sentita meglio. Ma non potevo.

«Tra me e Iris non c'è niente.»

Un'ombra gli rabbuiò il volto, come se avessi toccato un tasto dolente, come se avessi appena aperto una porta che avrebbe preferito tenere chiusa.

«Tipica frase da dire quando c'è qualcosa in più del *niente* tra due persone.»

La sedia stridette sul pavimento. Blue si alzò in piedi e cominciò ad andare avanti e indietro per la stanza con un certo nervosismo.

Fu la prima volta che lo vidi andare in paranoia. Non avrei mai immaginato che un tipo come lui potesse agitarsi per così poco, del resto avevo solamente chiesto un qualcosa che a me non sembrava granché, ma in effetti se qualcuno mi avesse chiesto come andassero le cose tra me ed Elijah non so quanto sarei stata lucida nella risposta.

«Scusa, non sono affari miei.»

Il suo sguardo si piantò su di me. Era combattuto, non sapeva se parlarmi e dirmi la verità su ciò che sentiva oppure se lasciar perdere. Non si fidava di me, ma come poteva? Ci eravamo frequentati così poco io e lui in quei mesi.

Così abbassai la testa e concentrai la mia attenzione sul programma che mi aveva fornito Diderot per aiutare Blue. Dovevamo ripartire da capo, dall'arte egizia, per poi arrivare a quella greca e continuare fino a Leonardo Da Vinci. Era una bella fetta di programma e dovevo organizzarmi bene per permettere a Blue di assimilare tutto in tempo per gli esami di fine anno, senza ovviamente togliere troppo tempo ai miei studi.

«Facciamo così. Oggi partiamo con gli Egizi» dichiarai, contando più o meno una decina di pagine sull'argomento. «Ce la prendiamo leggera. Poi domani creo un programma definitivo per poter ripetere tutto.»

«Va bene.»

«In quali pomeriggi sei libero?» chiesi, mentre con un pennarello viola tracciavo su un foglio di carta uno schema settimanale.

«Martedì, mercoledì e giovedì non ho corsi.»

«Ottimo. Direi che un paio d'ore il martedì e il giovedì dovrebbero bastare. Domani ti do i dettagli.»

Blue annuì e afferrò il libro che avevo davanti, si risedette e lo sfogliò fino a trovare le pagine che racchiudevano l'argomento che avremmo dovuto affrontare quel giorno. Aveva lo sguardo pensieroso, quasi tormentato, ma non mi sentii di dirgli nulla, avevo già combinato abbastanza danni.

«Tra me e Iris la situazione è complicata e ti assicuro che una relazione tra noi non funzionerebbe. Ma tu ed Elijah... voi due siete fatti l'uno per l'altra, fidati, lo conosco bene e pian piano sto imparando a conoscere te.»

Spostai una ciocca di capelli sfuggita alla coda di cavallo dietro l'orecchio e posai il pennarello sul ripiano di legno.

«Io so essere una bomba a orologeria, Blue. Non sono fatta per Elijah, finiremmo solo per farci del male.»

«E quindi? In tutte le relazioni ci si fa del male, è inevitabile, l'importante è capire i propri errori e trasformarli in punti di forza.»

Mi diede da pensare, tanto.

Non avevo mai visto la situazione sotto quella luce, ma dovevo ammettere che non era affatto un'idea sbagliata.

Ci penserò su, mi ripromisi, e poi gli chiesi perché tra lui e Iris non avrebbe potuto funzionare, ma non ottenni risposta.

Sperai che non fosse troppo tardi per cambiare idea, anche perché ormai ero già nel taxi e il *Million Dollars* era dietro l'angolo. Non avevo detto a nessuno che ci sarei andata perché non sapevo se fossi riuscita a entrare o se sarei scappata ancor prima di vedere anche solo l'insegna del locale, da lontano.

Il pomeriggio con Blue era trascorso in fretta, avevamo studiato quello che ci eravamo prefissati e l'indomani avrei creato una tabella accurata per poter capire come muoverci durante il resto del semestre. Eravamo ancora a Dicembre, ma ormai Blue avrebbe svolto l'esame a giugno, per cui avevamo un po' di tempo per poter riuscire a fissare tutto.

Quando la vettura si fermò nel parcheggio davanti al locale ci misi qualche secondo a decidermi. Se da un lato volevo entrare lì dentro e sentire i *The Strobe* cantare, dall'altra sentivo il bisogno di scappare a gambe levate e chiudere quella serata con un lucchetto impossibile da scassinare. Non volevo rivedere Elijah, o meglio, volevo assolutamente evitare uno scontro tra noi perché non sapevo se sarebbe finito bene e, in tutta onestà, l'ultima cosa che volevo fare era litigare con lui.

Ma prima o poi avrei dovuto comunque affrontarlo, quindi perché rimandare l'inevitabile?

Scesi dal taxi mostrandomi disinvolta, nonostante dentro di me stessi tremando dalla paura. Attraversai il parcheggio sotto lo sguardo di un gruppetto di ragazzi che osservavano con un po' troppa insistenza, quindi accelerai il passo, convinta comunque che se uno di loro si fosse fatto avanti sarebbe finito a culo a terra. Per fortuna non successe.

Arrivai sulla soglia del *Million Dollars* e spinsi il battente in avanti. In meno di un nanosecondo fui investita dall'acre odore di alcool che aveva riempito il bar e dalla musica proveniente dal palco. Drizzai le orecchie per provare a riconoscere le voci e giunsi alla conclusione che non erano della band che conoscevo io. Mi tranquillizzai, sapendo di essere arrivata in tempo per il loro show, e mi feci largo verso il bancone del bar. Avevo bisogno di bere se volevo davvero fronteggiare Elijah in una conversazione tête à tête.

«Una vodka lemon» gridai al bar man per sovrastare il volume della musica, lui annuì e si voltò alla ricerca delle bottiglie giuste per completare il mio drink.

Mi sedetti sullo sgabello accanto a me e mi voltai verso la pista da ballo. C'erano decine e decine di corpi spalmati gli uni sugli altri che quasi facevano invidia a un bel panino. Era incredibile come quel locale di venerdì sera e nei week-end si trasformasse in una vera e propria discoteca, più che altro mi meravigliava il fatto che nessuno si fosse mai lamentato del baccano assordante che proveniva dal locale in quei giorni.

Mentre pensavo a tutto ciò arrivò il mio drink, lo tracannai in pochi sorsi e chiesi immediatamente il bis, anche se mi sentivo già un po' brilla, con il sangue alla testa e la Vodka nello stomaco. Vuoto.

Porca puttana.

Fu proprio nel momento meno indicato in assoluto che venni fiancheggiata da Alexander. Aveva un sopracciglio alzato davanti alla mia espressione vacua, mentre lo scrutavo con i miei occhi scuri sentivo che in realtà era come se non lo guardassi davvero, come se fossi persa nel mio mondo.

«Sono felice che tu sia venuta, ma potevi anche evitare di bere, non credi?»

Davanti ai miei amici facevo la dura, fingevo che adorassi bere e in effetti mi piaceva, solo che non reggevo l'alcool molto bene e quella ne era una prova schiacciante.

«Ne avevo bisogno» affermai, scuotendo la testa su e giù come per rafforzare la mia idea.

«Per?»

Portò le braccia al petto mentre il suo sopracciglio si alzava ancora di più. Quello destro, credo, o forse era il sinistro?

«Fronteggiare Elijah.»

Alzò lo sguardo al cielo e afferrò il mio polso con delicatezza, come se mi stesse chiedendo il tacito permesso di portarmi via di lì.

Peccato che proprio in quel momento il mio stomaco decise di rigettare tutto e, questa volta, l'obiettivo furono le scarpe di Alex.

Vomitai tutto, anche l'anima, mentre il petto bruciava e chiedeva ossigeno e io mi maledivo per non aver ingurgitato prima qualcosa. Sollevai la testa lentamente per paura di avere un capogiro e mi appesi alla spalla del mio amico.

«Scusami» biascicai, stanca.

«Non fa niente. Vieni con me, ti porto a darti una ripulita.»

Credo fece segno al bar man di pulire dove io avevo sporcato con il mio rigurgito, poi mi aiutò a tenermi in piedi e mi trascinò fino al bagno del backstage, così che avrei potuto essere più tranquilla. Nessuno si era voltato a osservare lo spiacevole episodio, per fortuna, tutti troppo concentrati a muovere il proprio corpo a ritmo di musica.

«Puoi usare questo bagno. Ce la fai in una decina di minuti?»

Annuii. Potevo farcela. Dovevo solo sperare che la stanza smettesse di girare.

«Va bene, ti aspetto fuori.»

Sentii la porta del bagno chiudersi dietro di me, non mi curai nemmeno di chiuderla a chiave, confidavo che Alex sarebbe rimasto fuori a fare da guardia. Corsi al water e rigettai tutto quello che mi era ancora rimasto dentro, cercando di non sporcare né i capelli né il top. Mi sollevai a fatica, mi diedi una sciacquata al viso stando ben attenta a non far colare il trucco e sperai di non puzzare troppo.

Dio, che schifo. Ma perché non ci penso mai due volte prima di mettermi a bere?

Quando fui sicura di essere in una condizione presentabile raggiunsi Alex, che nel frattempo aveva anche cambiato le scarpe.

Ripensando all'accaduto arrossii d'imbarazzo.

«Nove minuti, direi che sei stata in gamba.»

Gli lanciai un'occhiataccia mentre lui scoppiò a ridere. Evidentemente si sentiva in vena di sdrammatizzare.

Beato lui.

Mi fece cenno di seguirlo e obbedii. Camminammo per pochi minuti lungo un corridoio che sembrava immenso. Le pareti intorno a noi erano grigie, quasi color metallo, mentre sotto di noi una moquette nera ci indicava il cammino da seguire. Non c'era nulla, nessun quadro, nessun ornamento, a dirla tutta non avevo mai visto un luogo così asettico.

«Tra qualche secondo ci chiameranno sul palco» mi spiegò, accompagnandomi con una mano poggiata sulla mia schiena, come a chiedermi di accelerare il passo. «Ti va di assistere dal backstage?»

La mia mente tornò alla prima volta che ero stata in quel locale, all'attacco di panico per la tua canzone cantata dai miei nuovi amici e a quando Elijah e Alexander decisero che mai e poi mai avrei rivisto un loro spettacolo dalla platea, ma sempre e solo dal backstage, per sentirmi al sicuro. Quel pensiero mi fece sorridere, in fondo ero contenta che Alex si fosse ricordato della promessa che mi aveva fatto quel giorno ma l'ultima cosa che volevo era creare loro problemi.

«Sicuro che sia okay?»

«Possiamo portare qui dietro chi vogliamo a patto che non crei problemi. E tu non sei una che ne crea.»

Ah, Alexander, quanto sei ingenuo. Se solo sapessi quanti problemi ho causato nella mia vita.

Ma non gli dissi nulla, tenni quel pensiero per me.

«Va bene. Vi aspetto qui.»

Le sue labbra di curvarono verso l'alto e le sue braccia forti mi strinsero in un abbraccio, mentre qualcuno sul palco presentava la band che tutti aspettavano.

«Va'» lo spronai, districando i nostri corpi, e lui salì sul palco nello stesso momento in cui Elijah e Blue entrarono dal lato opposto.

Fu Elijah a salutare il pubblico e a presentare la band. Poi annunciò la prima canzone. Cantarono una cover di *Photograph* di Ed Sheeran molto personalizzata, quasi mi fecero commuovere.

Le parole di Ed mi ricondussero ancora una volta a te, all'amore che avevamo provato l'uno per l'altra e che avevamo congelato nel tempo dopo che tu eri andato via, impresso con il colore su dei piccoli tagliandini di carta, appeso alle mura per evitare di dimenticare il sapore che io e te avevamo insieme. Anche se poi è inevitabile dimenticare quel sapore.

Non sapevo se tu avessi portato con te un pezzo di me, se ti fossi infilato una mia, o meglio nostra, fotografia nella tasca dei tuoi jeans, a essere onesta non ho mai controllato, ma sapevo che in ogni caso non sarei rimasta sola. Mi avresti protetta comunque, anche da lontano, anche senza averti al mio fianco.

Però tutto ciò non era okay, non mi stava bene. Il non averti, il non poterti abbracciare, baciare, dirti quanto ti amassi. Non era per niente okay. Mi ci sono dovuta abituare con il tempo, ma l'abituarsi non significa poter cancellare il passato così, in uno schiocco di dita.

Non avrei potuto cancellarti neanche se lo avessi voluto. Piuttosto sarei morta.

La voce di Elijah si interruppe, decretando la fine della canzone, così tornai violentemente alla realtà e poggiai i piedi per terra nel modo più delicato possibile.

La canzone successiva era la tua, la nostra.

Tremai al solo pensiero di sentire ancora l'arrangiamento di Elijah, quello che già avevo ascoltato due volte in quei mesi e che entrambe le volte mi aveva colpita dritta al cuore. Non ebbi nemmeno il tempo di metabolizzare che la voce di Elijah risuonò in tutto il backstage.

Love can hurt, you know?
(L'amore fa male, sai?)
Especially if it comes slow
(Specialmente se arriva piano)
And you're not prepared
(E non sei preparato)
To welcome it with open arms
(Ad accoglierlo a braccia aperte)

Io non ero preparata, non lo ero per niente. Spalancavo le braccia per permettere a Elijah di tuffarcisi dentro e un secondo dopo cambiavo idea e le riavvolgevo intorno al petto.

Non avevo mai avuto paura dell'amore, mai.

Mi ero sempre convinta che l'amore dovesse essere qualcosa di bello, qualcosa che ti prende, ti sbatte al muro, ti toglie il respiro, ti grida che non ti lascerà mai andare e nonostante questo tu resti perché sei tu a non voler andar via da lui.

Tu eri sempre stato la migliore definizione d'amore per me. Tu e quello che c'era tra di noi. A volte mi chiedevo se andando via ti fossi portato quell'amore con te o se mi amassi ancora anche da lontano, esattamente come qualche anno prima.

E il problema era che avevo avuto il tuo, di amore, così appagante, pieno, totalizzante, che adesso avevo paura di buttarmi su qualunque altro tipo di amore che non fosse il tuo.

E fu in quel momento, ascoltando le tue parole, che realizzai che avevo paura di buttarmi sull'amore di Elijah non perché avessi paura di Elijah, ma perché avevo paura di dimenticare il tuo, di amore, sostituendolo con il suo.

Because if you go away, nothing is like before
(Perché se tu vai via, niente è come prima)
Inside it's freezing and outside is even worse

(Dentro si gela e fuori è anche peggio)
I'd like to have your love, but you're not here
(Vorrei il tuo amore, ma tu non ci sei)
And I scream: "come back", but you do not
(E io grido: "torna", ma tu non lo fai)
And even if it hurts, that's okay
(E anche se fa male, va bene così)
Inside it's freezing, but outside it's even worse
(Dentro si gela, ma fuori è anche peggio)
And if i scream: "come back"
(E se grido: "torna")
I beg you, come back to me
(Ti supplico, torna da me)

Non ricordo il momento esatto in cui la canzone terminò, né quale canzone venne cantata dopo o quale dopo ancora, perché quando ascoltavo le tue parole entravo in una sottospecie di trance emotiva e cominciavo a creare pensieri tutti miei.

La verità è che alle conclusioni migliori vi sono giunta sempre grazie a te, grazie a quello che mi dicevi a parole o in musica e il fatto che continuasse a essere ancora così in qualche modo mi rincuorava.

Non ricordo nemmeno il momento in cui Elijah e gli altri salutarono il pubblico. Ricordo soltanto Elijah che si voltò verso il backstage, il suo sorriso a trentadue denti stampato sulle labbra quando mi beccò ad osservarlo, la sua andatura che verso di me sembrava andare a rallentatore, con la chitarra appesa su una spalla e il microfono nella mano destra. Non so nemmeno quand'è che sono diventata così attenta ai dettagli.

Poi ricordo un'esplosione e mille grida.

Ricordo la testa di Elijah che scattò verso il pubblico in delirio, poi verso di me e poi la sua corsa sfrenata per raggiungermi. Non so nemmeno che fine avessero fatto Alex e Blue, perché non riuscii più a scorgerli tra la folla.

Ricordo la stretta di Elijah intorno al mio polso, così forte da credere per la prima volta potesse davvero farmi male. Poi ricordo che non si fermò nemmeno per controllare che fossi integra, continuò a correre trascinandomi come un peso morto dietro di lui e solo quando si rese conto che ero ancora in stato di trance, che non capivo nemmeno cosa stesse accadendo intorno a me, si prese la briga di urlare.

E io lo sentii.

«Corri, Melissa. Scappa!»

E io scappai.

Nota vocale

13 dicembre 2017

I Phone di Melissa > Desktop > In ogni parola del cuore

Ci sono momenti in cui credi che ci sia soltanto buio, che la luce dopo non sia più possibile vederla, che non fa per te.
Ci sono momenti in cui non hai nemmeno il tempo di guardarti intorno, di urlare, di pregare.
Puoi soltanto correre, più veloce della luce, più forte del vento.
Perché se ti fermi sei fottuta.
E io ero fottuta, sì. Solo che ancora dovevo scoprirlo.

CAPITOLO 27

Mercury VS Mars

«Melissa. Melissa ci sei?»

Sembrava che il mondo fosse appena crollato.

Intorno a noi si sentivano soltanto grida, ovunque. C'erano corpi che si ammassavano, gente che correva disperata, poi un altro botto, uno di quelli forti, di quelli che fanno paura.

Una bomba, pensai.

Neanche il tempo di collegare il tutto che scoppiò un altro boato e il muro dietro il bancone del bar del locale cedette. Le grida aumentarono e si infransero nel fracasso provocato dal crollo.

Che cazzo sta succedendo?

«Melissa, forza!»

Decisi che non potevo restare un secondo in più a guardarmi intorno. Mi dispiaceva per tutta quella gente, ma dovevo riuscire ad uscire integra da lì.

Afferrai la mano di Elijah e gli feci un cenno con la testa per fargli capire di esserci.

Portami via di qui, ti prego.

Detto fatto.

Mi tirò fuori da quel groviglio di corpi più velocemente di quanto credessi. C'era un'uscita di sicurezza nel backstage di cui probabilmente erano a conoscenza soltanto loro o chi lo frequentava con una certa assiduità. La infilammo correndo come non avevamo mai fatto prima. Pensavo che una volta fuori avremmo tirato un sospiro di sollievo, ma la gente continuava a correre di qua e di là senza sapere dove andare di preciso, urlando, soltanto per paura.

«Vieni con me.»

Elijah mi tirò lungo tutta la strada, non ci fermammo nemmeno per riprendere fiato. Arrivammo al parcheggio di fronte al locale non senza difficoltà, la gente era troppa e la paura di poter essere attaccati da chi aveva colpito il locale teneva tutti i nostri sensi sempre all'erta.

«La moto!» gridò Elijah, sovrastando il rumore della folla. Lo seguii, ma incespicai e per poco non caddi. Lui se ne accorse, poggiò le mani sui miei fianchi e mi aiutò a mantenere l'equilibrio.

Per la prima volta mi resi conto di quanto lo desiderassi, di quanto volessi Elijah ad ogni costo. Capii che non me ne importava nulla di Iris, non mi interessava se tutto quello era sbagliato. La vita è una e noi dobbiamo viverla.

È vero quando dicono che le cose più belle si capiscono nei momenti in cui si crede di morire. Avevo una paura matta di morire, quella sera, ma l'unico a cui erano rivolti i miei pensieri era il proprietario della moto a cui eravamo diretti, lo stesso ragazzo che mi stava tenendo in piedi e implorando con lo sguardo di fuggire via prima di una catastrofe ancora maggiore.

Non pensai a mamma o a papà, né a Sara, Lynette, Iris o Alexander o Blue. Nemmeno a te. Pensai soltanto a Elijah e a tutto quello a cui stavo rinunciando permettendogli di vivere una vita che non fosse parallela alla mia.

No, non ero più disposta a perdere persone nella mia vita.

«Salta su» ordinò, lanciandomi un casco che probabilmente mi sarebbe stato tre volte tanto. Non protestai. Lo infilai e poi montai in sella, stringendomi forte a lui.

Ne avevo superate tante, avrei superato anche quella, eppure non riuscivo a liberarmi delle immagini che avevo visto, donne e bambini che urlavano tra la folla, uomini che tentavano di mettersi in salvo, coppie innamorate, anziani. La vita può cessare da un momento all'altro, ne avevo già avuta la prova in passato e avevo deciso di chiudermi a riccio per non soffrire, ma in quell'occasione capii che alzare un muro non serve. Nella vita bisogna rischiare, perché è l'unico modo per non avere rimpianti.

«L'hanno trovata, cazzo. Sanno che è qui! È lei che vogliono, *Mars*!»

«Non gridare, coglione, la sveglierai.»

Troppo tardi, sono già sveglia.

«*Mars*, è troppo per me. Non posso farcela.»

«Avevi promesso che non ti saresti innamorato di lei, lo hai promesso a *lui*, te lo ricordi?»

«Sarebbe felice di saperla con me piuttosto che con qualcun altro.»

«*Mercury*, non dubito di questo, ma non puoi essere innamorato della donna che devi proteggere. Potrebbero toglierti la custodia, lo capisci questo?»

«Non lo dirò a nessuno fino a quando tutta questa faccenda

non sarà finita, puoi starne certo.»

Ma di cosa stavano parlando? Quale faccenda? E di chi era innamorato Elijah? Perché si chiamavano in codice con due nomi di pianeti?

Dio, che mal di testa.

«*Mercury*, sul serio, non puoi...»

«Okay, ho capito» tagliò corto la voce di Elijah. «Adesso abbiamo un problema più importante, ovvero chi ha piazzato quelle fottute bombe.»

Aizzai l'udito mentre pian piano mi rialzavo dal letto cercando di limitare i forti giramenti di testa. Mi guardai intorno, cercando di capire dove fossi. Non trovai niente di conosciuto, non era la mia stanza e di sicuro non era il mio dormitorio. I colori delle pareti erano diversi da quelli in uso da noi. Poi notai la chitarra appoggiata accanto alla scrivania e allora capii che sicuramente doveva essere la stanza di Elijah, eppure intorno a me non riconoscevo nulla della sua stanza. Dove diamine ero?

«Ho già contattato il quartier generale, ma sembra che non sia stato avvistato nessuno di sospetto.»

«Le telecamere?»

«Quelle del *Million Dollars* sono fuori uso, ne stanno cercando altre che coprano la zona.»

Udii uno sbuffo e il rumore di qualcosa che si rompeva, come se del vetro si fosse infranto su una superficie dura.

«*Mercury*...»

«Che c'è, *Mars*, eh? Sono stanco, stanco morto di tutto questo. E ho una fottuta paura perché l'ultima volta, se ben ricordi, non è finita bene.»

Il rumore di una sedia che stridette sul pavimento mi fece portare le mani alle orecchie. Odiavo quegli strani stridii.

Aprii la porta della stanza e mi ritrovai in un piccolo disimpegno con altre due porte. La prima chiusa, la seconda invece aveva il battente accostato allo stipite, ma non era chiusa. Non entrai, accostai soltanto l'orecchio alla porta per capire cosa avessero di così segreto da nascondermi.

Non stavo capendo nulla di ciò che si stavano dicendo ma una cosa era certa: volevo vederci chiaro.

«Non accadrà la stessa cosa, Elijah. La proteggeremo, te lo giuro. Lei non è tuo fratello.»

Poi ci fu il silenzio. Un silenzio di tomba.

Per minuti che parvero ore nessuno dei due disse più nulla, non una parola, non un sospiro, non un rumore. Per un secondo credetti di averle immaginate quelle voci, quella discussione stramba, quei nomi strani.

Stavamo parlando pur sempre di Elijah e Alexander, due ragazzi che mi erano stati vicini per tutto quel tempo ma che stavo iniziando a comprendere avessero più segreti di quanti immaginassi. Quello che non capivo era cosa c'entrassi io, perché mi avessero coinvolta nelle loro cose, perché non mi avevano semplicemente lasciata andare.

Realizzai che avrei dovuto avere paura, che mi trovavo non sapevo nemmeno io dove, che tutto quello era fin troppo strano per essere normale e poi realizzai che erano pur sempre Elijah e Alexander e che se avessi chiesto loro una spiegazione, molto probabilmente me l'avrebbero data.

E poi, all'improvviso, il telefono che avevo in mano prese a squillare indicandomi l'arrivo di una notifica, di un messaggio per la precisione.

Cazzo.

E poi mi crollò il mondo addosso, perché il messaggio che avevo appena ricevuto era di Sara e fu l'unico elemento che riuscì a mettermi ancora più paura

- Non fidarti di nessuno. Scappa.

Feci dietrofront.

Sarei tornata nella mia stanza, avrei aperto la finestra e sarei uscita da lì. Non potevamo essere tanto distanti dal college, no?

Eppure riuscii a muovere soltanto un passo. Fu Elijah a fermarmi.

«Dobbiamo parlare.»

CAPITOLO 28

Ti fidi di me?

Elijah mi fece accomodare sul letto che avevo abbandonato poco prima e si sedette al mio fianco. Aveva un'aria un po' trasandata, non indossava più il giubbino di pelle che aveva sulla moto per non prendere freddo e aveva i capelli scompigliati, nemmeno il gel riusciva più a tenerli su. Lo sguardo era assente, quasi come se stesse pensando a qualcosa di lontano da lui. Dalle labbra emise un lieve sbuffo e le mani raggiunsero le ciocche scure di capelli e li tirarono leggermente verso l'alto, come se stesse cercando un modo per strapparli ma senza farsi male.

«Ti fidi di me, Melissa?» proruppe all'improvviso. Sollevò lo sguardo e lo piantò nel mio, attendendo una risposta.

Ripensai al messaggio che avevo appena ricevuto e mi spostai per distanziarmi da lui, arretrando sul materasso.

«Onestamente? Non lo so. Non so più di chi fidarmi.»

Caspita se volevo fidarmi di lui, lo volevo da morire.

Emise un sospiro di frustrazione e portò ancora una volta le mani ai capelli, sentii il mio stomaco contrarsi attorno al cuore, stringendolo in una morsa sempre più ferrea. Forse voleva proteggerlo o forse mi stava dicendo di correre in suo soccorso.

Mi spostai sulla coperta e mi avvicinai in modo che il mio corpo potesse toccare il suo, allungai le mani verso le sue e gliele presi, le divincolai dalla sua testa e le appoggiai sulle mie gambe.

«Non sono mai stato innamorato di nessuna, prima d'ora.»

Finalmente alzò la testa e puntò le sue iridi nelle mie. Crollai nelle sue pozze del colore del cioccolato.

La mia testa mi diceva di stare attenta, che la sua era l'ennesima bugia perché uno come lui non poteva non avere mai amato qualcuno nella vita, eppure il mio cuore si sentiva vicino al suo, leggeva la tristezza nei suoi occhi e la comprendeva.

«Hai ventun'anni, non puoi non esserti mai innamorato.»

Mi guardò così intensamente che per un istante credetti di svenire.

«È così, non ho mai amato nessuna. È per questo che con te ho sempre fatto lo stronzo, perché tu eri l'unica di cui non avrei mai dovuto innamorarmi e invece ho cominciato a sentire qualcosa di sempre più forte per te, giorno dopo giorno.»

Ignorai l'ultima parte, concentrandomi su quelle prime parole che mi aveva già riservato Alex una volta.

«Che significa che non avresti mai dovuto innamorarti di me?»

Stavo cercando di mantenere la calma perché avevo paura che se avessi perso le staffe o avessi alzato la voce lui avrebbe smesso di parlare e io avevo bisogno che finalmente mi raccontasse la verità.

Mi avvicinai e gli presi la mano, mi ero mossa ancor prima anche solo di pensare di farlo, non sapevo come o perché.

Iniziai a tracciare dei piccoli cerchi concentrici sulla sua pelle con il pollice, nella speranza di tranquillizzarlo e invogliarlo a continuare senza fargli sentire addosso la pressione di dover dire per forza qualcosa.

«È un discorso molto lungo e non credo che sia la sede più adatta per parlarne.»

«Sei tu che hai voluto parlarmi, Elijah. Se non sei intenzionato a dirmi la verità, non capisco cosa potresti volere da me.»

«Voglio dirti tutto, Melissa. Solo non qui, non con Alexander di là che può sentire ogni nostra parola, non in questo posto di merda.»

«Dove siamo?»

«A casa mia.»

Eccola lì la tensione, tutta a premere sulle mie spalle in un solo colpo.

Le domande iniziarono ad affollarsi nella testa e premevano per uscire, ma non avevo abbastanza parole a disposizione per pronunciarle tutte insieme.

«I tuoi genitori?»

«Parleremo anche di questo, ma devi fidarti di me.»

Volevo fidarmi di lui con tutto il cuore, ma non potevo dimenticare il messaggio che mi aveva mandato Sara. Mi aveva chiesto di non fidarmi di nessuno, ma come sapeva chi frequentassi? Elijah e Alexander potevano veramente far parte del nessuno che intendeva lei?

«Elijah...»

«*Sugar*, guardami.»

Questa volta fu la sua mano a stringere la mia e non il contrario. Obbedii alla sua richiesta.

«Sono sempre io. Sono Elijah, lo stronzo che hai conosciuto due mesi fa al college, quello che credi sia una persona senza cuore e che tu odi profondamente. Sono io, solo in una veste che tu ancora non conosci. E ho dannatamente bisogno che tu ti fidi di me in questo momento perché non ho nessuna intenzione di perdere un'altra persona importante nella mia vita.»

Non fu il discorso a convincermi e nemmeno le mani che mi accarezzavano dolcemente una gamba, ma i suoi occhi.

Non avevo mai letto così tanta sincerità nello sguardo di qualcuno. Non avevo la più pallida idea di cosa intendesse, non sapevo chi avesse già perso in passato, ma solo che mi dovevo fidare se volevo avere qualche risposta.

E quindi lo feci. Mi fidai.

«Ti porto in un posto, va bene? Lì parleremo con calma.»

Annuii e lo seguii fuori. Mi portò via senza mai lasciare che le mie dita si disincastrassero dalle sue, percorremmo il corridoio sotto lo sguardo di disapprovazione di Alexander, ma nessuno dei tre disse nulla. Attraversammo la casa, uscimmo all'aria aperta e ci avvicinammo alla moto. Indossai il casco e saltai su, dietro il ragazzo che mi stava per aprire le porte del suo cuore, poi lui mise in moto e sfrecciammo verso l'orizzonte.

«È tua?»

«Che cosa?»

Lo immaginai corrugare le sopracciglia.

«La moto»

Che domanda intelligente, Melissa. Ovvio che è sua.

«Beth? Certo che è mia.»

«Hai dato un nome alla moto?» chiesi con lo sconcerto nella voce.

«Tu non l'hai mai fatto?»

«Non ho una moto, ma in ogni caso non lo avrei fatto.»

Scoppiò a ridere come se avessi detto la più grande delle baggianate, ma io non ero mai stata più seria di così. Voglio dire, perché dare un nome a una stupida moto? Poi però mi sono ricordata di te, di come dessi il nome a qualsiasi cosa incontrassi sul tuo cammino, persino a quella dannata coperta che ormai si chiamava Snoopie solo perché vi era quel cane disegnato sopra. E tutto a un tratto il fatto che Elijah chiamasse la sua moto Beth non mi sembrava più così strano.

«Dove andiamo?» cercai di sviare il discorso su qualcosa che potesse farmi spostare i pensieri su qualche altro soggetto. Perché no, magari il cibo.

«Ti ho già detto che non te lo rivelerò, *Sugar*.»

Sbuffai e affondai le mani nelle tasche del suo giubbino di pelle, stringendomi più forte a lui. Improvvisamente avevo freddo.

«Quanto manca ancora?»

«Sei proprio impaziente, eh?» il suo sorrido si allargò a dismisura.

«Ho soltanto fame» borbottai, mentre il rumore sordo del mio stomaco mi dava man forte.

«Ci siamo quasi.»

Aveva ragione, pochi minuti dopo si fermò, rimosse le chiavi dal quadro, scese e venne addirittura ad aiutarmi a togliere il casco.

«Grazie» biascicai in imbarazzo, mentre le sue mani si muovevano abili sotto il mio mento.

Mi guardai intorno ma vidi soltanto alberi, non riconobbi nulla che avrebbe potuto riportarmi a qualche angolo di Los Angeles, niente di niente.

«Dove siamo?»

Ignorò la domanda.

«Vieni.»

Con la mano ancora stretta nella sua percorremmo un sentiero che a me parve immenso, non riuscivo a vedere la fine e la cosa da un lato mi sconcertava. In effetti, conoscevo davvero poco Elijah; avrebbe potuto anche essere un maniaco e quella la mia ultima notte sulla Terra.

Ma che diamine vai farneticando? Hai deciso di fidarti, ricordi?

«Chiudi gli occhi» esclamò mettendosi davanti e sbarrandomi il cammino. Osservai il suo volto increspato da quell'accenno di barba, il luccichio nei suoi occhi sembrava gridarmi che fosse felice, ma era davvero così? O ero una delle sue tante pedine nel suo stupido gioco in rincorsa alle donne?

«Non uccidermi» sussurrai, incrociando il suo sguardo.

Lui rise di gusto, sfiorandomi il viso con la punta delle dita.

«Non ti ucciderò, *Sugar*. Chiudi gli occhi ora.»

Obbedii e abbassai le palpebre fino a che rimase soltanto il nero. Poi sentii le sue mani sulla mia vita e un secondo dopo non toccavo più il terreno.

«Elijah!» strillai quando capii che mi aveva alzata sulle sue spalle come un sacco di patate.

«Così sono sicuro che non puoi sbirciare.»

«Io non sono un'imbrogliona!»

«Ma se lo sei sempre stata.»

Da quel momento cadde il silenzio. Elijah non disse più una sola parola e io nemmeno. Con la faccia quasi schiacciata sul suo fondoschiena, tornai con il pensiero a ciò che aveva appena detto.

«E cosa ne sapresti tu, scusami?»

«Lynette dice sempre che imbrogli quando giocate insieme.»

È vero. Avevo preso l'abitudine di barare anche con lei durante le nostre partite serali a carte, in quelle sere solitarie in cui nessuno ci dava retta ed eravamo entrambe troppo provate anche solo per provare ad accedere su Netflix.

«Eccoci» proruppe, infine, mettendomi giù. Tirai un sospiro di sollievo sentendo finalmente il terreno sotto ai piedi, mi appesi alle sue spalle per essere certa di non perdere l'equilibrio nell'atterraggio improvviso, poi mi voltai e rimasi incantata. Davanti a noi, in mezzo agli alberi della foresta, c'era un enorme lago che rifletteva i colori del cielo e i puntini luminosi delle stelle. Qua e là si poteva scorgere qualche lucciola che rendeva quello spettacolo ancora più magico, mentre dall'altro lato del laghetto c'era una panchina che quasi sembrava chiamarci per sederci su di lei e restare a guardare quello spettacolo per ore.

«È... magico.»

Mi voltai verso Elijah, il cui sguardo si era leggermente incupito, ma non ci pensai più di tanto. Lo abbracciai di slancio e lui mi tenne stretta, quasi come se temesse che potessi voltargli le spalle e fuggire via. Aveva ragione ad avere paura perché io ero così: io fuggivo. Non affrontavo le cose, odiavo farlo, preferivo girarmi dall'altro lato invece di stare a guardare, preferivo andarmene anziché illudermi, ed ero terrorizzata che potesse accadere anche con lui, che potessi sfuggirgli. Non volevo, ma a volte era più forte di me.

«Come l'hai scoperto?» gli chiesi, mentre ancora una volta mi stringeva a sé, come se avesse timore che potessi fuggire da qualche parte.

«Mi ci ha portato una persona importante, tanto tempo fa.»

Sorrisi sulle sue labbra, poi lo abbracciai di nuovo. Era così bello stare tra le sue braccia, al caldo, come se niente, in quei piccoli istanti, potesse scalfirmi.

«Sono colpita» esalai spostando il peso del corpo sulla gamba sinistra e alzando di poco la testa, giusto il necessario per fissarlo negli occhi.

«Colpita?» sollevò un sopracciglio.

«Sono quasi sicura che per ogni ragazzo uscire con una ragazza significa portarla al ristorante.»

Le sue labbra mostrarono un sorriso stupendo, potevo restare a guardarlo per ore senza stancarmi, ne ero certa.

«Ma io non sono *ogni ragazzo*.»

«Lo so.»

«E noi non stiamo uscendo insieme, ma sono qui per parlarti.»

Non ne avevo motivo, ma quella frase un po' mi ferì. Io desideravo stare con lui, desideravo fidarmi di lui.

Fu quello il momento in cui compresi, anzi no, accettai di amarlo. Lo amavo. Lo amavo immensamente e lo volevo per me, tutto per me, ma in quel momento un sogno simile mi sembrava quasi un'utopia.

Si staccò da me piano, quasi come se temesse di poter rimanere scottato, poi afferrò la mia mano e mi trascinò verso la sponda sinistra del lago. Fu allora che la notai, la piccola tovaglia a quadri rossi e bianchi con il cestino sopra.

«Benvenuta nel mio angolo di paradiso, *Sugar*.»

Quelle parole sussurrate all'orecchio mi fecero rabbrividire. Se c'era una cosa che avevo scoperto in quelle poche ore era che Elijah era in grado di sorprenderti, ma sorprenderti davvero. Era uno che se si metteva qualcosa in testa la faceva, che se aveva uno scrupolo cercava ogni mezzo possibile per eliminarlo e trovare la certezza, era un tipo meticoloso, a volte quasi da far paura, ma tu lo sai che sono sempre stata meticolosa anche io.

«Quando hai preparato tutto questo?»

«Prima della serata al *Million Dollars*. Ero convinto che dopo ti avrei portata a mangiare fuori, magari per un primo appuntamento insieme, invece è successo il putiferio.»

In pochi secondi mi resi conto che mi ero fatta un'idea completamente sbagliata di lui, che se uno si scontra nel campus urlandosi un *vaffanculo* dietro non significa che si tratti di una cattiva persona, anzi, ero stata io la prima ad aggredirlo quel giorno. Avevo capito che non bisognava giudicare all'apparenza, ma che bisognava tener conto di una serie di cose, tra cui anche l'amicizia con uno come Alexander. Certo, Alex era decisamente più calmo del suo amico, il quale invece era più irascibile. Ma irascibilità non era sinonimo di cattiveria. Avrei dovuto capirlo prima. Mi diedi della stupida incapace nella mia testa, mentre ti immaginai tirarmi uno scappellotto.

Non ebbi il coraggio di dire altro, così lo raggiunsi sulla tovaglia, lo guardai sedersi e incrociare le gambe e lo imitai, posizionandomi al suo fianco. Aprì il cestino e cominciò a spandere il cibo davanti a noi.

«Mi ricordi tanto una persona» mormorai così piano che credetti non mi avesse nemmeno sentita.

«Spero sia una brava persona, allora.»

«Lo era.»

Non aggiunse altro, forse perché aveva colto il mio riferimento al passato e non voleva mettere il dito nella piaga, così anche io accantonai il discorso.

«Sai» agguantò una fetta di pizza farcita. «Il ragazzo che mi portò in questo posto, cantava anche lui» mi rivelò con un sorriso che trasmetteva solo tristezza e inquietudine.

«È una bella cosa.»

«Lui non canta più.»

«Non può?»

«Mettiamola così.»

Alzò lo sguardo dalla pizza che aveva ancora tra le mani e lo posò su di me. Lo scrutai mentre con aria persa fissava i miei occhi, per poi scendere all'altezza delle labbra. Si fermò con lo sguardo a quell'altezza, continuò a fissarle con insistenza mentre io invece mi persi nel suo sguardo incantato su di me. Sentii il cuore capovolgersi e la mente spegnersi non appena lui si avvicinò quel tanto che serviva ai nostri corpi per toccarsi, abbassò la testa in modo che la sua fronte sfiorasse la mia. I battiti accelerarono poco alla volta mandando il cuore in tilt, li sentivo scoppiare nelle orecchie. Il sangue salì al cervello e per qualche secondo mi sentii come mezza addormentata in una realtà che non fosse la mia.

«Credo di essermi perdutamente innamorato di te, Melissa» sussurrò a un centimetro dalle mie labbra, poi si sporse in avanti per permettere alle nostre bocche di sfiorarsi, annullando la distanza tra noi.

Una scarica elettrica partì dalle labbra e si diffuse nel resto del corpo provocandomi una sensazione di benessere assoluto. Le sue labbra continuarono a cercare le mie e le mie continuarono a cercare le sue, fino a trasformare un bacio qualunque in uno sempre più famelico. Eravamo affamati l'uno dell'altra, volevamo conoscerci e stavamo imparando a farlo pian piano, parola dopo parola, sguardo dopo sguardo, silenzio dopo silenzio. Avevamo iniziato quel pomeriggio e nessuno dei due aveva intenzione di smettere.

Quando le sue labbra si staccarono dalle mie dimenticai per un momento come si facesse a respirare, perché ero salita sulle montagne russe e poi ero stata strappata da quella realtà troppo in fretta perché potessi rendermi conto di ciò che fosse successo.

Eppure il cuore che continuava a battere all'impazzata e i brividi che mi sconquassavano il corpo mi stavano dimostrando che ciò che era accaduto era reale, che avevo davvero baciato Elijah e che lui aveva veramente ammesso di essere innamorato di me.

«Sei pronta per sentirmi parlare?»

Annuii senza proferire parola perché la voce mi si era bloccata in gola, incastrata tra le corde vocali, ancora troppo intontita da quel bacio che mi aveva stregata. Elijah si sfilò il giubbino di pelle e lo posò sulle mie spalle, poi mi prese la mano e cominciò ad accarezzarla con delicatezza.

Era davvero così? Buono come mai avevo avuto l'onore di conoscerlo prima? Perché se era questa la versione che Alexander conosceva di lui, allora capivo come mai lo difendeva.

«Ti dirò tutto e avrai sicuramente mille domande da farmi. Promettimi solo che mi starai a sentire, che non ti spaventerai, che non fuggirai. Quando avrò finito potrai farmi tutte le domande che vorrai, okay?»

Era davvero così terribile la verità che stava per dirmi?

In ogni caso ero pronta.

«Promesso.»

CAPITOLO 29

Tutta la verità

«Non ho avuto vita facile, ma non me ne lamento. Se lo facessi sarei un ingrato e invece io ringrazio la vita tutti i giorni per dove mi ha portato oggi, un po' meno per le persone che mi ha fatto perdere durante il cammino, ma quello avrei dovuto metterlo in conto.»

Elijah strofinò le mani sul jeans scuro come per prendersi un secondo e trovare le parole giuste per continuare.

«Prima mi hai chiesto dei miei genitori: sono morti. Mio padre e mia madre sono stati uccisi quando io avevo sette anni e mio fratello cinque. Nessuno della famiglia ci ha voluto, ci chiamavano *germi*, dicevano che se ci avessero preso con loro avremmo fatto uccidere tutti, così finimmo nel Sistema. Vivevamo in una casa famiglia che di famiglia aveva ben poco. Gli altri ragazzi erano tutti lì per cause di forze maggiori, un po' come noi: chi perché aveva i genitori drogati, chi perché si drogava a sua volta, chi perché era stato sgamato a rubare. Era una specie di casa della disintossicazione attraverso l'educazione. Il problema è che quando tu non sei lì per disintossicarti ma perché non hai altro posto dove andare, sei visto come diverso. Abbiamo cercato per mesi una famiglia che potesse prenderci almeno fino alla maggiore età, poi avremmo preso la nostra strada e non avremmo dovuto pesare sulle spalle di nessuno. Inutile dire che non l'abbiamo trovata, fino a quando l'assistente sociale ha varcato le porte di quella casa infernale, ci ha presi in disparte e ci ha detto che una sua amica, in Italia, era disposta a prendere uno dei due. Non aveva spazio per entrambi. E io spinsi perché andasse lui. Era più piccolo di me, più fragile e aveva bisogno di qualcosa di simile a quell'affetto familiare che ci era stato strappato via troppo presto. Dopo un paio di tentativi mio fratello si convinse. Era complicata la situazione: è difficile, se non impossibile, far uscire un ragazzino dal Sistema e mandarlo addirittura dall'altra parte del mondo, ma la nostra assistente sociale ci riuscì. Non chiedermi come, non lo so e non ho mai fatto domande, mi stava bene che lui stesse al sicuro, poco importava se io dovessi continuare a vivere in quello strazio da solo. Così partì pochi giorni dopo, arrivò a destinazione, ogni tanto l'assistente mi dava qualche notizia, ma non ho sentito la sua voce per anni, fino a quando non ci hanno permesso di sentirci. Stava bene, Mel, stava dannatamente bene. Rideva al telefono, era una risata nuova che io non gli avevo mai sentito prima. Da allora continuammo a sentirci con regolarità, mi disse che in famiglia stava bene, che presto lo avrebbero adottato e ti giuro che il mio cuore scoppiò di gioia perché almeno lui avrebbe avuto la vita che meritava. Finito il liceo, a diciannove anni, ho finalmente potuto lasciare la casa famiglia, sono uscito di lì e la prima cosa che ho fatto è stata chiamare mio fratello. Gli ho detto che ero libero, che mi sarei cercato un lavoro, che lo Stato mi aveva lasciato una casa provvisoria mentre mettevo a posto la mia vita. Aveva diciassette anni ormai ed era strafelice per me, così come io lo ero stato di lui anni e anni prima. Non ci vedevamo da dodici anni, ci mandavamo qualche foto ogni tanto, lo avevo visto crescere attraverso uno schermo, ma adesso ero deciso ad abbracciarlo di nuovo e allora gli chiesi se potessi andarlo a trovare e lui mi disse di no, mi disse che sarebbe venuto lui, che già ne aveva parlato con la sua famiglia e che gli avevano detto di sì. E quindi partì e un paio di settimane dopo era qui, a Los Angeles.»

Si alzò e andò verso la panchina che avevo notato appena arrivati, prese un sassolino dalla riva del lago e lo lanciò sulla superficie dell'acqua con una forza disumana.

Rabbia, pensai, era alimentata dalla rabbia.

«Scusami, ho bisogno di un secondo.»

Mi alzai a ruota e lo raggiunsi mentre stava cercando un altro sassolino da lanciare. Non dissi niente e nemmeno lui, aspettai che lanciasse anche quella pietra, poi lo avvicinai dalle spalle e lo abbracciai forte per fargli sentire che in ogni caso ci sarei stata, che non me ne sarei mai andata, che con me vicino avrebbe potuto sopportare quello e molto altro.

Si voltò e ricambiò la stretta con un'intensità che mi fece rabbrividire, lasciò un bacio tra i miei capelli e poi si accomodò sulla panchina trascinandomi con sé.

«È rimasto qui per un paio di settimane, ha vissuto a casa mia e quando io lavoravo lui rimaneva a guardare la tv o usciva a esplorare la città. È stato lui a scoprire questo posto e a portarmici, un pomeriggio, dopo essere uscito dal lavoro. Portò con sé la sua chitarra, la portava ovunque, e si mise a cantare una canzone che aveva scritto per la sua sorellastra. Mi raccontò di quanto fosse bella, di come pian piano si fosse innamorato di lei, nonostante fosse contro ogni legge possibile. Il Sistema dice chiaramente che non puoi innamorarti di tua sorella o fratello, altrimenti tolgono l'affidamento alla famiglia, ma lui ormai era stato adottato da anni e non correva questo rischio, al massimo incorreva nella disapprovazione dei suoi genitori, ma stranamente mi disse che loro approvavano, purché entrambi i loro ragazzi fossero felici. Del resto, non erano mica fratelli di sangue. Una gran prova di coraggio la loro, a mio avviso.»

Avrei voluto dirgli che non doveva spiegarmi nulla, che sapevo esattamente come funzionasse il Sistema perché anche io e te ci eravamo passati, anche io e te ci eravamo innamorati ed entrambi sapevamo che se ci avessero scoperto saremmo stati finiti. Poi ci hanno scoperto e, invece di dividerci, i nostri genitori hanno fatto di tutto per unirci ancora di più, perché *l'amore vero non si può separare, è inutile, si ritrova sempre, a maggior ragione se viene ostacolato*, diceva la mamma.

Elijah stava raccontando una storia che sembrava la nostra. Avevi bussato alla nostra porta e noi ti avevamo aperto, eri salito sulla mia altalena a soli sei anni, avevi preso posto nella tua nuova cameretta e poi eravamo cresciuti insieme, qualche volta dormivamo nella stessa stanza, qualche altra volta no. E poi tuo fratello ti chiamò per la prima volta dopo anni, quel fratello che avevi lasciato dall'altra parte del mondo, pian piano recuperaste i rapporti, cresceste ancora, anzi, crescemmo, ci innamorammo e a diciassette anni partisti per l'America, per incontrarlo.

Quella storia era troppo simile alla tua, alla nostra, per essere una storia diversa.

A un tratto smisi di respirare, come se avessi dimenticato com'è che si facesse, sentii i polmoni svuotarsi e non riempirsi per quelle che a me parvero ore. Mi alzai diretta verso il lago, non sapevo cosa volessi fare, sapevo solo che avevo bisogno di estraniarmi e scomparire.

Se ci avevo visto giusto, se la mia teoria era vera, Elijah era tuo fratello.

Mi voltai per un secondo, il tempo di incrociare lo sguardo

di Elijah, notare la tristezza nei suoi occhi e capire che sì, avevo visto giusto.

«Mel, fammi finire di parlare, ti prego. Me lo hai promesso.»

Ecco come faceva a conoscermi, ecco come sapeva tante cose di me. Ero imbrogliona, sì, ma non glielo aveva detto Lynette, glielo aveva raccontato Daniele.

Oddio. Quante cose gli avevi raccontato di me? Di come mi arricciavo i capelli intorno alle dita per il nervosismo, di quando mamma e papà ci davano i soldi da dividere per le uscite e io mi tenevo sempre un po' anche dei tuoi, senza che tu dicessi nulla perché mi vedevi sorridere e ti bastava. Gli hai raccontato anche di quando imbrogliavo a nascondino? O di noi… Di noi glielo hai detto? Ma certo che glielo hai detto di noi, del nostro amore, di quanto stessimo bene insieme.

E allora ogni pezzo di puzzle si incastrò con la sua metà.

Quando ero arrivata al campus, i primi giorni, lui sapeva già chi fossi io. Mi aveva studiata o forse mi aveva solo riconosciuta, forse Daniele non solo gli aveva parlato di me ma gli aveva mostrato anche qualche foto ed Elijah aveva subito collegato il volto e il nome alla ragazza di suo fratello.

La tua ragazza.

Ecco come mai voleva proteggermi, ecco perché aveva detto a Blue di portarmi nel suo dormitorio dopo la sbronza colossale alla mia prima festa al campus, perché sapeva chi ero.

Le orecchie presero a fischiare con insistenza, temetti di poter perdere l'udito da un momento all'altro. Mi sedetti in riva al lago e portai le ginocchia al petto, affranta.

Mi sentivo tradita e umiliata perché per mesi Elijah aveva finto di essere mio nemico quando in realtà avrebbe potuto essere il mio amico più grande. E poi mi sentivo terribilmente in colpa perché stavo iniziando a provare qualcosa per lui, per tuo fratello.

«*Sugar*, ti prego» mi implorò sedendosi al mio fianco, posò un braccio sulla mia spalla e la mia testa ciondolò sul suo petto. Le lacrime iniziarono a premere agli angoli degli occhi ma non potevo permettermi di farle uscire, non in quel momento.

Mi aggrappai a Elijah come se lui non fosse la fonte del dolore che stavo provando e quando ricominciò a parlare lo lasciai fare e mi misi ad ascoltare.

«Mi portò in questo posto e si mise a cantare con la chitarra quella canzone che adesso cantiamo con la band, mi fece giurare di non parlarne con nessuno perché se tutto fosse andato come sperava, presto quella canzone avrebbe spopolato su YouTube, cosa che effettivamente è successa, ma troppo tardi perché lui potesse vederla. Gli mentii, non gli dissi qual era il mio vero lavoro, inventai che per il momento me la cavavo con un lavoretto in un negozio in centro e lui mi credette. Non venne mai a cercarmi lì, per fortuna.»

«Lavori ancora?»

Avevo la voce rotta e lui dovette accorgersene perché la presa sulle mie spalle si rafforzò.

Avevo promesso che lo avrei lasciato parlare senza fare domande, ma a quel punto credevo fosse più che legittimo il dover avere delle risposte.

«Sì.»

«Qual è il tuo lavoro?»

Lo sentii irrigidirsi sotto di me, l'orecchio poggiato sul suo petto. Sentii i battiti del suo cuore accelerare e anche il respiro era diventato irregolare. Il suo corpo lo stava tradendo.

«Prima ti ho detto che i miei genitori sono stati uccisi.»

Annuii, lui prese un profondo respiro prima di continuare.

«Si erano messi nei guai, avevano debiti importanti e quando si sono resi conti che non avrebbero potuto mai ripagarlo li hanno semplicemente assassinati.»

Alzai lo sguardo sul suo volto, la vena che aveva sulla fronte stava pulsando.

Rabbrividii, volevo davvero sapere tutta la verità? Quali segreti nascondeva ancora quella famiglia e quanti sarei riuscita a sopportarne?

«Non hanno preso me e mio fratello in tempo perché i vicini hanno sentito gli spari e sono entrati, avevano le chiavi di casa per qualsiasi necessità o urgenza. L'assassino è fuggito dalla porta sul retro, ma hanno continuato a cercarci per anni perché erano convinti che noi sapessimo qualcosa. Non era così, eppure ci volevano morti. Sono stato al sicuro finché ero nella casa famiglia, era controllata dalla polizia per cui nessuno strano soggetto si avvicinava più del dovuto, poi sono uscito e sembravano essersi dimenticati di me. Ho pensato di poter vivere una vita normale e ho iniziato a cercare lavoro, fin quando non è apparso Alexander.»

Sussultai sul posto all'udire il suo nome, con tutta la storia surreale che Elijah mi stava raccontando, avevo completamente dimenticato dell'esistenza del suo amico, oltre a non credere che potesse mai far parte di una storia simile.

«Un giorno si è presentato a casa mia e mi ha detto che ero in pericolo e che l'unico modo per proteggermi era collaborare con lui, con l'FBI.»

Per poco non mi prese un colpo.

Alexander agente dell'FBI?

In effetti aveva senso, quel nome in codice, *Mars*. E poi pensai al modo in cui i due erano intimi, a Elijah che veniva chiamato *Mercury*, a quelle stranezze che sembravano comprendere solo loro.

E capii.

«Ti sei unito all'FBI.»

«Sì, mi sono unito all'FBI. Solo che ero stupido e ingenuo e ho fatto venire mio fratello a Los Angeles quando sapevo per certo che sarebbe stato diecimila volte più al sicuro in Italia... e quei pezzi di merda lo hanno trovato. Lo hanno seguito a distanza per settimane senza che noi ce ne accorgessimo e sono approdati in Italia insieme a lui al suo rientro. Hanno continuato a pedinarlo per mesi e, quando hanno raccolto abbastanza materiale, mi hanno spedito una lettera di ricatto. Alexander voleva cedere, sapeva che altrimenti non avrei mai rivisto mio fratello, ma il nostro capo ce lo proibì. Non cedetti, presi tempo, ma quel tempo mi risultò fatale perché mio fratello fu ritrovato ucciso una settimana dopo.»

«Bugiardo!» scattai in piedi con le lacrime che ormai mi offuscavano la vista, le gambe non mi reggevano ma tentai di farcela comunque perché non avevo alcuna intenzione di aggrapparmi ancora una volta a Elijah. «Sei uno schifoso bugiardo. Daniele è morto perché era malato, è morto perché il cuore non gli ha più retto, perché nessuno è stato così misericordioso da dargliene uno nuovo! Ma che cazzo ne sai tu? Tu non c'eri!»

Gliela sputai in faccia la verità, glielo urlai che Daniele era morto e che nessuno poteva più fare nulla per lui, perché la vita a volte ci mette in situazioni di merda da cui è impossibile uscire.

«Quando Daniel è morto» continuò lui imperterrito, «Tua madre mi ha telefonato, così sono corso in Italia con il mio piccolo team e abbiamo fatto un'autopsia. Non è morto perché il suo cuore era debole, è morto avvelenato. Hanno usato la diossina, un veleno che nei casi come il suo porta a far cedere il cuore, così che sarebbe potuta passare benissimo per una morte naturale.»

«Tu menti!»

Lui scosse la testa allungando una mano verso di me, ma la scansai.

Avevo perso la calma, adesso riuscivo soltanto a pensare alle parole di Elijah che vorticavano nella mia testa con una pressione tale che credetti potesse scoppiarmi il cervello e ridurmi a brandelli.

Assassinio. Assassinio. Assassinio.

Daniele era stato assassinato sotto i miei occhi e io non avevo potuto fare nulla.

Entrai con i piedi nell'acqua e mi immersi fino alle ginocchia, poi mi accasciai e gridai.

Gridai come non avevo mai fatto prima, come non pensavo fosse possibile poter fare.

Gridai la rabbia, la frustrazione, la tristezza, la voglia di essere di più e il sapere di non poter essere abbastanza. E quando smisi di gridare iniziai a piangere, un numero infinito di singhiozzi sconquassò il mio corpo da capo a piedi e continuai fin quando non sentii le forti braccia di Elijah tirarmi su, prendermi in braccio e portarmi via.

CAPITOLO 30

In ogni goccia di pioggia

Elijah

Non so cosa mi avesse fatto sentire peggio.

Lo scoppio della bomba mi aveva annientato, girarmi verso Melissa, guardarla negli occhi, andare verso di lei, poi sentire lo scoppio. Ero morto di paura. Temevo che la prendessero o che morisse.

Mi ero ripetuto per mesi che sarebbe stata al sicuro. Sbagliavo. Lei non era al sicuro, nessuno di noi lo era. E gli occhi non dovevano essere aperti, ma spalancati, soprattutto nella sua direzione.

Le ore successive a quel caos erano state ancora peggiori.

Melissa si era addormentata e io ero entrato in paranoia.

Quando è scoppiata quella bomba ho capito che mettere all'angolo i miei sentimenti non aveva senso. Nessuno sa cosa accade nell'indomani e io sapevo solo che volevo vivere quello che provavo per lei e volevo farlo con lei.

Così l'ho portata con me nel tuo posto, le ho raccontato tutto. L'ho guardata innervosirsi, arrabbiarsi, poi piangere, dispiacersi e di nuovo incazzarsi. E poi l'ho guardata disintegrarsi.

Mi chiedo se avessi dovuto dirle la verità sulla tua morte, ma se mai avessi dovuto intraprendere una relazione con lei volevo essere onesto. Una cosa l'avevo tenuta per me in realtà. Non le avevo detto dell'accordo preso con i suoi genitori, ma ci sarebbe stato tempo per parlarne. In quel momento volevo solo che stesse bene.

La guardavo mentre stesa sul letto, dopo averla riportata di me in seguito alla crisi di nervi che aveva avuto, riposava come un angelo.

Ecco cos'era lei.

Il mio angelo conosciuto per caso sotto una terribile tempesta.

Guardai fuori la pioggia prima delicata e poi più insistente sbattere contro il vetro della finestra, quella stessa pioggia che ci aveva fatto conoscere e che ci aveva resi quello che eravamo ora.

E pensai che se anche non l'avessi mai avuta, mi sarebbe bastato guardare fuori alla finestra in una giornata di pioggia, perché lei per me sarebbe sempre stata lì: in ogni goccia di pioggia.

CAPITOLO 31

Cosa provi per me?

Non avevo mai aperto gli occhi. Per tutto il tempo che Elijah era rimasto con me nella stanza non avevo fatto altro che pregare in silenzio che mi lasciasse da sola. Avevo bisogno di riempire d'aria i polmoni fino a non riuscire più a trattenerne altra.

Quando mi lasciò da sola, almeno mezz'ora dopo, tirai un sospiro di sollievo, ma ben presto cominciarono le urla a spezzare il silenzio.

«Lo sapevi che sarebbe finita così, non era pronta per sentirsi dire tutte quelle cose.»

«E quando sarebbe stata pronta, *Mars*? C'è davvero un momento nella vita in cui sei pronto a sentire che il tuo fratellastro, il ragazzo che amavi, è stato ucciso per colpa di una delle persone a lui più vicine? C'è? Dove cazzo lo vedi questo momento, Alexander!»

Udii un tonfo, come di un pugno lanciato al muro o a un tavolo, poi il silenzio. Nessuno dei due parlò oltre.

Avevo finto di addormentarmi lì al lago, stremata com'ero da tutto ciò che era uscito dalle labbra di Elijah, mentre lui aveva chiamato Alexander e gli aveva chiesto di venirci a prendere con la macchina. Puntuale come un orologio svizzero, Alex era giunto da noi pochi minuti dopo. Avevo continuato a fingere di dormire quando mi avevano stesa sui sedili posteriori dell'auto, quando mi avevano riportata a casa di Elijah e messa nel letto, rimboccandomi attentamente le coperte. Quei momenti in silenzio e in balìa dei miei pensieri mi avevano permesso di riflettere tanto su quello che Elijah aveva detto, sulle sue affermazioni.

Avevo appreso che era il fratello maggiore di Daniele e se da un lato mi rassicurava, dall'altro mi terrorizzava. Elijah mi aveva detto che Daniele non era morto per colpa della malattia, ma perché qualcuno aveva permesso a quella debolezza fisica di farlo fuori, e tutto questo non riuscivo a non imputarlo a Elijah.

Se lui non lo avesse cercato, la maledizione di quella famiglia non si sarebbe estesa a te e forse tu saresti stato ancora vivo, con me. Forse non avrei più dovuto concentrarmi per ricordare il sapore dei tuoi baci, perché ne avrei potuti avere ancora.

Forse.

Forse.

Forse.

Tutti dubbi e nessuna certezza.

L'unica sicureza che avevo era quella che stavo vivendo il mio presente, anche se senza di te non mi sembrava veramente mio.

E Alexander, lui c'entrava tanto quanto il suo amico in quella storia perché era lui che aveva trascinato Elijah nel mondo dell'FBI, era anche colpa sua se Daniele era morto. E li odiavo, li odiavo entrambi come nessuno mai, ma al tempo stesso volevo loro bene. E in fin dei conti, molto nel profondo, sapevo che non era colpa di Alex, che Elijah lo avrebbero trovato comunque e forse, se non fosse stato parte dell'FBI, sarebbe finita anche peggio, sarebbe scomparso anche lui.

Invece lui era lì, vivo.

«Non sto dicendo questo, dico solo che forse avresti dovuto spiegarle le cose poco alla volta, così l'hai caricata di un peso più grosso di lei senza darle il tempo di metabolizzare.»

«La conosci anche tu, sai bene che non avrebbe mai smesso di fare domande e che avrebbe voluto conoscere tutta la verità nel minor tempo possibile.»

Su questo aveva ragione Elijah, non mi sarei mai fatta dire le cose poco per volta. Quando bisogna parlare di cose importanti o lo si fa bene o non lo si fa proprio.

«E poi... così è preparata al peggio.»

«Cosa può mai andare peggio di così, *Mercury*?»

«Può sempre andare peggio... devo ricordarti i messaggi che le arrivano dal cellulare di sua cugina? Sai bene che non può essere lei che li scrive.»

Quando sentii parlare di Sara spalancai gli occhi, come se avessi appena ricevuto una secchiata d'acqua in testa e capito di non poter più continuare a far finta di dormire. Mi alzai, attenta a non fare rumore, e mi avvicinai alla porta socchiusa della stanza in cui mi avevano lasciata.

O almeno credevo parlassero di mia cugina, di Sara, giusto? E cosa ne sapevano loro dei messaggi? Mi controllavano il telefono? Impossibile, avevo una password a cui non potevano risalire.

«Hai novità su di lei?»

«No, ci sta lavorando Blue.»

Ma certo, perché i *The Strobe* non erano mica soltanto una band.

Ripensai al mio arrivo in America, a tutto quello che era successo da quando avevo messo piede lì e mi sentii tradita.

Ripensai a Blue, a quella volta in cui si era scusato per avermi portata nella sua stanza dopo la sbronza alla festa della confraternita e a quando poi mi aveva lasciato intendere, quando io e Lynette lo avevamo trovato fuori al bar, che a tutto c'era una spiegazione e mi aveva consigliato di parlarne con Elijah.

Diamine, perché non gli avevo dato ascolto? Se lo avessi fatto avrei ascoltato la verità molto prima.

E quando Alexander mi aveva portata in giro per l'istituto, il primo giorno, non doveva essere un caso, o ancora quel pomeriggio in cui avevo deciso di parlargli al mio rientro dall'Italia per capire come comportarmi con i miei e con Sara e lui che mi aveva solo chiesto di fidarmi di lui. Ma certo, perché lui era un agente dell'FBI e aveva tutta la mia vita sotto controllo. Tutta la mia fottuta vita.

Quindi sì, possono avere anche il tuo telefono sotto controllo, idiota.

E poi sorse spontanea la domanda: perché? Daniele ormai era morto, se quei pezzi di merda volevano ancora vendetta si sarebbero rifatti su Elijah, probabilmente, non su di me. Quindi io cosa c'entravo esattamente in tutta quella storia?

«Blue dov'è?»

«Ha detto che doveva risolvere una questione.»

Elijah non rispose, ma io sentii la porta della stanza cigolare piano, segno che era appena stata aperta. Pochi secondi dopo il materasso sprofondò sotto il peso di qualcuno. Chiusi gli occhi. Una mano accarezzò piano la mia guancia e sospirai appoggiandomi ad essa.

«Ehi.»

La sua voce risuonò forte e chiara nelle mie orecchie e per quanto sapessi che tutto quello era sbagliato, avrei voluto risentirla ancora e ancora e ancora, fino allo sfinimento.

Aprii gli occhi e mi girai verso di lui.

«Sai che *Mercury* ti dona come nome in codice?»

Lui alzò le spalle.

«Abbiamo tutti nomi di pianeti, in realtà non li abbiamo nemmeno scelti noi.»

Alzai un sopracciglio con espressione corrucciata.

«No?»

«No. Li ha scelti il nostro capo.»

Annuii e mi tirai a sedere.

«Quindi tu sei *Mercury*, Alex è *Mars*... Blue?»

Elijah sussultò, ovviamente non di aspettava una domanda simile.

«Lui non c'entra.»

Incrociai le braccia al petto e mi impuntai.

«Hai detto di voler essere sincero e spiegarmi le cose. Non sono stupida, Elijah.»

«Non penso che tu lo sia.»

«Allora parla.»

«Non c'è niente da aggiungere.»

Sbuffai e mi passai una mano tra i capelli indecisa sul da farsi. Dirgli o non dirgli che avevo sentito tutto, che ero a conoscenza delle cose da cui volevano tenermi all'oscuro?

Ma poi cedetti.

«Ero sveglia, ho sentito tutto quello che vi siete detti di là.»

Elijah trasalì e si alzò iniziando a camminare per la stanza.

Era nervoso, agitato. Però più si muoveva e non parlava e più mi sembrava di impazzire.

«Blue è *Saturn*.»

Annuii soddisfatta ma non gli diedi il tempo di chiudere il discorso e ripartii alla carica.

«Mia cugina Sara. Voglio sapere tutto.»

Elijah mi fissò per un tempo che sembrò interminabile. Si sedette accanto a me e mi prese una mano, portandola sulla sua gamba.

«Sono informazioni riservate, *Sugar*. Se te ne parlo io finisco nei guai e tu rischi di diventare un bersaglio.»

«Scherzi Elijah? Io sono già un bersaglio!»

È vero, urlai. Ma stavo perdendo la pazienza. Elijah continuava a ripetere di volermi proteggere, lui così come Alexander, ma nessuno si stava rendendo conto che ero già in pericolo e tenermi all'oscuro dalla verità non aveva più senso ormai.

«Non dire sciocchezze, *Sugar*.»

«Credi che non sappia che la bomba al locale sia scoppiata perché l'intento era prendere me? Mi fai così stupida? Ho visto miliardi di thriller, so come funzionano queste cose. E non chiamarmi più *Sugar*, cazzo.»

Elijah mi fissò impassibile, ma il guizzo nei suoi occhi mi fece capire che avevo ragione. L'attacco era davvero per colpire me.

Mi accasciai sul letto senza sapere cosa fare, mi sentivo inutile, di intralcio. Le stesse persone che avevano fatto male a Daniele, ora cercavano me. Perché? Vendetta? Soldi? Quali conti erano ancora in sospeso? Cosa c'era ancora da saldare con quella gente?

«Pensavo che *Sugar* ti piacesse.»

«Vuoi davvero parlare di questo, ora?»

Elijah fece un sorrisetto strafottente.

«Tentavo di sdrammatizzare.»

Lasciai che il mio corpo andasse all'indietro alla ricerca del materasso e che ci cascasse sopra a peso morto.

«La mia vita è un incubo.»

Elijah sospirò e si stese accanto a me.

«Non volevo che questa storia si ripercuotesse su di te.»

Mi voltai verso di lui e lasciai che il mio sguardo rincorresse il suo profilo. Era perfetto anche con il volto corrucciato.

«Cosa provi per me?»

Elijah si girò verso di me.

«Vuoi davvero parlare di questo, adesso?»

Mi sollevai sul gomito e mi avvicinai al suo volto.

«Devo sapere che non sono pazza, che tutto quello che abbiamo vissuto non è solo nella mia testa. Devo sapere che anche se lì fuori ho i giorni contati, con te un giorno potrebbe essere l'eternità.»

Fissai lo sguardo nel suo e mi ci persi.

«Non ce la faccio più a fingere di non sapere amare, Elijah. Non ce la faccio più a sopprimere quella parte di me. Io ho amato e voglio farlo ancora e se tu provi quello che provo io...»

Le labbra di Elijah si spinsero contro le mie prima che potessi ultimare il discorso, veloci, desiderose quanto le mie di scoprire quelle dell'altro ancora una volta.

Non c'era più alcuna traccia della delicatezza con cui mi aveva baciata l'ultima volta. Ora era possessivo, ardeva di passione, di rabbia, di desiderio. E io lo conoscevo bene quel desiderio, quello che un attimo prima attanaglia lo stomaco e un attimo dopo brucia così forte da farti dimenticare anche come ti chiami.

«Mi sembrava di avertelo già detto di essermi innamorato di te» sussurrò ancora sulla mia bocca, mentre io tentavo di riprendere fiato.

«Sto andando contro Daniele per te, contro tutte le promesse silenziose che gli ho fatto. Ho bisogno di essere sicura se devo buttarmi in questa cosa.»

Posò due dita sotto il mio mento e mi alzò il viso in modo che i nostri sguardi si incrociassero.

«Sono sicuro che Daniel preferirebbe vederti con me che non con qualcun altro.»

Elijah abbassò lo sguardo sulla mia mano che strinse nella sua.

«Da quando Daniel è morto, il mio unico scopo è stato proteggere te, anche da lontano, anche se non mi conoscevi. Quando ho saputo che ti saresti trasferita qui per studiare, io non immaginavo che le cose sarebbero andate così, ma è successo, *Sugar*. Mi sono innamorato di te sin dalla prima volta che ti ho vista nel campus, mi sono innamorato dei tuoi sotterfugi, del modo in cui ti attorcigli i capelli alle dita quando sei nervosa, del tuo mangiarti continuamente le unghie e della tua rabbia per non riuscire a fartele mai ricrescere. Mi sono innamorato della ragazza forte che ha lasciato l'Italia per inseguire i sogni di mio fratello e, credimi, non ti sarò mai abbastanza grato per questo. Ma ora Daniel non c'è più e io devo riuscire dove ho fallito con lui.»

Aumentai la stretta sulla sua mano e deglutii.

«Quando hai fallito con lui?»

«Quando non sono più stato in grado di proteggerlo.»

Abbassai anche io lo sguardo e focalizzai la mia attenzione sulle nostre mani intrecciate, così come stava facendo lui.

«Elijah.»

Posò nuovamente le sue pozze color cioccolato su di me e il mio cuore perse un battito.

«Ho paura.»

Questa volta fu lui a chinarsi su di me e a darmi un altro bacio da togliere il fiato.

«Io, Alex e Blue non ti lasceremo sola nemmeno per un minuto. Da adesso sei al sicuro.»

Gli sorrisi, anche se non ero super convinta che sarei stata così al sicuro, credevo che nessuno di noi due lo fosse.

«Posso chiederti una cosa?»

Annuii, concentrandomi sulle carezze che la sua mano mi stava tracciando sul fianco destro, facendomi rabbrividire a ogni suo tocco.

«Perché lo chiami Daniele?»

Sorridere fu istintivo.

«È la versione italiana del suo nome. Quando si presentò la prima volta eravamo poco più che bambini, anzi, eravamo proprio bambini. Gli dissi che lo avrei aiutato con l'italiano, lui mi disse che potevamo far finta di essere gemelli, sai, gemelli diversi. Accettai e decisi di cambiargli il nome in italiano, così sarebbe sembrato davvero mio fratello in tutto e per tutto. Mi fece uno di quei sorrisi che...»

Mi si spezzò la voce, per cui decisi di tacere prima che potessero sopraggiungere le lacrime.

«Ti ringrazio, *Sugar*.»

Mi schiarii la voce, prendendomi un momento per me e sbattendo più volte le palpebre per non permettere alle lacrime di avere la meglio.

«Per cosa?»

«Per essergli stata accanto e per averlo reso felice. Sono due rimpianti di cui non riuscirò mai a liberarmi.»

CAPITOLO 32

Dimmi che appartieni a noi

Quando Elijah aveva detto che non mi avrebbero più lasciata sola, intendeva davvero mai, nemmeno per andare in bagno.

Da un lato ero contenta che il loro desiderio fosse quello di proteggermi dalle forze avverse, ma dall'altro lato mi sentivo oppressa.

Non ero più da sola, mai.

Non avevo più privacy se non la notte, quando Elijah tornava a casa sua e mi costringeva a chiudere a chiave la porta del dormitorio. Per fortuna Lynette non aveva mai fatto domande, ma prima o poi sarebbero arrivate, la curiosità si sarebbe accesa e io non avevo un punto di partenza da cui iniziare per raccontare tutto. Non sapevo nemmeno se avrei voluto farlo o meno.

Le cose con Elijah procedevano bene, ma a parte il suo gruppo, nessuno sapeva di noi. Avevamo pensato che per il momento fosse meglio così e quindi ci cucimmo la bocca.

La mattina ci vedevamo in giro per il campus, con me c'era sempre almeno uno di loro, andavamo a lezione, poi pranzo insieme, ancora lezione e infine ci chiudevamo nella sua stanza a studiare.

Studiare, in realtà, è un parolone.

Avevamo utilizzato quel poco tempo per noi per conoscerci meglio. Scoprimmo i nostri colori preferiti, numeri preferiti, pregi e difetti nascosti, aneddoti divertenti del passato. Parlammo tanto, forse troppo. Per la prima volta dopo tanto tempo, parlando con un ragazzo mi sentivo bene.

Eppure il senso di colpa verso di te era ancora lì, schiacciato tra lo stomaco e il cuore, sotto la pelle, dentro le ossa.

Guardavo gli occhi di Elijah e pensavo che i tuoi erano identici: assomigliavano al colore del cioccolato. Dio, se mi piacevano. Poi il mio pensiero tornava a te, allora scuotevo la testa e mi imponevo di tornare al presente, da tuo fratello.

«Ti va di uscire con me questa sera?» proruppe all'improvviso, mentre fissavo lo schermo del telefonino in attesa di un messaggio di mia cugina.

Alzai lo sguardo su Elijah, lasciando perdere il mio cellulare. Era inutile continuare a guardarlo, non avrebbe suonato. Sentivo la sua mano risalire le mie cosce, posate sulle sue, mentre avevo lasciato andare la testa sul cuscino dietro di me.

«Dove mi porti?»

«In un posto.»

Roteai gli occhi e mi tirai sui gomiti, incastrando il mio sguardo al suo e alzando un sopracciglio.

«È davvero questo il tuo modo di rimorchiare?»

Accennò un piccolo sorriso che gli increspò le labbra, poi scosse la testa.

«È una sorpresa, *Sugar*.»

Sugar.

Aveva ripreso a chiamarmi così. Mi piaceva. Mi piaceva da

impazzire, ma non gli avrei mai dato la soddisfazione di sentirlo dalle mie labbra.

Si curvò in avanti, lasciando che le sue mani si spostassero dalle mie gambe per vagare sempre più su, fino ad arrivare alla base della vita. Mi afferrò di peso e mi tirò sulle sue cosce, strappandomi un piccolo urlo di frustrazione. Mi ritrovai a cavalcioni su di lui con il cuore che batteva all'impazzata e le labbra che fremevano solo all'idea di entrare di nuovo in contatto con le sue. E se una parte di me non vedeva l'ora di baciarlo, l'altra si chiedeva se fosse giusto nei tuoi confronti. Non ebbi nemmeno il tempo di darmi una risposta.

«Baciami.»

Non me lo feci ripetere due volte. Mi fiondai su di lui senza esitare, sentendo il mio corpo andare in fibrillazione.

Odiavo come mi faceva sentire Elijah, lo odiavo perché era lo stesso sentimento che avevo provato con te, che il minuto prima mi aveva fatto librare in aria e quello dopo precipitare nell'abisso. E chi mi assicurava che non sarebbe stato così anche questa volta? Mi auguravo che con lui sarebbe stato diverso, che con lui avrebbe funzionato. Lui non era te, non correvo gli stessi pericoli che avevo corso con te, ma questo non bastava a farmi sentire al sicuro.

Mentre il cuore minacciava di uscire dalla gabbia toracica, lui si staccò da me, il respiro in affanno e i battiti accelerati.

«Devi smetterla di farmi questo effetto» biascicò con le labbra ancora a pochi centimetri dal mio viso. La sua mano vagava sulla mia guancia, accarezzandola delicatamente. Spostai la mia mano destra sulla barba ispida che si era fatto crescere da qualche giorno. Lo preferivo senza, è vero, ma non gli stava poi così male.

«Cosa diremo agli altri?» cambiai discorso, cercando di capire come volesse muoversi da quel momento in poi.

«La verità.»

«E Iris?»

Non parlavo con lei da quando mi aveva rivelato tutto e non so se avrei voluto aggiustare le cose tra noi. Ma avevo perdonato Elijah, quindi avrei potuto perdonare anche lei o almeno speravo di farcela.

«Dovrà farsene una ragione. Amo te. Punto.»

Avevo pensato alle parole di Elijah per tutto il pomeriggio ed ero giunta alla conclusione che aveva ragione. Anche io volevo che gli altri sapessero di noi, ero stanca di nascondermi, ma ciò non toglieva che non volevo deludere la mia ex amica, per cui non avevo la più pallida idea di come comportarmi per non offendere nessuno.

Elijah voleva rendere pubblico quello che c'era tra di noi, qualunque cosa fosse, e io avevo il terrore delle conseguenze che quel gesto avrebbe portato a Iris. Dire la nostra verità avrebbe implicato che Iris dicesse la sua, che parlasse con Blue, e per quanto lei fosse stata meschina nei miei confronti, io non volevo abbassarmi al suo livello.

«Non vuoi proprio dirmi con chi devi uscire?»

Ero ormai fuori la porta, stavo indossando il cappottino che avevo scelto per quella sera quando la voce di Lynette mi fermò.

«Lo saprai presto, promesso.»

Sgusciai fuori dalla camera prima che potesse dirmi altro, spaventata dal fatto che avrebbe potuto fare altre domande a cui non avrei saputo reagire.

Stavo controllando per l'ennesima volta il telefono quando uscii all'aria aperta e lo vidi, appoggiato alla sua auto scura ed enorme per contenere soltanto due persone, fasciato da una camicia nera che gli stava d'incanto.

Quest'uomo mi farà morire, prima o poi.

Non so per quanto tempo rimasi imbambolata a fissarlo, ma so che quando mi resi conto della sua vicinanza era già troppo tardi.

«Sei bellissima.»

Il mio cuore fece una capriola sentendogli mormorare quelle parole a pochi centimetri dal mio viso.

Anche tu, avrei voluto dirgli, ma le parole mi si bloccarono in gola, senza permettermi di aggiungere altro.

«Andiamo?» chiese allora, porgendomi il braccio come un vero gentleman e accompagnandomi poi alla sua auto. La afferrai e mi feci guidare da lui nell'abitacolo.

Nella mia testa martellava ancora quell' "amo te" che mi stava facendo uscire di senno. Aveva ammesso di amarmi. Non aveva detto di essere innamorato, ma di amarmi davvero. Per molti forse non sarebbe stata niente di che una frase del genere, ma per me era tanto.

Essere innamorati e amare erano due azioni molto diverse.

L'innamoramento passa, l'amore ti resta appiccicato sotto la pelle per tutta la vita.

«Dove mi porti?»

Elijah posò le mani sullo sterzo e si voltò a guardarmi.

«In nessun posto nuovo. Lo conosci già, ma questa volta sarà un appuntamento vero, diverso.»

Lo guardai aggrottando le sopracciglia ma non proferii parola. Posai una mano sulla sua coscia, mentre lui mise in moto l'auto e partì. Chiusi gli occhi e mi appoggiai al poggiatesta, sentii le labbra tirarsi in un sorriso ma non ricordavo che il mio cervello avesse inviato l'impulso.

«Sei bellissima quando sorridi così.»

Mi morsi il labbro senza sollevare le palpebre.

«Così come?»

Una sua mano raggiunse la mia sulla sua gamba e la strinse

con quella delicatezza e al tempo stesso determinazione che solo un uomo può dare.

«Spontanea.»

Riaprii piano gli occhi e mi accorsi che ci eravamo fermati e che Elijah mi fissava con un'intensità da farmi perdere il fiato. I battiti del cuore sembrarono cessare per un secondo lunghissimo e il respiro si bloccò in gola.

«Eli...»

Le sue labbra si tirarono in un sorriso divertito e io spostai lo sguardo fuori al finestrino, dietro di lui.

«Mhh?»

Riportai lo sguardo su di lui, mi avvicinai e posai la mano libera sul suo viso.

«Il lago, eh?»

Le sue labbra sfiorarono le mie provocandomi un brivido lungo tutta la spina dorsale.

«È il nostro posto.»

Sorrisi e intrappolai di nuovo il labbro inferiore tra i denti, per poi allontanarmi e scendere dall'auto, incamminandomi verso il centro del bosco, verso il lago. Elijah mi raggiunse e mi prese per mano.

«Nessuno mi aveva mai chiamato Eli.»

«Nessuno mi aveva mai chiamata *Sugar*.»

Mi voltò verso di sé, le sue mani finirono sulla mia vita e io lo baciai con ogni briciolo di me. La mia mano finì sui primi bottoni della sua camicia, iniziando a sbottonarla, ma la sua voce mi fermò.

«Non corriamo. Voglio che sia speciale e ti devo ancora un primo appuntamento decente.»

Lasciai andare la camicia posando le mani sul suo petto e reprimendo la delusione in un angolo del mio subconscio. Deglutii e annuii senza aggiungere altro, cercando di calmare il battito frenetico del mio cuore.

Elijah prese le mie mani tra le sue e mi baciò ancora con una delicatezza disarmante. Mi beai del suo tocco su di me e poi mi lasciai trasportare al centro della radura.

Lo spettacolo a cui assistetti era da togliere il fiato.

Candele ovunque appoggiate sulle rocce accanto al lago; un pic nic organizzato sul prato, con tanto di tovaglia e cestini pieni di cibo e bevande; appoggiata al tronco di un albero c'era la sua chitarra e notai che su di essa era incollato un adesivo che ritraeva una M in corsivo maiuscolo, uno stile elegante e per niente scontato.

«Quando... quando hai preparato tutto questo?» domandai senza riuscire a distogliere lo sguardo dalla sua chitarra.

«Ha davvero importanza?»

Mi fece sedere sulla tovaglia, lui si sedette dietro di me e mi fece appoggiare la schiena al suo petto, poi aprì un cestino e mi passò un panino. Lo presi e me lo rigirai tra le mani, ancora stordita, fissando le candele intorno al lago.

«È meraviglioso.»

«Tu lo sei.»

Mi baciò il punto sensibile sotto l'orecchio e sentii i miei sensi andare in tilt.

«Non so per quanto ancora potrò resisterti, Eli.»

Lo sentii sorridere sulla mia spalla, si spostò di poco e addentò il suo panino, invitandomi a fare lo stesso.

Mangiammo in un silenzio carico delle nostre emozioni a fare da sfondo. I respiri e i battiti andavano all'unisono.

Dopo aver finito, Eli si alzò, prese la chitarra e si sedette di fronte a me. Mi fissò per qualche secondo negli occhi e poi le sue dita iniziarono a muoversi sullo strumento creando una melodia che io riconobbi al primo accordo. Deglutii e lo fissai stringendo la tovaglia tra i pugni.

Brown eyes, long dress

(Occhi marroni, vestito lungo)
Small nose, short legs
(Naso piccolo, gambe corte)
She was my beautiful girl
(Era la mia bellissima ragazza)
She walked through the town
(Camminava per la città)
Everyone looked at her
(La guardavano tutti)
But her eyes were only mine
(Ma il suo sguardo era solo mio)

Avevo cominciato a piangere senza rendermene conto, gli occhi lacrimavano e io non riuscivo a fermarli. La voce di Elijah era forte, decisa, dolce e al tempo stesso rude. E quelle parole, le tue parole, erano come una doccia fredda durante una tempesta.

Look at me, babe
(Guardami, piccola)
Kiss me other hundred times
(Baciami altre cento volte)
Show me again
(Mostrami ancora)
That you are mine
(Che sei mia)
Look at me, babe
(Guardami, piccola)
Kiss me other hundred times
(Baciami altre cento volte)
Show me again
(Mostrami ancora)
That you belong to us

Non mi accorsi che la musica si era fermata, che la voce di Elijah aveva smesso di cantare. Ormai piangevo a dirotto e lo capii soltanto quando la mano del mio ragazzo si posò sulla mia schiena e mi spinse verso di lui accogliendomi tra le sue braccia.

Piansi, piansi e piansi ancora. Sfogai tutte le mie lacrime, buttai fuori tutta la rabbia repressa, il dispiacere, la nostalgia, fino a smettere e a sentirmi solo una scatola svuotata di tutte le emozioni.

Le braccia di Elijah mi stringevano ancora, la sua voce mi sussurrava cose dolci all'orecchio, mi diceva di stare tranquilla. E così mi calmai, ricominciai a respirare regolarmente e ripresi tutto il colore che avevo perso versando le mie lacrime e disperandomi per qualcosa che ormai non faceva parte di altro che del mio, del nostro, passato.

«Ora capisco perfettamente cosa intendesse quando l'ha scritta.»

Le sue labbra si posarono tra i miei capelli, la mia guancia ancora appoggiata al suo petto.

«Capisco cosa abbia visto in te, perché si sia innamorato di te. Comprendo ogni suo punto di vista. Riconosco anche io le pozze di cioccolato di cui parla nella canzone, le gambe corte che ti fanno sembrare piccina e che io adoro, il fatto che quando passi tutti si voltano a guardarti ma tu non guardi mai realmente nessuno.»

«Tranne te» sussurrai contro la sua giacca. Lui mi accarezzò i capelli e strinse la sua presa su di me, poi mise le mani sotto il mento e mi tirò su la testa.

«Dimmi che appartieni a noi.»

In tutta risposta lo baciai.

Non sapevo più nulla, non sapevo chi fossi, non sapevo chi

amassi, non sapevo cosa volessi. Non sapevo se potessi appartenere a lui più di quanto ero appartenuta a te o almeno allo stesso modo. Non sapevo se potevo amarlo quanto avevo amato te. Non sapevo se potevo lasciarmi andare o se mi sarei bruciata viva ancora, anche quella volta, senza imparare dai miei errori.

E poi, mentre lui mi baciava, pensai: *chi se ne frega.*

Tornai a giocare con i bottoni della sua camicia, questa volta non mi fermò e con lentezza e maestria gliela aprii e lui la sfilò rivelando il suo petto nudo, i suoi pettorali perfetti e i suoi muscoli da far girare la testa. Tonico ma senza esagerare, come piaceva a me.

Il suo sguardo calò sul mio top che io tolsi ancora prima che lui potesse dire una sola parola. Lui deglutì, fissai il suo pomo d'Adamo spostarsi e ritornare al suo posto e in men che non si dica le sue labbra furono sul mio collo. Lo baciarono, lo torturarono fino a farmi annebbiare la mente.

Quando riaprii gli occhi, che nemmeno ricordavo di aver chiuso, l'intimo superiore già non c'era più ed Elijah era già sceso a torturare il seno destro con le labbra e quello sinistro con la mano. Mugolai quando i denti sfiorarono il capezzolo. Le sue mani continuarono a vagare in basso, arrivarono ai lembi della gonna di jeans e la agganciarono tirandola via. Lui sollevò la testa.

«Cazzo.»

«Cosa c'è?» ansimai, la mente ancora annebbiata dalle sensazioni che mi stava facendo provare.

«Esci sempre senza mutandine?»

Sorrisi di sbieco.

«Qualche volta.»

Lui ringhiò e si avventò sulle mie labbra, mentre con le mani gli slacciavo la cintura dei jeans. In poco tempo, anche gli ultimi indumenti rimasti raggiunsero gli altri sull'erba. Il mio respiro era ormai tutto fuorché regolare, il battito era impazzito, il cuore rischiava di uscire dalla gabbia toracica e l'unica cosa a cui riuscivo a pensare era che non mi ero mai sentita così prima di fare sesso, nemmeno con te.

Per un attimo, un solo attimo, mi sentii in colpa, ma durò pochissimo perché il secondo dopo averlo pensato, Elijah si era introdotto piano in me, strappandomi un gemito.

«Cazzo.»

Lo tirai a me, lo baciai con passione mandando a quel paese l'autocontrollo.

Le sue spinte, all'inizio dolci e ritmiche, divennero sempre più possenti, ricche di amore, passione e desiderio. In pochissimo tempo avevo perso la concezione di dove iniziassi io e dove finisse lui.

Eravamo un corpo solo.

Un'anima sola.

Ci stavamo scontrando, ma non sapevamo se fossimo pronti a reggere l'urto.

«Ti amo, Melissa» esalò prima che entrambi arrivassimo al culmine.

Si sdraiò accanto a me facendomi poggiare a lui e coprendo entrambi con una coperta.

Sorridevo come una scema.

Ero così felice che nemmeno lo sentivo il freddo che faceva fuori.

E pensai che sì, in fondo era vero, lo amavo anche io.

E quello era un cazzo di guaio.

Nota vocale

20 dicembre 2017

I Phone di Melissa > Desktop > In ogni parola del cuore

Felicità.
Una parola complicata.
Un'emozione difficile.
Un sentimento unico.
E io l'ho appena toccata con un dito.

CAPITOLO 33

Pensa a qualcosa di bello

«È stata la mia prima volta.»

Le sue parole riempirono il silenzio interrotto solo dai nostri respiri concitati. Alzai leggermente la testa dal suo petto per poterlo guardare negli occhi.

«Non ci casco.»

Le sue pozze cioccolato si incatenarono alle mie e sentii il suo braccio premere di più intorno alla mia vita.

«Non sto scherzando. Aspettavo la persona giusta.»

Lo fissai cercando di metabolizzare l'informazione.

Pensandoci bene, ero stata io a spogliarlo, avevo tolto il mio intimo e i suoi vestiti. Era abitudine. Lo facevo sempre io in un rapporto di coppia perché ero veloce e odiavo aspettare, ma non immaginavo minimamente che lui potesse non essere in grado di essere altrettanto veloce o abile.

Non era davvero il puttaniere del campus, quindi?

«Elijah... sei stato con decine di ragazze al campus.»

Lui scosse la testa.

«Mai toccata nemmeno una.»

«Ma...»

«Quelle che hanno messo in giro su di me sono solo voci. Ne ho baciate un po', vero, ma non sono mai stato con nessuna.»

Il mio sguardo si fece ancora più confuso, i pensieri vorticavano in testa senza trovare pace e la sua vicinanza non mi aiutava per niente. Lo sentivo ancora premere sulla mia gamba.

«Perché?»

«Perché, cosa?»

«Perché con me è diverso?»

Lui mi prese il viso tra le mani e si sollevò per baciarmi.

«Se non te lo dico chiaro e tondo non ti metti l'anima in pace, vero?»

Lo baciai di nuovo, ne avevo bisogno. Quel contatto con le sue labbra era l'unica cosa di cui non ne avevo mai abbastanza. Ne volevo ancora, ancora e ancora. Baciarlo era diventato ufficialmente la mia droga preferita.

«Se non mi dici cosa?»

Poggiò la fronte alla mia e passò qualche secondo in silenzio a scrutarmi. Mi sentii piccola, indifesa e allo stesso tempo protetta e a casa. Era un controsenso. Era strano. Ma era bellissimo.

«Ti amo, Melissa Calligaris.»

Deglutii rumorosamente, lo fissai per qualche altro secondo e poi lo baciai sorridendo.

Ero stata la sua prima volta.

Non aveva mai toccato nessuna.

C'ero solo io.

Solo noi.

Io e lui.

Melissa ed Elijah.

Un giorno glielo avrei detto anche io, forse. Ma di sicuro quel giorno non era oggi.

Quella notte ero rientrata nel dormitorio completamente zuppa. Fuori era scoppiato il diluvio, così eravamo corsi in auto, ci eravamo rivestiti ed eravamo tornati verso il college non prima di un romantico bacio sotto la pioggia.

Nonostante Elijah non volesse lasciarmi andare e, con tutta sincerità, nemmeno io volevo allontanarmi da lui, dai suoi baci, dalle sue carezze, sapevo che lo avrei rivisto l'indomani a lezione, per cui mi feci forza e tornai in stanza.

Lynette dormiva profondamente e non avevo nessuna intenzione di svegliarla, così con la torcia del telefono ad aiutarmi nel buio, cercai a tentoni il mio pigiama nell'armadio e mi chiusi nel bagno per asciugarmi. Mi infilai nel letto senza nemmeno guardare che ora fosse, stanca morta per la giornata trascorsa, e quando i primi raggi di luce cominciarono a entrare dalla finestra e a infiltrarsi prepotentemente sotto le palpebre pregai qualsiasi entità nascosta di fermare tutto e far tornare il buio, inutilmente.

«Sveglia, dormigliona!» gridò la mia compagna di stanza gettandosi a peso morto su di me e facendomi risalire tutta la cena attraverso l'esofago.

Giuro che se sopravvivo la picchio.

«Voglio sapere ogni cosa di stanotte.»

Mi sconcertò come la sua espressione mutò da giocosa e divertita a seria in pochissimi secondi. Mi voltai verso di lei, mentre si accomodava ai piedi del mio letto. Era già completamente vestita e preparata. A che diamine di ora si era alzata?

«Mi dispiace se ho russato» blaterai, sempre meno convinta della situazione in cui mi ero andata a cacciare.

Elijah mi piaceva? Mi piaceva da matti, lo avevo capito da come il mio corpo reagiva al contatto con il suo, da come il suo sguardo si fissava nel mio facendomi tremare le gambe e scoppiare il cuore. Sì, hai ragione, mi stavo innamorando di lui e nemmeno me ne rendevo conto, ma potevo davvero permettermi una relazione in quel momento? Quella domanda mi frullava nella testa un secondo sì e l'altro pure, poi però spuntava l'immagine di noi due a baciarci sotto il diluvio universale e niente, allora, aveva più senso.

«Sai anche tu che non era questo quello che intendevo.»

«Magari semplicemente non voglio parlarne.»

«Magari dovresti.»

«Magari no.»

«Magari ti sentiresti più leggera.»

«Magari dovrei andare a lezione.»

Lynette sbuffò e alzò lo sguardo in aria, ma poi mi lasciò perdere e cominciò a dedicarsi al suo letto. La osservai con la coda dell'occhio mentre cambiava le lenzuola e la federa e mise tutto nella cesta che presto sarebbe finita in lavanderia.

Ecco un'altra cosa che non avevo mai amato fare: lavare i panni. Tu adoravi le faccende domestiche, invece, mentre a me facevano sentire in gabbia.

«Non andrai a lezione oggi.»

«E vorresti impedirmelo tu?» chiesi con tono saccente, mentre terminavo di prepararmi, gettando anche le mie lenzuola sporche sul mucchio accumulato prima da Lynette.

«Te ne sei dimenticata, vero?» continuò, prendendo una federa pulita dal cassettone e rivestendo il cuscino. «Oggi dobbiamo andare a fare gli acquisti di Natale.»

Cavoli, se me ne ero dimenticata.

Oltretutto sapevo che ci sarebbe stato anche Elijah e non solo: Iris sarebbe venuta con noi. Avevamo organizzato quella giornata in modo che potessimo andare al centro commerciale tutti insieme, con due auto, e poi ritornare al campus. Sarebbe stata un'ottima occasione per parlarne anche con gli altri e rivelare la verità.

Verità: una parola tanto bella quanto crudele. La realtà è che la verità può far bene ma può fare anche tanto male se detta nel momento sbagliato, se è scomoda o se non è detta affatto. Come te che non me l'avevi mica raccontata la verità, che avevi preferito nasconderti dietro le bugie fino alla fine, che non eri mai stato un tipo sincero fino in fondo, ma che quando dicevi le menzogne io ti sgamavo e tu eri costretto a dirmi ogni singola cosa. Non so nemmeno io come ho fatto a non scoprirti, quella volta. Sei stato così dannatamente convincente. Che poi lo sai che mi hai fatta soffrire comunque, che una malformazione al cuore come la tua non è qualcosa con cui si scherza, che tu non avevi alcun diritto di entrare quella giornata nella mia stanza e sussurrare: *«Ho un problema grave al cuore.»*

«Mi ha chiamato Alex, sta venendo a prenderci» biascicò Lynette, mentre io ero ancora persa nei miei pensieri, ero ancora persa in te.

Che ancora non mi capacitavo di nulla, che all'epoca ero convinta che fosse così, che quel dannato malessere ti avesse portato via da me, che il dolore che sentivo dentro avrebbe potuto annientarmi se non fosse stato per l'appoggio di Sara, con cui ci sostenevamo a vicenda per non crollare. Che tu non puoi capire quanto mi avresti fatto bene se me l'avessi raccontata da subito, la verità. Avrei potuto aiutarti, tirarti fuori da quel buco nero che doveva sembrarti una voragine insormontabile, ma avevi preferito nasconderti dietro un malore, così che io potessi abituarmi all'idea che tu potessi andare via da un momento all'altro e che tu ti lasciassi sopraffare dalla sensazione di poter affogare senza nemmeno provarci a risalire a galla.

Ma a me? Per un solo secondo, a me, ci hai pensato?

«Ci rivediamo qui per l'una, così pranziamo insieme, d'accordo?»

Annuimmo tutti alla proposta di Alexander e poi ci dividemmo, così che ognuno avrebbe potuto acquistare i propri regali senza dover mostrare nulla ai diretti interessati. Avevo portato la carta di credito con me, quella mattina, con la speranza di riuscire a trovare qualcosa anche per Sara e i miei genitori.

Sara.

Mia cugina era quasi completamente scomparsa da quando io ero ripartita per la California, si era fatta viva giusto per inviarmi un insulso messaggio e quando le rispondevo, lei non replicava. Poi aveva smesso anche di scrivermi, rispondere ai miei messaggi o alle mie chiamate. Era come se mi stesse evitando da settimane e cominciavo a essere preoccupata sul serio. Mi ripromisi che una volta tornata al campus avrei riprovato a chiamarla e poi mi avviai verso Primark.

Era impossibile non entrare lì dentro quando lo avvistavo, mi richiamava sempre e, inutile a dirsi, richiamava anche e soprattutto il mio portafoglio.

Mi ricordai della prima volta che la mamma ci portò al centro commerciale poco lontano da casa, quella in cui all'improvviso ti perdemmo di vista senza sapere come fare per trovarti. Quel posto era enorme e noi due eravamo così piccoli a confronto. Sentivo l'ansia crescere dentro di me con quei pensieri per la testa, mentre le persone mi passavano accanto incuranti di quello che stavo provando io. Avevo una morsa a stringermi il petto, proprio come era accaduto tanti anni prima mentre urlavo il tuo nome alla ricerca di qualcosa che mi avrebbe condotto a te. La differenza è che quella volta ti trovai davvero, questa volta, invece, eri andato via per sempre e io stavo cadendo in pezzi.

Non lo so nemmeno quando accadde, non avevo ancora smesso di pensare a quel giorno che mi ritrovai per terra, con la testa contro uno scaffale e le lacrime calde a bagnarmi il viso. Facevo fatica a respirare, la morsa continuava a stringersi e il cuore sembrava perdere sempre più battiti. Udii la voce di una donna che mi chiedeva di stare tranquilla, ma non dipendeva da me: non ero mai stata in grado di gestire gli attacchi di panico. I miei singhiozzi si mescolarono nella folla, mentre nella lucidità di un istante passai il cellulare con le mani più che tremanti alla donna al mio fianco. Nemmeno la vedevo, lei, tanto che avevo la vista offuscata. Cominciai a sentire a malapena i rumori intorno a me, non mi ero neanche accorta di quanto tempo fosse trascorso o di quante persone mi circondassero fino a che non sentii una voce ovattata ma familiare giungermi alle orecchie.

«Fatele spazio, così la fate sentire soltanto peggio.»

Avevo gli occhi chiusi, sentivo tutto girare, la testa non smetteva di pulsare e il cuore di tornare a battere in maniera regolare.

Ero stravolta.

L'aria sembrava essere rimasta bloccata nei polmoni. Com'è che si faceva a respirare?

«Melissa. Melissa, sono Alex, sono qui, calmati.»

Non risposi, non ce la facevo, scossi solo la testa in un movimento quasi impercettibile mentre la sua voce continuava a provare a farmi stare meglio. Ma non bastavano una voce delicata e un paio di parole dolci per calmare un attacco di panico.

«Pensa a qualcosa di bello» continuò, e subito dopo sentii un formicolio all'altezza del polso. Che mi avesse preso la mano? Non lo sapevo, non avevo più alcuna consapevolezza del mio corpo, sentivo i rumori dell'esterno ma non riuscivo a comprendere a cosa appartenessero. Mi sembrava di trovarmi in una dimensione surreale. «Pensa a quello che per te significa essere felici, Mel.»

Riflettei sulle sue parole. Pensai a te perché eri sempre stato tu la mia definizione di felicità, ma ultimamente mi aggrappavo a te cercandola, quella felicità che non riuscivo più a ritrovare.

Il mio petto continuava ad alzarsi e abbassarsi troppo velocemente, lo sguardo fisso nel vuoto, mentre davanti mi passarono cento immagini di noi, il momento in cui mi facesti sentire per la prima volta *Come back to me*, la stessa canzone che era volata oltreoceano ed era arrivata fino ai *The Strobe*.

E così pensai a Elijah, il giorno in cui entrai nell'aula di musica e lui stava provando un nuovo arrangiamento della tua canzone, ricordai la leggerezza che avvertii nel cuore e la gioia di sapere che in qualche modo ce l'avevi fatta comunque, che quello avrebbe potuto essere il tuo riscatto. Per un solo istante, il battito cardiaco sembrò tornare normale, poi però prese ad accelerare.

Elijah.

Era stato lui la mia fonte di felicità in quei giorni, mi aveva accudita, coccolata, fatta sentire importante. Avevo appreso che la corazza che indossava all'università non era il suo vero io, anche se il perché ancora non lo avevo capito. Volevo indagare, volevo che Elijah fosse con me se stesso al cento per cento, ma mi sentivo in colpa verso di te, perché non avevo alcun diritto di gettare via così la tua memoria solo perché tu mi avevi chiesto di innamorarmi ancora. Io ero innamorata di te. Lo ero sempre stata, lo sai.

«Melissa, ascoltami. Guardami» sentii le dita di Alex afferrarmi il mento e spostarlo leggermente verso la direzione che lui preferiva, verso il suo volto. «È tutto okay, Mel, ci sono io. Pensa a me, guardami. Pensa al nostro primo incontro e al tempo speso insieme. Pensa che ne vale la pena, che ce la puoi fare.»

Aveva ragione, ce la potevo fare. Feci come aveva detto, mi

concessi di pensare a noi, a me e Alexander. Pensai a quando ci conoscemmo in segreteria, al giro informativo attraverso gli edifici di quel campus enorme, alle parole di conforto, la colazione in camera, i sorrisi. La verità è che lui era così simile a te, così buono dentro e non faceva nulla per dimostrare il contrario, a differenza di Elijah. Avrei potuto innamorarmi di lui, rendermi le cose più facili, sarei stata felice.

In realtà ultimamente anche Elijah era buono e sincero e...

Oh, ma chi volevo prendere in giro. Io ero felice.

Avevo degli amici che mi volevano bene, mi stavo creando la mia cerchia di persone su cui poter contare, stavo crescendo e studiando per il mio futuro. Dovevo concentrarmi su quello: su di me. E lo feci, lasciai tutto il resto dietro di me e mi concentrai su tutta la forza che stavo mettendo per diventare una persona migliore, perché io dovevo farcela.

E ci riuscii.

Pian piano la testa smise di girare, il cuore riprese il suo battito regolare e la vista sembrò ricominciare a fare il suo lavoro. Il formicolio che provavo alle gambe stava pian piano svanendo e io stavo ricominciando a prendere pieno possesso del mio corpo.

Alex era accanto a me, che mi fissava con i suoi occhi enormi, preoccupato e sollevato perché mi fossi ripresa, mentre io tentavo di comprendere da cosa fosse stato scaturito quell'ennesimo attacco, ma in cuor mio conoscevo già la risposta. Era sempre lo stesso argomento che mi faceva sentire così impotente.

«Daniele» mugolai e scoppiai a piangere a dirotto, di nuovo, mentre Alexander mi abbracciava stretta e mi sussurrava di stare tranquilla.

«Risolveremo tutto, Melissa. Daniele è in pace, adesso.»

Non mi fossilizzai troppo sulle sue parole, quasi non lo ascoltai, troppo presa a piangere per te ogni mia singola lacrima rimasta.

«Andiamo. Usciamo fuori.»

Alexander mi sollevò dal pavimento, tenendomi ben stretta per paura che potessi crollare di nuovo.

La folla che si era creata intorno a noi si aprì magicamente in due, quasi come le acque al passaggio di Mosé, poi venni trascinata fuori dal negozio, mi sedetti su una panchina nel bel mezzo della galleria e ripresi a singhiozzare.

Nota vocale

21 dicembre 2017

I Phone di Melissa > Desktop > In ogni parola del cuore

Gli errori portano alla paura, anche se sono commessi dagli altri.
Gli errori fanno male, ti forgiano, ti cambiano, ti deludono.
Ti fanno gridare fino a perdere la voce e poi ti fanno piangere fino a esaurire ogni singola lacrima.
Gli errori portano alla paura e la paura va affrontata. Alla paura va sbattuta in faccia la tua felicità, solo così ti lascerà finalmente vivere in pace.
Quindi grida, piangi e colpisci tutto quello che vuoi. Poi però rialzati e grida al mondo: «Io sono forte, io vincerò e tu, paura cara, scomparirai per sempre dalla mia vita.»

CAPITOLO 34

Buongiorno, bella addormentata

Avevo trascorso il resto della mattinata con Alexander che, dopo avermi calmata, mi aveva portata a comprare un gelato, quasi come avrebbe fatto un buon padre con sua figlia.

Di conseguenza, avevo acquistato i regali per tutti, tranne che per Alexander. Ma non mi importava più di tanto. Alex era quello che conoscevo meglio nel gruppo, per cui avrei trovato qualcosa anche in seguito, magari in uno dei negozietti vicino la UCLA, mi sarei fatta accompagnare da Lynette.

All'ora di pranzo, come prestabilito, ci ritrovammo al nostro punto d'incontro. Quando io e Alex arrivammo c'era soltanto Elijah che spostò lo sguardo da Alex a me e poi di nuovo ad Alex, il quale non aveva più tolto il braccio dalle mie spalle da quando eravamo usciti dall'ultimo negozio. Lo avevo lasciato fare perché ne avevo bisogno, di sentire il suo calore, di sentirmi al sicuro, ma non avrei mai potuto prevedere quello che sarebbe accaduto quando Elijah ci avrebbe visti. Lo sguardo duro e la mascella contratta in una smorfia di disgusto avrebbero dovuto farmi capire ogni cosa, ma ero troppo ingenua e indebolita dalla situazione per potermi rendere conto di quello che stava avvenendo attorno a me. Mi aggrappai ad Alexander con tutte le mie forze, convinta che con lui al mio fianco sarei stata meglio.

«Avete fatto compere insieme?» fu la domanda di Elijah quando ci avvicinammo a lui. Lessi la rabbia nei suoi occhi, un'ira che mi spaventò al punto tale da cercare di svincolarmi dal braccio del nostro amico ancora sulle mie spalle. Elijah lo stava sfidando con lo sguardo, gli stava intimando di starmi lontano in un linguaggio tutto suo: quello del corpo, quello degli sguardi minacciosi che non ti lasciano scampo, che dovrebbero impaurirti, terrorizzarti, fregarti. Nonostante l'avvertimento silenzioso di Elijah, Alexander non mi lasciò andare nemmeno per un secondo.

«Ha avuto un attacco di panico.»

«Eri nei paraggi?»

«Mi ha chiamato la commessa del negozio in cui si è sentita male.»

Già. Avevo avuto l'accortenza di inserire tra i numeri per le emergenze quello di Alexander, non sapevo perché, sapevo soltanto che mi ispirava fiducia.

Alexander era uno di quei tipi su cui potevi sempre contare, uno di quelli giusti, che non importa quanto male hai fatto perché in te vedrà sempre del bene. Lui era buono dentro, di quel buono che può ucciderti tanto quanto fortificarti. Era uno di quelli che si fanno male da soli, perché si sa, essere buoni è come essere autolesionisti. Ti getti nella fossa del leone, sempre, pur di aiutare l'altro, ma l'altro poi è davvero capace di ricambiare la stessa bontà che gli è stata donata? All'epoca non lo credevo possibile. Avevo sempre creduto in due schieramenti essenziali: il bianco e il nero. Poi ho capito che in realtà non importa, che il bianco può essere anche tendente al panna e il nero a una tonalità più chiara come il grigio, che tra il bianco e il nero esistono miliardi di tonalità differenti, così tante che di molte non conosciamo nemmeno i nomi, non sappiamo distinguerle.

Elijah non era né bianco né nero.

Elijah era un arcobaleno di colori che non conoscevo e che non riuscivo a decifrare.

Elijah era rosso, rosa, arancione, verde, blu, viola.

Elijah era tiffany, indaco, magenta, pesca, lilla, verdognolo.

Elijah era troppe cose insieme per poterle comprendere tutte.

Puntai i piedi sull'asfalto e pregai che non si facesse venire strane idee. Non volevo farlo sapere agli altri, non in quel modo. Eppure le mie preghiere non furono ascoltate. Vidi le gambe di Elijah muoversi nella mia direzione e arrestarsi esattamente a pochi centimetri dalle mie, le sue mani entrarono in contatto con il mio volto e ne accarezzarono delicatamente gli zigomi. Sentii il braccio di Alexander scivolare via dalle mie spalle e lo immaginai finire dritto lungo il suo corpo, mentre le labbra del ragazzo che avevo di fronte si avvicinarono alla mia fronte e vi si posarono sopra per qualche secondo.

«Stai bene?» mi chiese con una punta di apprensione nella voce.

«Sì, ora sì.»

Non ce la facevo a fingere, non davanti ad Alexander, non con Elijah che mi trattava come fossi l'oggetto più inestimabile sulla Terra. E poi Alex sapeva, quindi avevo il cuore più leggero.

Riuscivo a pensare soltanto che le conseguenze sarebbero state dolorose, che quando Iris avrebbe appreso la notizia non ne sarebbe stata affatto felice e non perché amasse Elijah, perché sapevo bene che non era così, ma perché come avrebbe spiegato poi le sue buone intenzioni nella finta relazione con lui? Io le avevo capite, anche se non riuscivo ancora a perdonarla, ma non sapevo se tutti avrebbero avuto la stessa comprensione.

«Ti capita spesso?» la sua voce si incrinò nel pormi quella domanda, sapevo che sarebbe stato doloroso per lui conoscere la risposta, per cui scossi la testa. Non era necessario farlo preoccupare.

«No, tranquillo. Sarà stato solo un calo di zuccheri.»

Sembrò credermi, annuì con la testa e sulle sue labbra comparve un sorriso accennato. Spostò le mani dal mio viso e mi sentii d'improvviso nuda, come se fossero state create apposta per ricoprire la pelle sulle mie guance.

«Va bene, andiamo a pranzo, allora.»

Quando rinsavii, Elijah mi prese per mano per accompagnarmi verso il ristorante in cui gli altri si erano nel frattempo riuniti e non riuscii a non pensare che tutto quello che stava accadendo non mi sembrava nemmeno reale.

I momenti felici del giorno prima erano stati spazzati via dal tuo ricordo e un attacco di panico e adesso, a dir la verità, l'idea di dover parlare con il nostro gruppo e dire la verità su quanto accaduto a noi e ai nostri sentimenti non mi metteva molto a mio agio. Non volevo, in realtà, parlarne in quel momento. Avevo cercato di spiegarlo in ogni modo possibile ad Elijah, ma lui era dell'idea che ritardare non avrebbe fatto altro che causare dolore nelle persone che amavamo quando la verità sarebbe uscita allo scoperto.

Pensandoci bene, non aveva senso tenere nascosta una cosa che non avrebbe fatto altro che renderci felici, a maggior ragione se ci avrebbe permesso di vivere la situazione alla luce del sole e sotto gli occhi di tutti, ma dentro di me sentivo che stavamo correndo troppo. Voglio dire, conoscevo Elijah da appena tre mesi, ero stata a contatto con la parte peggiore di lui e nonostante ciò avevo deciso di stare al suo fianco, ma Elijah, il vero Elijah, lo conoscevo davvero?

«Ragazzi» attirò l'attenzione di tutti come se mi avesse appena letto nel pensiero. «Io e Melissa dobbiamo dirvi un paio di cose.»

Eccola lì la sensazione di inadeguatezza farsi di nuovo spazio tra le mie membra. Le gambe tremavano, la vista cominciava ad offuscarsi.

«Elijah» tentai di fermarlo, ma non mi diede ascolto, continuò imperterrito spiegando che sperava che i nostri amici la prendessero bene, ma a un tratto persi anche l'udito, sentivo soltanto un mescolare di voci, senza riconoscerne nemmeno una.

«Elijah» tentai ancora, non servì a nulla.

Allora appoggiai la mano sul suo braccio e strinsi forte.

Non capii cosa disse, vidi soltanto i suoi occhi spalancarsi e poi fu tutto nero.

«Staremo attenti, la ringrazio dottore.»

Dottore?

Tentai di sollevare le palpebre senza riuscirci, ogni singola articolazione del mio corpo sembrava bruciare anche solo al minimo movimento, delicato o brusco che fosse. Mi presi un momento per capire. L'aria odorava di disinfettante, un po' come l'odore degli ospedali.

Ospedale?

Riprovai ad aprire gli occhi e questa volta parve che ci riuscii, anche se il raggio di luce che si conficcò nelle pupille non fu molto piacevole.

«Buongiorno, bella addormentata.»

«Iris.»

«Proprio io.»

Cosa mi è successo?, avrei voluto dirle, ma tutto ciò che uscì dalle mie labbra fu: «Dov'è Elijah?»

«È fuori con Alexander, arriverà a momenti.»

Spostai il capo dall'alto verso il basso per annuire, ma quel lieve movimento mi costò un dolore atroce al collo, così mi fermai e sperai che passasse presto.

«Elijah ci ha detto tutto.»

Sollevai lo sguardo verso di lei e notai quanto fosse provata, la mascella serrata, le labbra premute l'una contro l'altra come se ne andasse della sua vita.

Mi odiava di sicuro.

Mi sarei odiata anche io se non stessi provando tutto quel dolore ovunque. Mi sentivo peggio di quando avevo i miei attacchi di panico o di quando mi bloccavo per via del colpo della strega.

«Sei davvero sicura di esserti schierata dal lato giusto, Melissa?»

Ero sicura di aver alzato un sopracciglio, come a chiederle implicitamente di cosa stesse parlando. A quel punto era ovvio che Iris sapesse più di me, ma cosa c'era da sapere ancora?

Mi convinsi che forse era colpa mia, che ero stata io a credere che l'Elijah che avevo conosciuto in quegli ultimi giorni fosse reale e vero, ma se non fosse stato così? Se nascondesse altro? Iris incitò tutti i dubbi che si erano nascosti in un angolino della mia mente ad aprire il lucchetto della porta dietro cui si erano chiusi e uscire allo scoperto, di nuovo.

«*Sugar*, sei sveglia.»

All'improvviso sentirmi chiamare con quel nomignolo non

era più né sexy né piacevole, ma in qualche modo mi dava addirittura fastidio.

È incredibile come la fiducia che hai riposto in una persona possa crollare così, all'improvviso.

Sai cosa ti dico, però? Forse è meglio che crolli subito e che si cominci a cercare la verità prima che sia troppo tardi.

Come con te.

Mi ero sempre fidata di te, così tanto che ho creduto a ogni tua singola parola, ogni tuo singolo gesto, ogni tua singola espressione. Credevo di conoscerti così bene, sapevo che quando aggrottavi le sopracciglia eri perplesso e che quando sogghignavi stavi per mettere in atto qualcuno dei tuoi piani diabolici per farmi cadere o per rubarmi il cibo che avevo tra le mani, come quella volta che stavamo guardando un film sul divano e tu ti mettesti a gridare: *«Guarda, un piccione!»* e mi rubasti la busta di popcorn che avevo sulle gambe. E io che come una stupida mi girai pure.

Solo che sapevamo come andavano queste cose, finivamo col ridere fino allo sfinimento e chiederci quando avremmo smesso.

Mai, avrei detto una volta, ma quanto è sottovalutata la parola *mai*?

Il *sempre* non esiste per nessuno di noi, quindi come avremmo potuto non smettere *mai*?

Mi sono fidata di te a occhi chiusi soltanto perché eri *tu* e guarda dove eravamo finiti.

Io non volevo questa vita per me ed Elijah, volevo qualcosa di meglio, ma se davvero volevo costruire un futuro con lui, come ti avevo promesso, dovevo scoprire la verità e capire se potessi affrontarla o se mi avrebbe annientata definitivamente.

E non chiedermi perché, ma dentro di me, in fondo, sentivo che niente, una volta scoperto tutto, sarebbe più stato come prima.

Nota vocale

21 dicembre 2017

I Phone di Melissa > Desktop > In ogni parola del cuore

Ospedale. Disinfettante. Grigio.
Grigio. Disinfettante. Ospedale.
Si può girare la frittata in qualsiasi modo, ma quello che si prova è lo stesso. Rabbia, tanta rabbia. Tristezza.
Quando ci ritroviamo in quei letti scialbi finiamo per immaginare le mille vite che scorrono in quei corridoi senza sapere perché. Alcuni staranno male, altri visiteranno i propri cari. Eppure in quel non so che di tutto bianco c'è sempre odore di morte in arrivo.
E io la detesto, quel tipo di morte.
Sono tutti lì per aiutarti a non morire, eppure poi escono dalla tua stanza, vanno dai tuoi cari e dicono semplicemente: «Ci dispiace, non ce l'ha fatta.»

CAPITOLO 35

Piacere mio

Elijah

Sarei impazzito. Lo sapevo, lo sentivo dentro.

Si può davvero toccare il cielo con un dito e poi cadere nel vuoto più profondo?

La paura è un'emozione terribile. Quella sensazione di angoscia che ti attanaglia lo stomaco e non ti lascia più andare la odiavo, mi faceva sentire stupido, impotente e l'avevo provata così tante volte nella mia vita che adesso ero davvero stanco.

La settimana prima avevo consumato per la prima volta un atto di amore e il solo ripensarci mi faceva spuntare un sorriso del cazzo in faccia. Era stato così intenso che avrei voluto ripeterlo per ore, ore e ancora ore, ma soltanto se la persona con cui farlo sarebbe stata Melissa.

Avevo trascorso una settimana completamente in balìa di lei, per poi vedermi il mondo crollare addosso in pochi secondi.

Il momento in cui l'avevo vista stretta ad Alexander avevo pensato il peggio.

In cuor mio sapevo che nessuno dei due avrebbe mai tramato qualcosa alle mie spalle, ma allo stesso tempo non avevo mai avuto qualcosa di davvero mio e quella consapevolezza bruciava, mi rendeva scontroso e iperprotettivo, ma non era questo che volevo per la mia *Sugar*. Desideravo che fosse serena, così quando mi avevano raccontato cosa davvero non andasse, mi ero avvicinato e avevo posato le labbra sulla sua fronte in un gesto di silenziose scuse.

Volevo dire tutto.

Volevo togliermi quel peso, urlare che era mia, sbandierarlo ai quattro venti e poterla baciare in pubblico come, quando e dove mi pareva. Così a tavola avevo introdotto il discorso, ignorando Melissa che chiamava il mio nome perché da egoista non volevo che mi fermasse.

Bella cazzata, dato che era svenuta poco dopo tra le mie braccia.

E quindi adesso ero lì, tra le mura asettiche dell'ospedale, ponendomi mille domande senza risposta.

Un uomo in camice bianco si avvicinò a me e Alexander.

«Siete parenti della ragazza?»

«Sono il suo ragazzo» mi presentai senza esitazioni, slanciando la mano in avanti in attesa che lui la prendesse e la stringesse con decisione.

«È un piacere conoscere qualcuno, finalmente. Melissa non mi ha mai detto di avere un ragazzo.»

Aggrottai le sopracciglia. La conosceva?

«Michael Rent, piacere.»

«Elijah Carsteirs, piacere mio.»

Il medico lasciò andare la mia mano e portò le braccia dietro la schiena.

«Signor Carsteirs, Melissa soffre di attacchi di panico e svenimenti frequenti. Tutto è riconducibile senza ombra di dubbio a un trauma, la sua ragazza mi ha parlato del suo fratellastro morto ma non so di più. Credo, però, che il trauma che lei continua a rivivere sia legato proprio a lui.»

Deglutii, cercando di non mostrarmi troppo coinvolto. Lei stava male per Daniel e io non lo sapevo. La causa della sua sofferenza era la morte di mio fratello e la colpa era mia, mia e di nessun altro.

«Le parlerò io, proverò a fare qualcosa.»

«Deve vedere uno psicologo, è l'unico modo che ha per superare il trauma e pensare al passato con più serenità.»

Come avevo fatto a non accorgermene? A non pensarci?

Il comportamento di Melissa non era quello di una ragazza normale.

Le ragazze normali non si vestivano come lei, non si tingevano i capelli di quelle strane tonalità di blu, non andavano a letto con chiunque, anzi, sognavano il principe azzurro; le ragazze semplici come lei dovevano vivere sul serio, non vivere una vita a metà saltando da un letto all'altro, soffocando le proprie paure, i propri sentimenti, le proprie emozioni.

Mi diedi mentalmente uno schiaffo.

Sono un coglione.

«La convincerò, si fidi di me.»

Rent annuì e mi posò una mano su una spalla.

«Sia paziente con lei, ha visto più cose di quante dovrebbe per la sua età.»

Si congedò, mentre mi giravo lentamente verso Alexander prendendomi il capo tra le mani.

«Va' da lei.»

«Sicuro?»

«Ho parlato con il Boss, probabilmente darà di matto, ma ha detto che non può perdere uno dei suoi elementi migliori in squadra. Quindi ora vai e non preoccuparti di nulla, pensa solo a Melissa.»

Lo abbracciai, rifilandogli una pacca sulla schiena e ringraziandolo sommessamente, poi aprii la porta della camera della mia ragazza, intenta a parlare con Iris.

Sperai si fossero chiarite.

«*Sugar*, sei sveglia» esordii, avvicinandomi al letto.

Mandai via Iris, presi un respiro profondo e mi sedetti accanto a lei

CAPITOLO 36

Fanculo

Mi schiarii la voce, anche se sentivo la gola pizzicare. Ignorai il dolore e fissai Elijah.

«Lo hai detto a tutti, quindi.»

Lui si sedette accanto a me, prese la mia mano piccina tra le sue enormi e sembrò ignorare completamente ciò che avevo appena detto. I suoi occhi mi scrutavano come se cercassero un segno del mio malessere, sperava che fosse tutto tornato alla normalità, glielo leggevo negli occhi. Aveva avuto paura.

«Perché non me lo hai detto?»

«Non so di cosa parli.»

«Degli attacchi di panico e degli svenimenti.»

Deglutii e distolsi lo sguardo.

Non volevo parlarne. Non potevo farmi sopraffare ancora dal fantasma di suo fratello e non volevo che Elijah si desse la colpa ancora e ancora. Se potevo limitare il dolore per almeno uno dei due, lo avrei fatto.

«*Sugar*, parlami.»

«Non sono così frequenti come pensi.»

Fece una pausa dopo la quale la sua voce divenne più ferma, come se fosse deciso a smascherarmi.

«Il dottore che ti segue non sembra pensarla così.»

Spalancai lo sguardo e lasciai andare la sua mano, poggiando la testa al cuscino e distogliendo lo sguardo.

Come diamine avevo fatto a non arrivarci? L'ospedale più vicino al centro commerciale era quello di Michael, il mio medico. Cazzo.

«Hai parlato con Michael...», chiusi gli occhi e morsi con forza il labbro inferiore. «E cosa ti avrebbe detto, esattamente?»

Lui non lasciava andare la mia mano.

«Mi ha detto tante cose, ma vorrei che a parlarmi e dirmi il resto fossi tu.»

«Cosa ti ha detto?»

«Guardami, *Sugar*.»

Fu così diretto, così fermo, così prepotente che non riuscii a non voltare la testa verso di lui.

«Dimmi che non è colpa mia.»

Alzai le sopracciglia.

«Cosa? Certo che no.»

Sospirò di sollievo e mi accarezzò con delicatezza una guancia. Chiusi gli occhi e appoggiai il viso alla sua mano. Era calda, ruvida e grande, così grande che mi faceva sentire al sicuro, protetta.

Che pensiero stupido, Mel.

Credo che fu quello il momento in cui capii che non avrei mai potuto fare a meno di lui. Non fraintendermi, volevo ancora conoscere la verità, quella completa, ma potevo indagare anche senza lasciarlo andare, giusto? Potevo tenerlo accanto a me, stringerlo, abbracciarlo, baciarlo. Farci sesso, tanto sesso. E poi baciarlo ancora e raccontargli cose stupide e fare tutte le cose stupide che fanno le coppie e che io mi ero privata di compiere per tanti anni. E poi baciarlo ancora, e baciarlo e baciarlo.

«C'entra Daniele.»

La sua espressione si corrucciò, si allontanò da me e le sue braccia ricaddero lungo il suo corpo, le mani sul materasso sotto di lui.

«Tu... non dirmi che ti senti in colpa.»

«Sì. No. Non lo so, Elijah.» Portai le dita alle tempie massaggiandole con movimenti concentrici. «Ho questi attacchi da quando è successo quello che sai. Non so come liberarmene, non so quando mi verranno, non so come superarli. Non so un cazzo.»

Sbottai, persi la calma. Avevo la testa che doleva come se qualcuno picchiettasse continuamente contro di essa con forza ed era estenuante.

«Devo riposare.»

«*Sugar.*»

«Esci, Elijah.»

Restò immobile per qualche secondo, poi si chinò su di me, mi baciò la fronte tenendosi sulle mani e si risollevò, imboccò la porta e non tornò indietro.

«È qui fuori», esalò all'improvviso Lynette. Era venuta a trovarmi quel pomeriggio e aveva deciso di restare a farmi un po' di compagnia. Non l'avevo mandata via, avevo bisogno di un volto amico e lei era quello di più vicino che avessi ad un'amica, in quel momento.

«Lo immagino.»

Lei sospirò ma non insistette.

«Michael ha detto che puoi tornare a casa.»

Mi illuminai, girandomi a guardarla.

«Davvero?»

Lei annuì e io spostai le coperte. Stare lì dentro, in un letto asettico, circondata solo da quattro mura bianche e tristi era una tortura.

Raggiunsi l'armadio e tirai fuori la mia roba, i vestiti che avevo messo per andare al centro commerciale erano lì ad aspettare di essere nuovamente indossati e io non potei che accontentarli. Sfilai il camice e rimisi il mio top nero. Ero abituata a vestirmi leggera anche d'inverno. Ormai ero abituata a tante cose che non facevo prima di te, in realtà.

Mi voltai verso il letto dove poco prima avevo appoggiato il camice, Lynette mi guardava con la mia borsa tra le mani aspettando che fossi pronta.

«Come esco senza farmi vedere da Elijah?»

Lei alzò le sopracciglia in un'espressione che sembrava dirmi: *ma davvero?*

«Non puoi.»

«Oh, andiamo, Lynette!»

Lei scosse la testa.

«Niente Lynette, non voglio mettermi tra voi due. Siete già... complicati da soli.»

Sbuffai e le strappai la borsa dalle mani.

«Questa me la paghi.»

Mi avviai alla porta ma la sua voce mi fermò.

«Io non ti capisco. Quel ragazzo ti guarda come se fossi fatta di diamanti e tu lo respingi. Perché?»

Mi irrigidii, sentii le spalle raddrizzarsi e il respiro fermarsi in gola.

Quel ragazzo ti guarda come se fossi fatta di diamanti.

Davvero? Elijah mi guardava davvero in quel modo? E io? Come lo guardavo io?

Ci pensai e non fu difficile avere una risposta.

Io lo guardavo come se fosse l'unica cosa esistente sulla Terra.

«Ci sono cose che non sai, Lyn. Su di me. Su di lui. Su noi due.»

Stavo ancora fissando la porta, ferma, impaurita, con la maniglia tra le mani e nessuna voglia di spingerla verso il basso e tirare il battente in legno.

«Non pretendo di sapere tutto su di te, non credo che siamo a quel livello di intimità, ma Elijah è mio amico.»

Da prima che arrivassi io.

Non lo disse, ma era ovviamente sottointeso ed io non ero così sciocca da non cogliere un collegamento simile.

«E per quanto tu possa non credermi, ha già sofferto abbastanza per preoccuparsi anche di problemi di cuore.»

Mi morsi il labbro così forte che temetti potesse uscire il sangue. La mano sulla maniglia formicolava tanto la stringeva forte.

Lo sapevo, cazzo. Lo sapevo quanto aveva sofferto Elijah. Io e lui ci portavamo dentro lo stesso dolore, la stessa rabbia. E allora perché continuare ad allontanarlo? Per Iris? Ma che ne sapeva Iris di me ed Elijah? Niente. Non ne sapeva assolutamente niente, non conosceva le nostre storie, non conosceva Daniele e per come si era comportata fino a quel momento, nessuno mi assicurava che non stesse tentando di manipolarmi ancora.

Fanculo Iris.

Fanculo Lynette.

Fanculo la rabbia.

Fanculo il dolore.

Fanculo Sara.

Fanculo mamma e fanculo papà.

E fanculo te, Daniele.

La mano non tremava più, la presa era salda, decisa. Sapevo cosa dovevo fare, sapevo qual era il mio posto e con chi.

Aprii la porta di quella triste stanza d'ospedale. Elijah era lì, mi fissava con le sue meravigliose pozze cioccolato. Non mi controllai più. I piedi si mossero da soli fino a raggiungerlo, la mano destra lasciò cadere la borsa a terra e si poggiò sul suo petto, mentre la sinistra raggiunse la sua nuca e lo tirò a me, costringendolo ad abbassarsi per arrivare alle mie labbra.

E le nostre bocche danzarono insieme per quelli che parvero minuti, dolcemente, lentamente, senza parlare spiegavano cosa fosse l'amore, cosa fosse il nostro amore.

E ora che l'avevo trovato, non avevo più nessuna intenzione di lasciarlo andare.

Nota vocale

22 dicembre 2017

I Phone di Melissa > Desktop > In ogni parola del cuore

Amore.
Una parola. Cinque lettere che mozzano il fiato.
Amore.
L'ho sognato senza saperlo per anni, l'ho cercato nelle piccole cose mentre mi imponevo di vivere senza. E poi è arrivato quando ho smesso di crederci. E mi ha mozzato il respiro.

CAPITOLO 37

Casa

Ero tornata a casa.

E per casa non intendevo né la spoglia camera del dormitorio, né il mio cantuccio a Milano.

Ero nell'appartamento di Elijah, non al college, ma nel piccolo bilocale dove si incontrava con i colleghi dell'FBI e dove mi aveva portata al ritorno dal lago, quella sera in cui avevamo deciso di raccontarci il nostro passato.

La chitarra era ancora appoggiata al muro, accanto alla porta, esattamente come l'avevo vista l'ultima volta.

Mi sedetti sul letto a due piazze e lisciai le coperte sotto di me, spostando l'attenzione su qualsiasi cosa tranne che su Elijah. Lui era lì, sulla porta della stanza, con le braccia conserte e un sorriso sornione dipinto sul viso.

«Starai qui per un po'.»

Annuii, continuando a rivolgere la mia più totale attenzione al tessuto blu notte sotto le mie mani. Lo sentii muoversi piano, poi il letto sprofondò sotto il suo peso e i suoi jeans neri e attillati entrarono nel mio campo visivo.

«La coperta ora è più affascinante di me?»

Alzai lo sguardo su di lui.

«Sarebbe un problema?»

Un lato della bocca mi si incurvò in un mezzo sorriso.

Lui si avvicinò e mi afferrò per la vita, tirandomi al suo corpo e stringendomi con dolcezza. Mi fece voltare in modo che la schiena incontrasse il suo petto, le sue mani si intrecciarono sul mio grembo e il suo mento si appoggiò delicatamente alla base del collo. Sentivo il suo alito caldo sulla mia pelle e bastava così poco a mandarmi completamente in estasi.

«Forse possiamo illuderci ancora per un po' di essere normali» sussurrò, mentre un tremito partì dalla base della spina dorsale e si propagò ovunque. Deglutii e repressi quell'istinto che mi urlava di saltargli al collo e baciarlo fino all'indomani.

«Ma noi lo siamo, normali.»

Rimase in silenzio per qualche secondo, credetti che non avrebbe risposto, invece poco dopo sentii le sue labbra schiudersi e avvicinarsi alla mia pelle. Scoprì la mia spalla, scostando la manica del top, e la baciò con cautela.

«Abbiamo solo una taglia sulla testa.»

Al solo pensiero rabbrividii.

Dio, aveva ragione. Avevamo una cazzo di taglia sulla testa, eravamo ricercati da criminali per dei crimini che non avevamo commesso, con l'unica colpevolezza di avere avuto persone care che non avevano saputo comportarsi, in passato, e la cui terribile eredità era passata a noi dopo la loro morte.

Mi sembrava una follia, tutto quello. Soltanto uno stupido film horror da cui uscire al più presto. Ma i film horror non hanno mai un lieto fine, era quella la consapevolezza che mi spaventava di più.

«Voglio solo godermi una giornata senza pensare ai guai.»

Lui annuì e mi baciò ancora la spalla.

«Michael ha detto che devi riposare.»

Sorrisi, spingendomi di più verso di lui.

«Ora lo chiami per nome?»

«L'unica che non dovrebbe chiamarlo per nome sei tu, sai?»

Sollevai la testa e lo guardai accigliata.

«È il mio medico, mica il tuo.»

Lui mi sfiorò il labbro inferiore con il pollice, il cuore iniziò ad accelerare non appena le sue dita toccarono la mia pelle.

«È un amico di famiglia, lo conosco da anni.»

Lui alzò un sopracciglio.

«Come, se fino a pochi mesi fa abitavi dall'altro lato del mondo?»

Scoppiai in una risata genuina, non mi sentivo ridere così da tanto, tantissimo tempo.

«È gelosia quella che sento nella voce, Carsteirs?»

In tutta risposta scese con le labbra sulla spalla, tracciando un sentiero di baci delicati fino al collo, a cui dedicò più tempo torturandolo, baciandolo, mordendolo. Un gemito fuoriuscì incontrollato quando la lingua passò sul marchio che mi aveva appena impresso.

«Dimentichi che mia madre conosce diverse persone in America.»

Motivo per cui tu eri finito a casa nostra, tanti anni prima.

Scossi la testa lievemente per allontanare il tuo ricordo e chiusi gli occhi, abbandonandomi alle sensazioni che il tocco di Elijah mi regalava secondo dopo secondo.

Lui cambiò discorso, il suo alito caldo ancora soffiava sul marchio.

«Lo hai un pigiama?»

Scossi la testa, affondando le unghie nelle sue braccia che ancora mi tenevano per la vita. Quella vicinanza mi stava facendo ammattire e io non ero brava a tirare il freno a mano quando si trattava di sesso.

Amore, Melissa. Con lui fai l'amore, non il sesso.

Lui si spostò, alzandosi e per un attimo la sensazione che provai fu il vuoto, come se il distacco da lui potesse farmi cadere nell'abisso.

Andò all'armadio e prese una felpa nera con il suo nome stampato sopra a caratteri cubitali bianchi.

«Ti do qualcosa di mio, domani passiamo al dormitorio a prendere le tue cose.»

Passai lo sguardo dalla felpa a lui e poi ancora alla felpa.

«Tu lo sai che quando questa storia sarà finita, tornerò al dormitorio da Lynette, vero?»

Lui si portò una mano all'altezza del cuore e assunse una finta smorfia di dolore.

«Ora sì che la mia vita è finita» proclamò in tono divertito, poi mi lanciò la felpa. «Sappiamo benissimo entrambi che non andrai mai via da qui.»

Sfilai il top imbottito e poi i pantaloncini, rivelando l'assenza di biancheria intima. Non era un caso, piuttosto un'abitudine. Mi piaceva stare comoda e, se potevo, facevo a meno di mutandine e reggiseno.

Con la coda dell'occhio osservai la sua mascella indurirsi e i pugni chiudersi lungo il corpo. Lo ignorai e fissai la felpa, tanto non c'era nulla che non avesse già visto.

«Sei proprio vanitoso, sai? Il tuo nome su una felpa, ridicolo.»

Mi sarei aspettata una risposta da Elijah, del tipo: *«Non è vanità, è arte»*, invece no. L'unica risposta che ottenni fu il silenzio.

Infilai l'indumento che, come immaginavo, mi arrivava fino alle ginocchia, poi mi girai a guardarlo con aria interrogativa. Lui aveva rilassato le spalle e si stava muovendo verso di me.

«Devi riposare.»

Lo guardai di sbieco.

«Sto bene, Elijah.»

Lui mi prese in braccio strappandomi un gridolino e mi sdraiò sul letto, girandomi di schiena. Sentii il suo corpo prendere posto dietro di me e le sue braccia stringermi forte.

«Ti desidero da morire, *Sugar*, ma Michael ha detto riposo e noi riposeremo.»

Sorrisi, consapevole che non potesse guardarmi, mentre un fremito di eccitazione scorreva nelle vene.

Scacco matto.

CAPITOLO 38

Che ne dici di fare l'albero insieme?

Il giorno precedente era trascorso tra coccole, chiacchiere e ancora coccole, senza mai oltrepassare il confine del proibito. A quanto pare il dover riposare includeva dover starsene buoni, secondo il mio ragazzo.

Faceva ancora un effetto troppo strano definirlo così.

Quella era una parola che avevo sempre riservato solo a te e che dopo di te avevo promesso di non utilizzare più per nessun altro.

Non mi sono più piaciute le etichette, dopo di te. Le ritenevo superflue, inutili, dozzinali. Ma poi è arrivato Elijah e non ci ho capito più niente, le convinzioni che mi ero creata negli anni erano tutte sfumate in un cumulo di sabbia soffiato via dal vento. Non c'erano più sentimenti da combattere, ma solo da accogliere.

La mattina successiva mi ero svegliata ancora stretta dalle sue braccia forti ma delicate, per molti un controsenso, per me il simbolo più puro dell'amore. Almeno oggi, con il senno di poi.

Il mio stomaco aveva cominciato a borbottare ed Elijah sorrise tra i miei capelli, ancora con gli occhi chiusi.

«Il tuo stomaco è incivile quanto te.»

Gli diedi uno schiaffetto sulla spalla lanciandogli un'occhiataccia che, ovviamente, non poteva vedere.

«Qui l'unico incivile sei tu.»

Lui rise, una risata profonda, roca, ma bellissima.

«Non pensavo avrei mai potuto sentirmi così.»

«Così come?»

«Completo.»

Completo. Ma cos'era la completezza? Esisteva come concetto?

Fissai il suo viso, le palpebre alzarsi pian piano e le sue pozze marroni incastrarsi nelle mie.

«Voglio svegliarmi tutti i giorni così.»

Il mio cuore mancò un battito, la mano era già risalita ad accarezzargli il viso prima ancora che potessi inviarle l'impulso di farlo. Era stato un gesto spontaneo, dettato dall'amore.

Amore.

Chi lo avrebbe mai immaginato che un secondo amore, travolgente come quello del passato, mi avrebbe portata lì, a sentire ancora una volta le gambe molli, il cuore fuori controllo, il respiro spezzarsi e la testa girare?

«Domani è la vigilia di Natale.»

Annuii. Il piano era di passarla con i ragazzi. Gli unici che sarebbero tornati a casa, l'indomani mattina, erano Iris e Blue. Gli altri restavano al college, me compresa. L'Italia non era un posto sicuro ora e, a malincuore, avevo dato la notizia ai miei che avevano finto fosse tutto okay, ma sapevo che non era così. A ogni modo, potevo farci davvero poco da laggiù.

La malinconia mi assalì.

Non avevo mai passato un Natale lontano da casa da quando tu non c'eri più, in realtà non lo avevo mai trascorso via nemmeno quando c'eri. Era una festività sacra per noi. Ci piaceva stare insieme, cenare, giocare a tombola tutta la sera, poi a bingo e sinco, mettere le canzoni natalizie e cantarle a squarciagola aspettando la mezzanotte per aprire i nostri regali. Il tuo ultimo regalo lo portavo ancora al polso: il tuo bracciale pandora con una piccola casetta come charm, sotto cui avevi fatto incidere la tua iniziale. Una semplice D per ricordarmi che tu saresti sempre stato la mia casa, ma ora che non c'eri più come facevi ad essere la mia casa nel presente? Il mio posto sicuro?

Lasciai ciondolare la casetta sul petto di Elijah, fasciato da una t-shirt attillata nera. Lui non si accorse del gesto, ma notò la tristezza nei miei occhi, perché subito aggiunse: «Che ne dici di fare l'albero insieme?»

Boccheggiai in cerca d'aria.

L'albero? Insieme?

Erano due anni che non facevo più l'albero con nessuno. Era una cosa che facevamo io e te e dopo di te farlo da sola mi sembrava quasi tradirti. Non importava quanto insistessero mamma, papà o Sara, alla fine mi chiudevo in camera mentre loro lo tiravano su e quando tornavo in salone per vedere come fosse venuto mi dicevo sempre: *«Carino, ma io e Dani lo avremmo fatto meglio»* e quindi tornavo in camera, finivo per pensare a te e scoppiavo a piangere. Di nuovo. Ancora e ancora.

«Io...»

Non avevo il coraggio di guardare Elijah negli occhi, fissavo la casetta al mio polso come se fosse oro quando sentii le sue dita poggiarsi sul mio mento e tirarmi su il viso. A quel punto il mio sguardo incontrò il suo senza che potessi impedirlo.

«Non ti piace fare l'albero?»

Deglutii stringendo il pugno sul suo petto.

«Non è questo. Io amavo... amavo farlo con lui. Non ne decoro uno da quando non c'è più.»

La sua espressione si indurì, il suo sguardo divenne vuoto, i pugni si chiusero con forza contro il mio corpo.

E in quel momento capii.

Lui si sentiva in colpa. Pensava che Daniele fosse morto per colpa sua, che il non cedere al ricatto fosse la causa della sua scomparsa.

Vederlo così mi spezzava.

La mia mano si mosse, raggiungendo il suo volto e accarezzandolo piano. Lui emise un lieve sospiro, appoggiandosi a me.

«Non è colpa tua, Eli.»

Lui scosse forte la testa e posò la mano sulla mia, stringendola.

«Sì invece. Io dovevo fare di testa mia, non dovevo nemmeno dirlo ai miei colleghi, dovevo pagare e basta. I soldi non mi mancavano.»

Mi strinsi di più al suo corpo incrociando le gambe con le sue e arrivandogli a un millimetro dalle labbra.

«Non ti ritengo responsabile e sono sicura che non lo faccia nemmeno Daniele. La colpa è di chi ci sta facendo questo, non tua.»

Una lacrima gli inumidì il viso e per la seconda volta nella mia vita mi sentii impotente, spettatrice di qualcosa che non sapevo come aggiustare, come riportare sulla giusta via.

«Io ho ucciso mio fratello, Melissa.»

Mi irrigidii, lui non mi chiamava quasi mai per nome, ma quando lo faceva ricordavo come fosse dolce e melodico il suono della sua voce che pronunciava quelle sette lettere. Invece quella volta no. Suonò di più come una supplica, come una richiesta di cancellare tutto il dolore, la rabbia, l'impotenza davanti a quella catastrofe che aveva ammazzato anche un pezzetto di noi e che continuava a farlo, giorno dopo giorno.

«Tu non hai ucciso Daniele. La mafia lo ha ucciso. I tuoi genitori lo hanno ucciso. Quello che è successo a lui è il riflesso di tutte le scelte stupide e sbagliate commesse dai tuoi genitori e di tutte le azioni impure di persone da cui sarebbe meglio stare alla larga. Tu non c'entri. E vuoi sapere come la penso io? Lo avrebbero ucciso comunque, anche se avessi dato loro i soldi che volevano.»

Scoppiò in lacrime, la testa sul mio petto e il pugno che stringeva il tessuto della felpa tra le mani. Gli accarezzavo i capelli con dolcezza, sussurrandogli che io ero lì, ma all'improvviso anche le parole vennero meno.

In quel momento capii che quello che avevo detto aveva un fondo di verità, che le parole che mi erano uscite spontanee dalle labbra, senza pensarci troppo su, avevano senso.

Il mio subconscio aveva ragione.

Lo avrebbero ucciso comunque e la colpa non era di Elijah, ma non era nemmeno mia.

Non era colpa mia.

E quando lo realizzai, cominciai a singhiozzare anche io.

Non sapevo nemmeno io quando o come fosse successo, ma eravamo lì, in salone, con l'albero in piedi che ci fissava e ci supplicava di decorarlo per renderlo meno spoglio.

Sospirai e mi strinsi le braccia al petto.

Era ora di ricominciare e per farlo bisognava pur ripartire da un punto.

Avevo deciso che il mio punto sarebbe stato l'albero di Natale e avevo scelto di farlo con Elijah nel suo salone.

Lui aprì gli scatoloni sotto il mio sguardo attento e sorrisi nel constatare che tutte le decorazioni erano sulle tonalità dell'azzurro e del blu, sposandosi perfettamente con l'albero innevato che aveva lui e, soprattutto, con i gusti di Daniele.

«Noi facevamo l'albero con gli stessi colori.»

Lui sorrise, un sorriso triste ma presente.

«Daniel amava il blu, forse è per questo che ho sempre cercato di accumulare decorazioni blu negli anni.»

Il suo sguardo si posò su di me.

«Li ho visti i vostri ultimi alberi, erano bellissimi.»

Questa volta fui io a sorridere. Mi avvicinai a lui e gli presi una pallina dalle mani andando ad appenderla su un ramo. La fissai per qualche secondo, poi tornai da lui e gli presi le mani.

«Solo insieme possiamo uscirne, Eli.»

Lui annuì, lasciò le mie mani per posare le sue sul mio viso e mi avvicinò a lui, sfiorandomi le labbra così delicatamente da sembrare quasi di averlo sognato.

Non ce la facevo più. Non potevo più ignorare la tensione che mi cresceva dentro ogni volta che si avvicinava in quel modo.

Mi alzai sulle punte e lo baciai. Gli morsi le labbra facendogli emettere un gemito strozzato, ci passai sopra la lingua e poi lo baciai ancora, famelica, come se quel contatto tra noi fosse essenziale per sopravvivere alla tempesta di eventi che si era abbattuta su di noi in quei giorni.

«Ho bisogno di te» mormorai, ritornando a torturargli le labbra.

Lui non se lo fece ripetere due volte, le sue mani scesero sulle mie natiche e le strinsero fino a farmi ansimare. Mi baciò con più forza e arretrò, portandomi con sé sul divano e facendomi montare sulle sue ginocchia.

Il desiderio mi travolse ancora più forte.

Dondolai i fianchi e mi spinsi contro di lui, ottenendo in cambio un fremito di piacere.

«Tu mi farai impazzire.»

Aveva la voce roca ed era dannatamente sexy.

Mi spinse giù per i fianchi e sollevò i suoi, toccando il punto più sensibile di me. Mi ricordai di non avere biancheria addosso e dal ringhio che emise capii che anche lui lo avesse intuito.

«Vuoi farmi uscire di testa, per caso?»

Scossi la testa, ansante.

«Voglio vederti pazzo solo di me.»

«Lo sono già, *Sugar*.»

Catturò le mie labbra in un altro bacio, abbandonò tutta la delicatezza e l'amore di poco prima e mi baciò con tale forza da farmi girare la testa. Passò a baciarmi il collo, mordicchiando la pelle e alleviando subito il dolore con un'altra scia di baci. Mi baciò la clavicola, mi accarezzò la pancia infilando le mani sotto la felpa e salendo sempre più su, verso il rigonfiamento del seno.

«Non sai quante volte in questi mesi ti ho immaginata proprio qui.» Mi passò i pollici sui capezzoli già sensibili e io morsi forte il labbro. «Sei l'unica che abbia mai guardato.»

Le sue mani si spostarono sull'orlo della felpa e la tirarono via. A quel punto avrebbe potuto chiedermi qualsiasi cosa, io avrei accettato senza problemi.

Lui mi diede un altro bacio pieno, ricco, passionale, poi mi spostò sul divano e mi guardò come se fossi la cosa più preziosa che avesse. Per un solo secondo mi sentii quasi vulnerabile.

Lo osservai spogliarsi con una lentezza disarmante, come se cercasse di prolungare quell'agonia che stava crescendo dentro di me, e poi infilare il profilattico con estrema rapidità.

Tornò su di me, mi baciò le labbra e scese a tracciare un sentiero di baci caldi e morsi leggeri, partendo dalla gola per arrivare fino alla punta del seno. Lì si soffermò a succhiare, mordicchiare e poi a leccare la pelle per alleviare quella dolorosa e allo stesso tempo piacevole combinazione erotica. Continuava a stuzzicarmi mentre la mano scendeva sempre più giù, d'istinto allargai le gambe e mugolai.

Infilò un dito in me strappandomi un altro gemito, mentre si sollevava per guardarmi meglio. Non avevo più autocontrollo ed eravamo appena all'inizio. Sentivo già la tensione nello stomaco accumularsi, come una molla compressa, e pronta a scattare all'improvviso. I fianchi avevano cominciato a muoversi seguendo i movimenti di Elijah.

Alzai lo sguardo nel suo e smisi di respirare. Lessi il desiderio nei suoi occhi, una scintilla divertita per come riusciva a piegarmi al suo volere. Mi resi conto di una cosa: nessuno mai era riuscito a travolgermi così intensamente durante il sesso.

Fece qualcosa con il pollice che mandò completamente in tilt i miei sensi. Inarcai i fianchi e gettai la testa all'indietro. Lo sentii sorridere spostando la mano e tornando sopra di me a baciare le mie labbra.

«Se non entro dentro di te ora, impazzisco sul serio.»

In risposta gli strinsi i fianchi tra le gambe e lui si insinuò tra le mie cosce. Appoggiò una mano sul mio fianco destro e io lo tirai a me per baciarlo, ma lui fece scattare i fianchi in avanti strappandomi un gemito.

Dimenò i fianchi sempre più velocemente, ansante tanto quanto me. Si fermò poi all'improvviso. Era entrato a fondo e io lo sentivo e mi sentivo dannatamente bene, così, con lui dentro di me come se fossimo una cosa sola. Lentamente uscì quasi del tutto e rientrò.

«Merda.»

Mugolai di nuovo e quello, forse, fu il momento che gli fece perdere il controllo. Iniziò a muoversi a un ritmo furibondo, ma senza mai farmi male. Si portò la mia mano alle labbra, la baciò, poi prese anche l'altra e le spinse entrambe sul materasso continuando a spingere.

Non ce la facevo più.

Gettai la testa all'indietro mentre la tensione continuava a salire imperterrita. Emise un grugnito che mi mandò fuori di testa, spingendomi oltre il limite.

Il mio grido riecheggiò nella stanza.

Il piacere mi invase a ondate, facendomi tremare contro il suo corpo.

Elijah però non si fermò, scese a stuzzicarmi il collo con le labbra e continuò ad entrare e uscire a un ritmo frenetico, fin quando il mio nome non gli uscì dalle labbra.

Mi strinse più forte, tra noi non c'era più nessuno spazio, solo il rumore dei nostri cuori che galoppavano troppo velocemente anche solo per poter contare i battiti. Realizzai che era ancora dentro di me e a quel pensiero sorrisi.

Non so neanche quando si sollevò e uscì così lentamente da me da farmi gemere ancora. Stava sorridendo e io avrei voluto passare così altre diecimila giornate, tra le sue braccia, a casa.

Casa.

Forse adesso avevo trovato una casa nuova. Nessuno avrebbe mai potuto sostituire quella originale ma forse, anche solo per un po', avrei potuto sentirmi meno sola.

«Ti ho fatto male?»

Scossi la testa.

«No.»

Mi chiesi dove avesse imparato a toccare una donna così. Se io ero davvero stata la sua prima volta, quella era solo la seconda volta che Elijah faceva sesso, quindi come?

Lui annuì, sparì dietro la porta del bagno e tornò poco dopo. Prese una coperta e si stese al mio fianco coprendoci entrambi.

«Dove hai imparato?» gli domandai, raggomitolandomi a lui.

Elijah sorrise malizioso.

«I porno aiutano, sai?»

La saliva mi andò di traverso, gli occhi si spalancarono e lui scoppiò a ridere.

«Scherzo, Alex mi ha dato qualche consiglio.»

Gli mollai uno scappellotto.

«Idiota.»

Lui rise più forte e io scossi la testa, stringendolo di più.

«Credo sia ultimato.»

Guardai l'albero che si stagliava al centro del salotto e non potei che annuire. Mi sembrava perfetto, ma dopo quel pomeriggio con Elijah, a pensarci bene, qualsiasi cosa mi sarebbe potuta sembrare perfetta.

Mi sentivo uno zombie con gli occhi a cuoricino e non era da me, non più almeno. Mi sembrava che un briciolo della vecchia me si stesse facendo spazio per emergere e forse non sarebbe stato poi così male.

Le palline blu e bianche creavano un'armonia perfetta e le stelle marine e i piccoli cigni davano un tocco mediterraneo a quell'albero di statura incredibile, riportandomi per certi versi a casa, in Italia.

«Forse non è perfetto, ma lo abbiamo fatto noi e mi basta.»

Ciondolai la testa verso destra, poi verso sinistra. Sorrisi guardando il risultato dei nostri sforzi.

«Io invece credo sia perfetto proprio perché lo abbiamo fatto noi.»

Lo sentii avvicinarsi alle mie spalle, posarmi le mani in vita, attirarmi a sé e stringermi forte. Posò il mento sulla mia spalla e alzò gli occhi per osservare l'albero dalla mia visuale.

«In effetti hai ragione, è perfetto.»

Sorrisi proprio mentre il telefono notificò un messaggio. Mi scostai delicatamente e lo afferrai dal divano aprendo la notifica.

Deglutii. Era Sara.

- Sono a Los Angeles. Vediamoci tra un'ora al Nylon. Ricorda: non fidarti di nessuno.

CAPITOLO 39

Nylon

Inventai una scusa con Elijah non perché non mi fidassi, ma perché se Sara era lì e voleva parlarmi, io avevo bisogno di farlo da sola, senza guardie del corpo.

Dissi che al telefono era Lynette e che mi aspettava all'angolo della strada per comprare gli ultimi regali che le mancavano. Promisi di tornare entro un'ora e lui mi lasciò andare, con mia grande sorpresa, senza sguinzagliarmi alcuna guardia alle spalle.

Uscii di casa e infilai le mani nella giacca di pelle nera per proteggermi dal freddo dicembrino.

Mentre raggiungevo il locale che Sara mi aveva indicato nel messaggio, continuavo a chiedermi perché fosse venuta lì di nascosto, senza dire nulla a nessuno. Cosa aveva da dirmi di così urgente da volermi incontrare da sola? Non trovai risposta.

Non ero mai stata al Nylon, non sapevo nemmeno dove

fosse. Stavo seguendo le indicazioni stradali su Google Maps, quando l'applicazione mi notificò di essere a pochi metri dalla meta.

Sollevai la testa e mi guardai intorno. Ero in un vicolo vuoto, buio, non si vedevano lampioni né persone. Nulla. Di fronte a me c'erano ancora tanti, troppo metri ad allontanarmi dall'uscita di quella piccola stradina, così mi girai per guardare alle mie spalle ma anche dietro di me c'erano tantissimi metri.

Quanto diamine avevo camminato senza accorgermi di dove fossi?

Merda.

Iniziai a tremare, immaginai che fosse il freddo, anzi, lo era di sicuro. Ricominciai a camminare verso la meta, del resto il Nylon doveva essere vicino secondo Google Maps.

Quando il localizzatore mi disse di essere arrivata a destinazione, alzai la testa.

Di fronte a me c'era un locale spoglio, mal messo, scarsamente illuminato. Dell'insegna a funzionare erano soltanto la N iniziale e la O. Il resto delle lettere era spento. Il locale era completamente in legno scuro, tavoli e sedie compresi. Mi avvicinai alla porta e sbirciai all'interno tramite il vetro incastrato nella parte superiore alla maniglia.

Vuoto.

Quel locale era vuoto.

Mi resi conto che tremavo di più e di certo non era per il freddo, non ora.

Lasciai la maniglia che avevo afferrato poco prima e arretrai di un passo.

«Bene, bene. Guarda un po' chi abbiamo qui.»

Trasalii. Era la voce di un ragazzo, non troppo giovane ma nemmeno adulto. Quando mi voltai vidi solo un volto coperto da una maschera nera da cui erano visibili solo occhi e bocca.

Ero paralizzata.

Non sentivo più le gambe e gli impulsi che tentavo di inviare dal cervello non arrivavano a nessun membro del corpo.

Desiderai di non aver mentito, desiderai che Elijah fosse lì, ma non c'era.

In uno scatto l'uomo fu su di me e non ebbi nemmeno il tempo di gridare. Mi premette qualcosa sulla bocca, scalciai, ma per quanto mi muovessi lui era più forte e poi sentii i sensi venir meno, l'udito confuso, la vista appannarsi.

E poi soltanto il buio.

Il mal di testa cominciava a essere atroce, fu quello a svegliarmi.

Non aprii subito gli occhi, tentai di portare le mani al viso per poterli sfregare ma erano bloccate sopra la testa. Il resto delle membra era ancora intorpidito, il corpo stanco come se avesse combattuto una guerra.

Mi sforzai di sollevare le palpebre e dopo qualche tentativo ci riuscii.

Non riconobbi la stanza in cui mi trovavo.

Quello che era successo prima che svenissi mi piombò addosso come un macigno, lasciandomi la gola secca e il respiro mozzato.

Alla fine ci erano riusciti, mi avevano presa.

Perché non gli ho detto dove andavo? Perché non gli ho permesso di venire con me?

Mi diedi della stupida, oltre che dell'ingenua.

Dovevo ragionare, non dovevo permettere alla paura di mangiarmi viva. Era quello che ripetevo mentre la bile mi risaliva in gola e io tentavo di rimandarla giù.

Presi un respiro profondo e feci scorrere lo sguardo lungo l'ambiente intorno a me.

Mi trovavo in una semplice camera da letto, senza troppi fronzoli. Pareti bianche, nessun quadro o poster appeso ai muri, una finestra non molto grande con la tapparella semi chiusa di fronte a me e alla mia destra una scrivania spoglia con una sedia in legno chiaro. Sembrava una casa qualunque.

Era tutto apparentemente normale.

Tanto normale.

Troppo normale.

Quale miglior modo se non quello di nascondere una prigioniera sotto gli occhi di tutti?

Merda.

Deglutii. Non mi avrebbero mai trovata.

Alzai leggermente la testa e seguii il profilo delle mie braccia con gli occhi.

Ero stesa su un letto, legata alla testiera dello stesso con due manette.

Avevo le possibilità di movimento limitate, se tiravo troppo il ferro incideva nella carne strappandomi un gemito di dolore, per cui rinunciai. Non era corda, non potevo liberarmi neanche volendolo con tutta me stessa.

Le lacrime minacciarono di uscire, ma le ricacciai indietro.

Qualsiasi cosa avessero voluto, gliela avrei data in cambio della libertà. Subito.

Iniziai a pensare a una tattica o un'idea qualsiasi che avrebbe potuto portarmi fuori di lì, quando la porta scura della stanza si aprì cigolando.

Entrò un ragazzo con un cappuccio nero in testa. Tra le mani aveva un vassoio con un piatto di pasta e una bottiglina d'acqua frizzante. Girai la testa verso il muro e lo ignorai.

«Siediti.»

Una parola. Un ordine.

«Non ho fame.»

Lui sganciò le manette, una alla volta, e le riagganciò più

in alto. Non importava se strattonassi o meno, lui era più forte.

Le braccia tiravano mentre le sue mani si posarono sui miei fianchi.

«Non toccarmi.»

Mi ignorò e mi sollevò tirandomi seduta. Scalciai, tentando di prendergli la gamba senza successo, lui anticipò la mossa spostandosi.

«Non costringermi a bloccarti anche le gambe.»

Mi irrigidii ma non obiettai.

La sua voce.

Aveva qualcosa di familiare la sua voce, ma cosa? Non riuscivo a capirlo.

Scavavo nella mia mente. Scavavo, scavavo e scavavo ancora senza trovare nulla che mi riportasse a quel suono, ma io *sapevo* di averlo già sentito.

Lui si sedette sul letto accanto a me, prese la forchetta e la spinse affondo nella pasta.

«Non mi farò imboccare da te.»

Non lo so nemmeno io dove presi il coraggio.

Lui mi fissò con quello sguardo glaciale. Gli occhi più chiari del ghiaccio, grigio quasi tendente al bianco. Non avevo mai visto un paio di occhi così belli e così spaventosi al tempo stesso, non da così vicino.

«Elijah non verrà a salvarti, Melissa. Mangia e non rompere i coglioni.»

Boccheggiai, mentre nei suoi occhi non trapelò nemmeno un'emozione.

Il cervello partì a mille.

«Cosa ne sai tu di Elijah?»

Lui portò la forchetta alle mie labbra.

«Mangia.»

Strattonai le manette, ignorando il dolore conseguente a quel gesto.

Le lacrime a quel punto non riuscii più a trattenerle. Una mi solcò il viso e arrivò fino alle curve della bocca, scendendo poi verso il mento e andandosi a depositare sul mio top nero.

«Sta bene? Lui sta bene?»

La voce era incrinata, come ogni pezzo di me ormai.

«Starà bene se farai quello che ti diremo.» La forchetta si avvicinò di nuovo al mio volto. «Ora mangia.»

E io mangiai.

Erano ore che ormai giacevo in quel letto, riuscii a capirlo dalla luce del sole che pian piano si affievoliva, lasciandomi al buio.

Dopo un po' smisi persino di provare a liberare i polsi: senza quelle dannate chiavi, aprire le manette sarebbe stato impossibile.

Nessuno arrivò nemmeno per portarmi la cena, ma tanto non avevo fame. Avevo ingerito il pranzo a forza e non avevo nessuna intenzione di mangiare altro.

Guardavo le tapparelle abbassate come se potessi attraversarle e capire dove fossi, ma non avevo i superpoteri e ogni tipo di sforzo era inutile.

Le lacrime si erano seccate sul viso, senza nemmeno poterle asciugare.

Ero incredibilmente stanca.

Dormire. Dormire era quello che dovevo fare. Basta stare guardinga, basta cercare di capire cosa succedeva al di fuori di quella stanza perché tanto non succedeva niente. Silenzio assoluto da ore e di Elijah nemmeno l'ombra.

Ricordai la conversazione che avevo captato qualche tempo prima, quando Elijah e Alex parlarono del fatto che i messaggi che Sara mi inviava non era realmente lei a mandarli. Perché non ci avevo pensato? E perché non me ne avevano parlato? Cercando di proteggermi mi avevano mandata nella fossa del leone.

Mi si strinse lo stomaco ma chiusi gli occhi e in meno del previsto mi addormentai in un sonno che speravo fosse senza sogni.

CAPITOLO 40

Ti amerò per sempre

«Resisti, Is, arriverà.»

Scossi forte la testa, affondandola nel tuo petto.

Avevo avuto un incubo, mi ero svegliata di soprassalto e tu eri lì con me, in quel letto che non conoscevo. Le manette erano ancora ai miei polsi ma non ero più legata alla testiera. Potevo toccarti, potevo abbracciarti così forte da imprimere ancora il tuo odore nella mia mente.

«No, non ce la farà.»

Le tue mani scorrevano abilmente tra i miei capelli, con quei gesti delicati che sapevi quanto io amassi.

«Ce la farà, ti ama, userebbe qualsiasi mezzo.»

«Con te non ce l'ha fatta.»

«Con me era diverso.»

Le tue dita scivolarono sotto il mio mento e lo tirarono su, facendo entrare i tuoi occhi nel mio campo visivo.

Dio, fu un pugno al cuore.

Quanto mi erano mancati i tuoi occhi? Tantissimo. Marroni con qualche pagliuzza dorata intorno alla pupilla. Erano speciali, non ne avevo mai visti così, nemmeno quelli di Elijah erano così belli.

«Quello che mi è successo non è colpa né tua né sua, chiaro?»

Ti fissai per qualche secondo, poi annuii.

«Lo so.»

Tu tirasti le labbra in un sorriso, mostrandomi i denti perfetti e d'istinto sorrisi anche io.

«Daniele?»

Sentii la tua stretta aumentare intorno alla mia vita.

«Sì?»

«Io ti ho perdonato per... per tutto. Per avermi mentito, per non avermi detto della malattia per un anno, invece di dirmi subito la verità su quello che stava succedendo.»

La tua espressione si addolcì, una mano ancora scorreva tra i miei capelli. Prendesti del tempo, come per soppesare le parole da aggiungere.

«Non ho mai voluto ferirti, cercavo di proteggerti dal dolore.» La tua voce calda mi giunse alle orecchie come un sussurro.

Strinsi la tua maglietta tra le mani, quella azzurra, quella di sempre, la mia preferita, quella con cui mi avevi lasciata.

Sentii le lacrime sul viso, non provai nemmeno a fermarle, ero senza forze e non mi vergognavo di piangere davanti a te.

«Tu...»

«Io sarei morto comunque, Is.»

Mi tirai su, seduta sulle tue ginocchia, ti strinsi più forte come se ne valesse la vita, la mia.

Eri malato, saresti morto comunque.

Tutte le mie convinzioni sul poterti salvare se mi avessi rac-

contato prima tutti i tuoi problemi mi piombarono addosso con un peso troppo grande da sopportare da sola.

Saresti morto comunque.

Forse dopo pochi mesi o qualche anno, ma saresti morto comunque.

Singhiozzai abbandonandomi alla disperazione.

Ti avrei perso comunque, in qualsiasi caso.

Capii che non dovevo avercela con mamma e papà per il loro silenzio a riguardo. Avevano solo omesso la verità sul lato oscuro della faccenda, per proteggermi.

Li avevo allontanati negli ultimi anni, avevo spezzato la nostra famiglia rompendo equilibri che si sarebbero rotti comunque.

Tutto quello che avevo combinato era stato stupido e inutile e io me ne stavo accorgendo troppo tardi. Forse non avrei mai potuto nemmeno dir loro addio.

Ma qualcuno mi stava dando un'ultima opportunità per dire davvero addio a qualcuno, per dirlo a te.

«Shh, basta, Is. Ti prego.»

Sollevai il viso dal suo petto, inspiegabilmente la sua maglia non era bagnata ma non me ne curai. Mi asciugai gli occhi e gli posai le mani sul viso.

«Tu mi ami ancora?»

Non lo so perché te lo chiesi.

Il tuo sorriso vacillò, nei tuoi occhi passò un lampo che non riuscii a interpretare.

«Non importa più.»

Avvicinai il mio viso al tuo, il cuore accelerò, le tue mani finirono sui miei fianchi.

«Importa a me», sussurrai.

Tu scuotesti la testa e la allontanasti di poco.

«È sbagliato.»

Ti guardai allibita, non sapevo cosa dire o fare, ma quel

rifiuto mi stava uccidendo.

«Non mi ami più.»

«Non è così. Ma non devi tradire Elijah, nemmeno con me.»

Ti avvicinai di nuovo.

«Ma io ti...»

Il tuo indice premette forte contro le mie labbra, lessi la sofferenza nei tuoi occhi, la stessa che stava dilaniando me.

«Non dirlo, non lo fare, Is, non rovinare tutto.»

Presi la tua mano e la spostai tra di noi.

«Ora ami Elijah, va bene così. Sono stato io a chiederti di guardare avanti, lo hai fatto e sono fiero di te. Ma non puoi continuare a vivere nel mio ricordo.»

Deglutii, le lacrime stavano per riprendere il loro percorso, le sentivo spingere agli angoli degli occhi.

«Non potrò mai smettere di provare quello che provo per te, non puoi chiedermelo.»

Ti portasti la mia mano alle labbra e baciasti le mie nocche, piano, una ad una.

Distolsi lo sguardo, vederti baciare la mia mano e sapere che quelle labbra non avrebbero più toccato le mie era un dolore troppo grande.

«E io non potrò smettere di amare te, non lo farò mai. Ma so che tu ami Elijah adesso e io sono felice così, è mio fratello ed è un bravo ragazzo. Sei in ottime mani.»

Tornai a guardarti, i miei occhi si fermarono sui contorni rossi del tuo viso che poco prima erano poggiati sulla mia mano.

«Daniele, ti prego.»

«Non ti bacerò, Is.»

Mi morsi il labbro così forte che lo sentii rompersi sotto i denti, tu ci passasti un dito sopra come per volerlo guarire.

«Elijah te ne sarà grato, suppongo.»

Tu sorridesti, questa volta anche con gli occhi.

«Non merita di vivere la vostra relazione nel mio ricordo. Non lo meriti neanche tu.»

Annuii anche se non ero così convinta delle tue parole. Ti assecondai soltanto perché non volevo litigare ed ero certa che anche tu non volessi.

Nessuno ce lo aveva esplicitamente detto, ma sapevo che quello sarebbe stato il nostro addio, sapevo che non ti avrei più rivisto e faceva male. Cavolo, se faceva male.

Poggiai di nuovo la testa al tuo petto, ignorando la fitta di dolore che mi trapassò il cuore.

«Sei guarito?»

Cambiai discorso, dovevo. Parlare ancora di amore sarebbe stato troppo per entrambi.

«Sì. Qui non è così male, sai?»

Restai in silenzio, in attesa che continuassi.

«È tutto molto calmo, tranquillo. Ti piacerebbe.»

«Un giorno passeggeremo insieme qui, allora.»

Tu annuisti e con un gesto della mano la stanza da letto sparì.

Adesso eravamo ancora l'una sull'altro, all'ombra di un ciliegio, in un enorme parco paradisiaco, pieno di fiori e coccolati dal canto degli uccellini.

Sorrisi, guardandomi intorno.

«È qui che vivi ora?»

«Più o meno, sì.»

Sentii la tua stretta affievolirsi intorno al mio corpo. Capii che stavi per andare via.

«Non ti ringrazierò mai abbastanza», mi sentii dire. «Per essere entrato in casa mia quel giorno, per essere diventato il mio migliore amico, per non avermi mai fatto mancare niente. Sei stato più di tutti gli altri connesso con me in maniera inspiegabile, mi hai protetta e amata quando non lo faceva nessuno e...»

Mi interrompesti.

«Non devi ringraziarmi. Tutto quello che ho fatto, tutto, fin dal primo momento, l'ho fatto perché ti amo.»

Mi mancò il respiro sentendoti pronunciare quelle parole.

Mi amavi. Forse mi ami ancora. Forse mi amerai per sempre, come avevi promesso, e come ti amerò per sempre anche io.

Non sapevo se si potessero amare due persone allo stesso tempo, ma sapevo che amavo Elijah con tutta me stessa e che non avrei mai potuto smettere di amare te.

«Ma adesso so che c'è qualcuno disposto a prendersi cura di te come lo avrei fatto io. Non c'è più bisogno di me, qui.»

Spostai la testa su e giù, mentre la saliva si bloccava in gola senza che riuscissi a deglutire.

«Dimmi che mi aspetterai.»

«Ti aspetterò sempre, ma vieni il più tardi possibile, d'accordo?»

Annuii, senza riuscire ad aggiungere altro.

Tu ti inclinasti in avanti, avvicinando le labbra alla mia guancia e premendole su di essa.

Un calore insostenibile partì dal punto in cui la mia pelle era stata toccata da te, raggiunse tutto il mio corpo, incendiandomi.

Restai lì, appoggiata alla corteggia dell'albero, ti guardai alzarti, sorridermi un'ultima volta, poi darmi le spalle e incamminarti lungo il vialetto davanti a noi, fino ad essere troppo lontano per riuscire a vederti ancora.

«Ti amerò per sempre anche io», sussurrai, ma tu eri già troppo lontano per poter sentire.

CAPITOLO 41

Entriamo

Elijah

«Non la ritroveremo mai, non ce la faremo Alex, è impossibile.»

Camminavo avanti e indietro davanti al divano su cui io e Melissa avevamo fatto l'amore quella mattina, continuavo a fissare le coperte sgualcite come se lei potesse riapparirvi dentro da un momento all'altro.

«La troviamo, stanno seguendo Blue.»

Mi voltai di scatto.

«Blue?»

Alexander annuì, sospirando e infilando il telefono in tasca e le armi nella cintura. Io ormai ero pronto da un pezzo.

«Sono convinti che lui c'entri con questa storia. Elijah… io non credo che questa gente sia quella che cercasse di ammazzare i tuoi genitori e nemmeno il Boss. Penso che queste persone, chiunque siano, stiano cercando di farti terra bruciata giocando dall'interno.»

Scossi forte la testa.

«Mi stai prendendo per il culo.»

Non lo guardai mentre si abbottonava il giubbotto antiproiettile.

Dio, Sugar, dove sei?

«Elijah, ascol…»

«Stai zitto. Stai zitto, cazzo!»

«Non urlarmi contro, *Mercury*.»

Eccolo lì, che usava il mio nome da agente per rimettermi in riga. Ricambiai con la stessa moneta.

«No, *Mars*, mi dispiace. Blue è l'unico amico che abbia mai avuto, l'unico ad essermi stato accanto anche nella casa famiglia, quando Daniel se n'è andato. Ha raccolto i miei cocci e li ha rimessi insieme e io non ti permetto di buttare merda sul mio amico, cazzo.»

Ero furioso, sentivo il sangue correre verso il cervello e la testa urlare di voler spaccare qualcosa. Non potevo, dovevo restare calmo e vigile per lei.

Alexander mi guardò, poi si avvicinò cacciando qualcosa dalla tasca e mi porse quello che aveva preso: fotografie. Le afferrai riluttante e le sfogliai una dopo l'altra.

Blue all'università con un tipo mai visto prima, robusto, tatuato, losco.

Blue in un locale clandestino con lo stesso tipo.

Blue che si guardava intorno. Chi cercava?

Blue che pedinava Melissa fuori casa mia.

Le sbattei sul divano, afferrando l'abat-jour e tirandola al muro.

«Pezzo di merda!»

Mi girai verso Alexander e lo presi per il colletto della maglia, spingendolo al muro.

«Dov'è! Dove cazzo è!»

Lui non batté ciglio.

«È dove andremo ora, con tutta la squadra, se mi lasci. Altrimenti rimaniamo qui e aspettiamo che Melissa venga uccisa.»

Sapevo che stava cercando di provocarmi per ottenere una mia reazione, per farmi muovere anziché restare lì a piangermi addosso su come salvarla. Dovevo muovermi, non potevo limitarmi a domandare e rimuginare.

Lo lasciai e arretrai di qualche passo, presi le fotografie e le pistole e lo precedetti in auto, mettendomi dal lato del passeggero. Se avessi guidato io, avrei di certo ammazzato entrambi.

«Ha una base?»

«Sì, il Boss ci aspetta lì.»

«Chi è l'uomo con lui?»

Diedi un'altra occhiata alle foto che mi aveva mostrato Alexander e fissai quella di Melissa.

«È di stamattina» mormorai. «Ha gli stessi vestiti di quando è uscita di casa.»

Alex annuì.

«Sì, i nostri uomini li hanno seguiti fin quando non l'hanno presa.»

Lo guardai incredulo.

«Fammi capire… l'hanno presa e voi glielo avete lasciato fare?»

«Era al sicuro, l'abbiamo seguita.»

«Cazzo, Alexander! Perché non mi avete detto niente, porca troia?»

«Eri troppo coinvolto, il Boss mi ha costretto ad escluderti.»

«Dovresti essere mio amico!»

«Amico e collega, Elijah. Cercavo solo di tenerti al sicuro da qualche cazzata.»

«E guarda chi ne ha fatto le spese: Melissa! Contento, pezzo di merda?»

«Calmati.»

«Vaffanculo.»

Non mi importava quanto si giustificasse, come lo facesse o

quanto provasse a calmarmi: ero furioso. Avevano appena dato la mia ragazza in pasto ai leoni e io dovevo stare zitto?

Alexander accostò e io uscii dall'auto di corsa, andando in contro al mio Boss con passo veloce e sicuro. Evitai di tirargli un pugno solo per non perdere il lavoro.

«Dove. Cazzo. È. La. Mia. Ragazza.»

Mi fissò imperturbabile e prese la pistola, allentando la sicura.

«Sono già tutti in posizione. Tu e *Mars* con me, entriamo.»

«Boss…»

«Ho detto entriamo, *Mercury*. O mi segui immediatamente o aspetti nella volante.»

Mi zittii e presi l'arma seguendolo verso la nostra postazione, più deciso che mai a portare la mia donna, la nostra donna, sana e salva a casa.

CAPITOLO 42

Puttana

Quando mi risvegliai, mi accorsi che sì, era stato un sogno, ma le sensazioni erano vere.

Avevo ancora sul viso le lacrime fresche, sentivo ancora le tue labbra sul punto in cui mi avevi baciata, ma stavo bene.

Sapevo che non ti avrei mai più rivisto ma stavo bene.

Avevamo avuto un'ultima occasione ed ero felice così, tanto felice che quasi dimenticai di essere legata in un letto.

Non provai nemmeno a strattonare le manette, era inutile.

Dal corridoio provennero due voci ovattate. La prima la riconobbi, era quella del ragazzo che mi aveva portata lì. La seconda era quella di un uomo, forte, possente, adulta.

Trasalii nel sentirla e la paura prese di nuovo possesso di me nel momento in cui si spalancò la porta.

L'uomo non aveva nulla a coprirgli il viso e non era nemmeno poi così vecchio come credevo.

Si limitò a squadrarmi, indugiando sulla minigonna nera.

Trattenni il respiro, mentre con poche falcate raggiunse il bordo del letto senza smettere di fissare la mia pelle scoperta.

Ricordai di non portare la biancheria, come sempre, e d'istinto chiusi le gambe.

«Riaprile.»

La sua voce era incredibilmente ferma.

Un ordine, ancora un altro ordine, ma non obbedii. Non potevo. Avevo il sangue gelato nelle vene, ero immobile e il mio corpo non collaborava.

La verità è che me la stavo facendo sotto dalla paura.

Ero legata, scoperta e quell'uomo mi guardava come se fossi la preda più bella che avesse mai avuto sotto mano. Non era difficile capire. Ma io non volevo che mi toccasse. Non poteva farlo.

Eppure le sue mani finirono sulle mie caviglie e le allargarono in un movimento troppo veloce perché potessi anche solo vederlo.

Il cuore pulsava così forte da sentirlo nelle orecchie con una pressione inimmaginabile.

E allora feci l'unica cosa che non avrei mai immaginato di fare.

Lo pregai.

«Lasciami andare. Farò qualsiasi cosa, lo giuro.»

Sorrise, ma fu un sorriso strano. Un ghigno, piuttosto.

La testa prese a girare.

«Oh, ne sono certo, sai?»

La sua mano cominciò a risalire lungo le cosce, infilandosi sotto la gonna e raggiungendo la mia intimità senza che potessi fare nulla per difendermi.

Strinsi le gambe ma lui le allargò di nuovo con forza, facendomi tremare.

Non lo so nemmeno quando cominciai a piangere, sentire le

sue mani su di me mi faceva ribrezzo.

«P... per f...favore.»

«Cosa ne hai fatto tu di quella che si scopa mezza città?»

Deglutii rumorosamente.

«Non pensavi mica non sapessi che sei una puttana, vero?»

Un singhiozzo sconquassò il mio corpo da capo a piedi, lui si giro verso l'altro ragazzo.

«Legale le gambe e vattene.»

Spalancai gli occhi e cominciai a scalciare come un'ossessa.

«No. No, vi prego. No.»

Il ragazzo mi prese una gamba, scalciai ancora mentre nei suoi occhi mi sembrò passare un lampo di pentimento.

«Capo, forse...»

«Legala e basta, Blue, e vattene cazzo.»

Trasalii, chiudendo le mani a pugno e mi voltai verso il ragazzo.

Ecco dove avevo sentito la voce, ecco chi era.

I suoi occhi non li avevo riconosciuti perché non gli ero mai stata così vicino e forse anche perché guardarli attentamente non mi era mai interessato prima.

«Blue?» lo guardai senza sapere cosa dire, mentre lui si avvicinò con sguardo spento. Non sembrava nemmeno lui, anche se non potevo vedergli il viso. «Blue, mi conosci. Non devi farlo. Puoi ancora sistemare le cose.»

L'uomo mi prese per il collo e mi spinse la testa sul cuscino. I suoi capelli lunghi e scuri si abbatterono sul mio collo nudo e io chiusi d'istinto gli occhi.

«Zitta tu, che sei solo una troietta», sputò con rabbia, poi si girò verso Blue. «Forza.»

Quello che credevo fosse nostro amico mi guardò.

«Mi dispiace, ma è tutta colpa di Elijah. Se lui non si fosse avvicinato a te ci saremmo limitati a Daniel.»

Prese le gambe e una per volta le legò alla fine del letto,

divaricate.

Non avevo più speranze.

«Che c'entra Daniele? Sei stato tu?»

Strattonai di nuovo le braccia, ma inutilmente.

Singhiozzai, mentre Blue spariva dietro la porta senza aggiungere altro e l'uomo abbassava la zip dei jeans. Quel rumore all'improvviso era diventato fastidioso.

Chiusi gli occhi. Scalciavo, tiravo le braccia, ma non succedeva nulla.

Lo sentii sopra di me, lo sentii mordermi il collo con forza. Strillai ma non accorse nessuno.

Strappò il top, io continuavo ad urlare tra le lacrime come se servisse davvero a qualcosa. Lui non mi diede peso, per niente.

Lo sentii spingere contro di me, lo implorai di lasciarmi in pace, di andarsene, ma ogni parola, ogni implorazione sembrava soltanto eccitarlo di più.

E poi accadde.

Entrò in me con tale forza che credetti mi avesse squarciata. L'urlo che rilasciai fu disumano, in cambio ottenni solo uno schiaffo così forte che mi fece girare il viso di scatto.

Si muoveva con forza, velocità, potenza. Non ero più in grado di fare nulla, né di intendere, né di volere.

Smisi di urlare, smisi di piangere.

Lo lasciai fare con la bile in gola finché, esausto, non si accasciò su di me.

Rimase lì per tanto, troppo tempo. Mi schiacciava, ma non mi importava più. Non sentivo niente, ero completamente vuota. Nemmeno il dolore fisico riusciva più a toccare le corde del mio corpo. Il mio corpo era solo un involucro rotto per un'anima che non aveva più senso di esistere.

Ti eri sbagliato, Daniele.

Elijah non ce l'aveva fatta in tempo nemmeno quella volta.

Avevo il viso voltato verso la porta quando questa si aprì di scatto facendo riversare nella stanza decine di agenti.

Non capii nemmeno cosa dissero. L'udito era ovattato, lo sguardo vacuo.

Non mi accorsi di nulla quando tirarono via quella feccia umana dal mio corpo.

Ero insensibile. Dentro e fuori.

E poi vidi entrare anche loro: Alex ed Elijah.

Mossi la testa piano, prima verso destra, poi verso sinistra, come a dire loro: «*Mi dispiace, ma avete fatto tardi.*»

Non dimenticherò mai l'espressione di Elijah. Non dimenticherò mai come mi ha guardata in quel momento, la rabbia che gli si stava accumulando dentro, il rosso che risalì sul suo viso e la vena sul collo pronta ad esplodere. Ma era tardi. Era davvero troppo tardi perché tutto potesse tornare come prima.

Volevo dire qualcosa, qualsiasi cosa, ma le parole non uscivano.

Ero distrutta.

«CHE CAZZO ASPETTATE A SLEGARLA, PORCA PUTTANA?»

Corse ai piedi del letto e liberò le caviglie dalle corde con cui Blue mi aveva legata.

Erano solo corde, ma erano state annodate così bene che nemmeno Elijah riuscì ad allentarle tanto presto.

Non mi resi nemmeno conto di quando gli altri agenti uscirono, portando con loro il mostro.

Erano rimasti solo Alex, Elijah e un altro uomo che aveva dei tratti familiari e che si avvicinò per liberarmi dalle manette.

Le braccia, libere, ricaddero lungo il corpo.

Non volevo muovermi, non potevo.

Elijah mi avvolse in una coperta e mi prese in braccio, in silenzio.

Mi acquattai alla sua maglia e piansi ogni lacrima che mi era rimasta, perché fu l'unica reazione che riuscii a donare.

Elijah parlò, ma non riuscivo a sentirlo.

Le orecchie ronzavano così forte da farmi venire il mal di testa.

Poi all'improvviso piombai nel buio.

CAPITOLO 43

Rotta

«È finita, quindi.»

«Sì, *Mercury*. Abbiamo preso Donovan e i suoi tirapiedi, non penso che qualcun altro darà fastidio.»

Aprii piano gli occhi, Elijah era seduto ai piedi del letto in cui mi trovavo, Alex era davanti a lui.

«Blue è scappato.»

Trasalii.

Scappato.

Libero.

La cosa mi fece rabbrividire, ma Alex si accorse di me e fece cenno a Elijah che ero sveglia.

Lui si voltò verso di me.

«*Sugar*.»

Dio, com'era bello quel nomignolo. Pensavo non lo avrei mai più sentito, eppure nel momento in cui lo disse il mondo sembrò riacquistare qualche sfumatura di colore.

«Elijah.»

La voce mi uscì roca, bassa. Come se tutte le energie che avevo speso per urlare avessero intaccato anche le corde vocali.

Lui fece il giro del letto e si sedette al mio fianco, prendendomi la mano.

«Non sono arrivato in tempo.»

Strinsi la sua mano debolmente.

«Non è colpa tua.»

Lo pensavo davvero. Non era colpa sua perché era colpa mia.

Se io gli avessi detto la verità, non sarebbe successo nulla. Se gli avessi detto di Sara...

«Sara» mugolai. «Lei dov'è?»

Elijah distolse lo sguardo, continuando a stringermi la mano. Aveva iniziato anche a muovere il pollice in movimenti circolari sul dorso della mia mano.

«Ci sarà tempo per parlare di tutto, *Sugar*.»

«Voglio parlarne adesso.»

Lui tornò a guardarmi, un lampo di compassione negli occhi. Io non volevo la sua compassione.

«E non guardarmi così.»

«Così come?»

«Come se fossi rotta», sibilai.

Ma aveva ragione lui, in ogni caso.

Io *ero* rotta.

Lui sospirò e io deglutii, spostandomi un po' più a destra sul materasso, ignorando i dolori al basso ventre, e battendo la mano accanto a me per invitarlo a stendersi. Accolse la richiesta e mi fu accanto in un attimo, mi accoccolai a lui e mi strinsi al suo petto. Il suo braccio si appoggiò intorno al mio corpo, tenendomi al caldo, al sicuro, portandomi a casa.

«Ho sognato Daniele mentre ero lì.» Presi un respiro profondo e posai una mano sul suo petto, giocando con il collo della sua maglia. «Credo fosse un addio, non penso che lo rivedrò mai, non in sogno almeno.»

E nemmeno in carne ed ossa.

Lui non mi interruppe, mi lasciò parlare e io gliene fui grata. Avevo bisogno di sfogarmi e sapevo che lui era la persona migliore con cui parlare, l'unica che mi avrebbe ascoltata davvero.

«Mi ha detto che mi ama ancora.»

Lo sentii irrigidirsi sotto di me. Capii che anche lui doveva pensare che quei sogni non fossero solo frutto della fantasia, che Daniele era reale. Mi chiesi se lo avesse sognato anche lui.

«Ha detto che mi amerà per sempre e mi ha proibito di dirgli che lo amo anche io. Ha detto che non avremmo nemmeno dovuto baciarci perché la nostra relazione, mia e tua, non può basarsi sul suo ricordo ma deve basarsi su di noi.»

Si rilassò e strinse la presa su di me.

«E ha detto che quello che gli è successo non è colpa tua e che sapermi con te per lui è di conforto.»

Non si mosse, non sapevo cosa pensare, così alzai lo sguardo e lo vidi piangere.

Io che pensavo che Elijah Carsteirs non piangesse mai, lo stava facendo già per la seconda volta in pochi giorni.

«Eli...»

Lui mi strinse più forte.

«Mi manca.»

Gli asciugai le lacrime con i polpastrelli.

«Manca anche a me, ma mi ha mostrato dove si trova ora. È felice e un giorno saremo di nuovo insieme, tutti e tre.»

Lui annuì, prese la mia mano e se la portò alle labbra, premendole sul mio palmo.

Non gli dissi che sarebbe morto comunque, non gli dissi della malattia o di quanto fosse grave. Ci sarebbe stato tempo e non volevo farlo sentire ancora peggio di quanto stesse già. Aveva bisogno di conforto ora.

«Non sono arrivato in tempo nemmeno con te.»

Un singhiozzo gli fece tramare il petto.

«Se non fossi arrivato in tempo, a quest'ora sarei morta.»

Lui scosse forte la testa.

«Ti ha violentata.»

Morsi forte l'interno guancia. Lo ricordavo ancora il suo corpo sopra e dentro di me.

«Non... non voglio pensarci, Eli. Ho bisogno di normalità, ti prego.»

Lui mi baciò uno zigomo.

«Normalità tipo festeggiare la vigilia?»

Annuii.

«Tipo, sì.»

Si asciugò gli occhi e li fissò nei miei. Riuscii a scorgere un paio di pagliuzze dorate anche nei suoi e per un attimo mi sembrò di fissare quelli di Daniele.

«Va bene. Possiamo parlare dopo Natale, ne abbiamo tutto il tempo.»

Annuii e sfiorai le labbra con le sue, accarezzandogli il viso. Lui premette più forte contro le mie, come se quel bacio fosse ossigeno di cui cibarsi.

«Ti amo» mi disse, ma qualcosa mi impedì di dirgli: *«Anche io.»*

«Melissa.»

Mi voltai verso Lynette che si sedette accanto a me sul divano.

«Elijah non mi ha permesso di venirti a trovare prima. Come stai?»

Dritta al punto, come suo solito.

Tirai le labbra in un sorriso forzato e alzai le spalle.

«Io lo vedo che non stai bene. Con me puoi parlare, Melissa.»

Mi morsi il labbro e mi voltai verso di lei.

«Lo sento ancora. Dentro di me. È...»

Strizzai gli occhi, la vista si era appannata ma non mi ero nemmeno accorta di aver cominciato a piangere.

Sentii le sue braccia avvolgermi le spalle e tirarmi a lei. Poggiai la testa sul suo maglioncino dai colori natalizi.

«Ho paura di non riuscire più a farmi toccare.»

«Da Elijah?»

Annuii stringendo forte la stoffa dei pantaloni tra le mani.

«Forse dovresti parlarne con lui, Mel. Lui non potrà che capire.»

Singhiozzai sul suo maglione.

Il divano si abbassò sotto di me, annunciando la presenza di una terza persona.

«*Sugar.*»

La sua voce era l'unica cosa che riusciva a farmi stare meglio.

Sollevai la testa e mi girai fiondandomi sul petto di Elijah. Lui mi strinse forte a sé, cullandomi come una bambina. Glielo lasciai fare perché non avevo nemmeno le forze di sottrarmi.

Solo quando smisi di piangere sentii la sua voce rimbombare nelle orecchie.

«Andiamo a casa, ti va?»

Feci sì con la testa. Volevo stare da sola con lui e lui voleva che io stessi bene, glielo leggevo nello sguardo. Ma avrei mai potuto stare bene davvero?

Uscimmo dall'appartamento di Alex senza salutare nessuno, non ne avevo voglia e sapevo che gli altri avrebbero capito e non se la sarebbero presa.

Necessitavo una pausa da tutto. Da me. Dagli altri. Da i rumori che sovraffollavano la mia testa.

Elijah mi avvolse nel suo abbraccio durante tutto il tragitto verso casa. Non era lontana da quella di Alex, ma ogni passo sembrava durare minuti interi.

Le strade erano deserte, tutti erano chiusi in casa a festeggiare la vigilia con le loro famiglie o con le persone che amavano.

E poi c'ero io, spezzata al punto da non riuscire a gioire nemmeno per la bellezza dei fiocchi di neve che svolazzavano intorno a noi. E io adoravo la neve.

Eli aprì la porta di casa e si fece da parte per farmi entrare, poi mi seguì e i nostri cappotti finirono sull'appendiabiti all'ingresso.

«Come ti senti?», mi chiese, ma riuscii soltanto a stringermi nelle spalle. Mi sedetti sul divano e lui mi raggiunse.

«Mi sento vuota. Ogni volta che resto sola o che ho del tempo per pensare io...»

Chiusi gli occhi e strinsi i jeans tra le mani.

«Io lo rivedo. E lo *sento*, Elijah, lo sento dentro di me. E fa così male che...»

«Shh.» Lui circondò le mie spalle con un braccio e mi tirò a sé, la testa sul suo petto e la mano a stringere la sua. «È finito. È finito tutto. Andrà bene, te lo prometto. Io e te staremo bene.»

Mi beai del contatto pelle contro pelle e sospirai. Sapevo che Elijah non mi avrebbe mai toccata con un dito se non lo avessi voluto, ma avevo paura di avere un blocco di cui non sarei mai riuscita a liberarmi.

«Io penso che dovremmo farci aiutare», esordì, mentre con il pollice tracciava cerchi concentrici sul mio palmo. «Il trauma è troppo grande per poterlo gestire da soli.»

«Intendi uno psicologo?»

Avevo la voce bassa, roca, come se fossi appena uscita da una sessione intensa di pianto stile cascate del Niagara.

Lui annuì e io mi resi conto che aveva ragione, che da sola non ne sarei mai uscita e che confidarmi con una persona competente non avrebbe potuto farmi altro che bene, o almeno lo speravo.

«Va bene.»

Lui inclinò la testa guardandomi stupefatto.

«Davvero?»

«Sì, non ce la faccio da sola. Ho bisogno di qualcuno che possa comprendere.»

Lui mi accarezzò pigramente i capelli.

«Sono fiero di te.»

Per poco non scoppiai a ridere di frustrazione, ma lui sembrò leggermi nella mente.

«Dico davvero. Stai gestendo la cosa con grande maturità e non ti stai lasciando abbattere. Non oso immaginare quanto sia difficile, ma sono fiero di te.»

Sentii gli occhi inumidirsi e strinsi la presa sulla sua mano.

«Voglio solo poterti toccare di nuovo senza rivivere il passato.»

Lui annuì, continuando ad muovere la mano sulla mia testa.

«Il sesso non è mai stato una mia priorità, Melissa, e tu lo sai bene. Posso sopravvivere anche tutta la vita senza toccarti se questo significa farti stare bene, quindi non c'è fretta, d'accordo?»

Mi sollevai per appoggiare la fronte alla sua e specchiarmi nelle sue semplici ma bellissime iridi.

«Cosa ho fatto per meritarti?»

Lui sorrise, stringendomi a sé per la vita e appoggiando delicatamente le labbra sulle mie.

«Hai rapito il mio cuore. Tutto il resto non conta.»

CAPITOLO 44

Non è colpa tua

La vigilia trascorse sotto le coperte, con Elijah che mi raccontava storie sulla sua vita come federale dell'FBI e io che lo ascoltavo dandogli un bacetto ogni tanto.

Sembrava quasi normalità e io non desideravo altro.

Poi ci eravamo addormentati, entrambi troppo stanchi anche solo per provare a mangiare qualcosa e la mattina di Natale, quando mi svegliai a mezzogiorno inoltrato, Elijah era a torso nudo in cucina, che smanettava con le padelle.

«Buongiorno», esordii, entrando in cucina.

Lui mi fece un sorriso enorme e si avvicinò posando una mano sulla mia guancia: «Buongiorno, *Sugar*.»

Rabbrividii. Era sempre come la prima volta sentirmi chiamare così e mi piaceva da impazzire.

«Cosa cucini?»

Lui si chinò per baciarmi facendomi esplodere le farfalle

nello stomaco e mettendo ogni mio nervo sull'attenti.

«Hot dog e pancakes. Ho pensato che potremmo mangiare schifezze oggi.»

Mi scappò una risatina.

«Hot dog e pancakes a Natale?»

Lui sorrise, uno di quei sorrisi che mi mandavano al tappeto in un nanosecondo.

«Preferiresti uno di quei bellissimi ed enormi pranzi con tavola imbandita e familiari e amici ovunque a saltellare per casa?»

Contrassi il viso in una smorfia che dovette essere una risposta eloquente, perché il suo sorriso si allargò e la sua mano finì a stringere la mia. Abbassai lo sguardo per intercettare le nostre mani l'una nell'altra.

«Elijah, ti va di parlare? Di tutto?»

Lui posò lo sguardo nel mio e le sue labbra si schiusero invogliandomi ad appoggiarci sopra le mie, ma mi trattenni.

«Sei sicura? Non voglio turbarti più del dovuto, in questo momento.»

«Io voglio sapere, voglio sapere tutto, ogni cosa. E poi voglio chiudere con questa storia e aprire un capitolo nuovo con te.»

Lui annuì, tornò ai fornelli e riempì i piatti del cibo che aveva appena cucinato, mettendoli sulla tavola apparecchiata come se fosse un giorno qualunque. Non mi importava granché di che giorno fosse, volevo solo riprendere le redini della mia vita.

Mi sedetti e aspettai che lui mi seguisse, restando in silenzio nell'attesa che fosse lui il primo a romperlo.

Spostò un piatto dinanzi a me e poi fissò lo sguardo sul mio viso.

«Ti ho già detto qualcosa su Daniel e su di me, sul perché lo cercassero, quello che non avevo calcolato è che avrebbero potuto seguirti in America e cercare anche te. Io ed Alex pensavamo che una volta preso Daniel, avrebbero spostato su di me il loro bersaglio, ma perché prendersela con uno come me, solo, senza famiglia e senza nessuno che avrebbe dato loro i soldi che gli servivano? Tu, invece, saresti stata un bersaglio facile, veloce e avresti già avuto una bella taglia sulla testa se non fossi intervenuto io. Te l'ho già detto, sapevo chi fossi quando sei arrivata qui, ma non ti ho detto tutta la verità. Mi ricordavo di te perché Daniel mi aveva fatto vedere delle tue foto, ma i tuoi genitori mi hanno chiamato prima che arrivassi qui per tenerti d'occhio. Loro hanno scoperto che ero implicato con l'FBI quando è morto mio fratello e speravano potessi proteggerti o comunque tenerti d'occhio. Fortuna ha voluto che ti iscrivessi al mio stesso college, cosa che ha reso tutto più facile, fin quando non ho capito che ti avevano seguita dall'Italia.»

Si fermò un momento, i suoi occhi indugiavano nei miei mentre io mi chiedevo come potesse un ragazzo così giovane aver dovuto affrontare già tutto quello. L'FBI, la perdita dei genitori, del fratello e poi la probabile mia.

Mi sentii una stupida perché mi resi conto che non mi ero mai, nemmeno una volta, fermata a pensare cosa dovesse provare lui, come si sentisse, se avesse bisogno di qualcosa. Mi sentii egoista e sciocca.

«La sera in cui è scoppiata la bomba al *Million Dollars* ho capito quanto fossero vicini. E l'ho compreso perché avevano già fatto qualcosa di simile, in Italia, a tua cugina Sara.»

Mi irrigidii all'istante. Cosa c'entrava lei? Dov'era?

«Elijah...»

Lui scosse la testa, come se quel semplice gesto bastasse, come se le parole fossero troppo crude da pronunciare e in effetti non ce n'era bisogno. Capii comunque.

Sentii la testa girare, mentre le lacrime cominciarono a scorrere sul volto senza sosta.

«Voglio... voglio sapere com'è successo, dov'è? Perché nessuno mi ha chiamata? Un funerale... lo avrà avuto un funerale e...»

Lui si alzò e mi raggiunse cingendomi con le sue braccia, mentre i miei singhiozzi aumentavano a dismisura, il cuore accelerava.

Non ricordo di preciso quando smisi di piangere ma, Cristo Dani, lei era morta, capisci? Sara. L'unica persona che ci era rimasta vicina, che dopo di te mi aveva fatta sentire normale. Doveva venire in America, l'anno successivo, camminare per il campus mano nella mano con me e adesso, invece, era tutto finito.

Mi spostai quanto bastava perché Elijah potesse continuare il discorso. Ero ancora ferita, arrabbiata con chiunque fosse implicato in quella storia, dilaniata dal dolore. Ma se in tutto quello c'era un risvolto positivo, io dovevo conoscerlo.

«Continua», esalai con la voce roca e rotta dal pianto.

Lui sospirò e si sedette di nuovo al mio fianco.

«Hanno bombardato il locale dove andavate sempre, l'hanno presa nella folla e portata via. L'ha trovata l'antimafia italiana in una vecchia casa nella periferia di Milano ma lei era...»

Morta. Lei era morta.

Mandai giù il groppo in gola e costrinsi la voce ad uscire dalle labbra.

«È stata torturata?»

Lui scosse la testa.

«Violentata?»

Il suo capo replicò il movimento e io abbassai lo sguardo sulle mie mani, torturandole e tirando via le unghie dal nervosismo.

«Credo abbiano provato a fare lo stesso con te, ma non sono riusciti a prenderti.»

«Per questo mi avete fatto da scorta.»

Lui annuì, prendendo la mia mano tra le sue. «Sì.»

«Perché? Perché non me lo hai detto?»

«Il segreto professionale me lo impediva. E poi... non ero sicuro che avresti retto la notizia. Dirti di Sara avrebbe significato doverti dire tutto, non sapevo come l'avresti presa e non volevo turbarti.»

La consapevolezza delle sue parole mi giunse dritta e forte come un pugno allo stomaco.

Sara non mi rispondeva perché era morta, non c'era più, non importava quanto o come avrei provato a contattarla.

E poi arrivarono altrettanto prepotenti i sensi di colpa. Non mi ero accorta di niente. Non avevo salvato Daniele, non avevo salvato Sara e non ero riuscita a salvare nemmeno me stessa.

«Chi aveva il cellulare di Sara? Perché qualcuno mi ha contattata da lì quando mi hanno presa.»

Lui si passò una mano sul viso. Solo ora, guardandolo bene, mi rendevo conto delle occhiaie che aveva sotto gli occhi, violacee e segnate, come se non dormisse da giorni. Doveva essere davvero stanco anche lui.

«Blue. Lo aveva Blue. È stato lui, con Sara. L'ho saputo nemmeno ventiquattro ore fa.»

Inorridii.

Il responsabile di tutto quel dolore, tutta quell'aria negativa che respiravamo da mesi, lo avevamo sempre avuto sotto gli occhi.

Mi faceva così rabbia l'idea che avessi addirittura provato ad aiutarlo con lo studio, che avessi provato ad essergli amica. Come avevo potuto essere così cieca?

«Lui mi ha legata, mi ha...», deglutii e gli strinsi più forte la mano. «L'ho implorato, Elijah, e l'unica cosa che ha saputo dirmi è che gli dispiaceva.»

Lui irrigidì la mascella, il pollice disegnava dei piccoli cerchi sul mio palmo.

«Mi dispiace, non doveva andare così. È colpa mia, non ti ho protetta abbastanza.»

Scossi forte la testa.

«Tu mi hai salvata da loro, il resto lo aggiusteremo, con gli aiuti giusti, te lo prometto.»

Alzò il suo sguardo nel mio, non gli vidi alcuna pagliuzza dorata nelle iridi, questa volta, anzi, sembravano addirittura più scure del solito, come annebbiate da qualcosa di grande e pesante, un macigno o uno scoglio che si sarebbe portato dietro per sempre.

«Non è colpa tua», gli dissi ancora. Lui annuì, ma sapevo che avrei potuto dirglielo anche all'infinito, lui si sarebbe sempre definito colpevole.

«Blue era come un fratello per me, ci conosciamo da quando ero nella casa famiglia. Non so davvero cosa gli sia preso.»

Questa volta fui io ad appoggiare la testa sulla sua spalla, cercando di confortarlo.

«Mi dispiace.»

«Non è colpa tua» fu lui a dirlo questa volta.

Annuii, ma anche io mi sentivo colpevole. Per Sara, per Daniele, per me stessa e, senza sapere perché, anche per Elijah.

«Erano una piccola combriccola di malviventi, nessuno di troppo grosso, ma avevano le conoscenze giuste per arrivare da te e Daniele in Italia. Li abbiamo presi tutti, dei tre che erano in quella casa, uno ha parlato e ci ha dato tutti i dettagli, compresi altri nomi.»

«Blue?»

«È colpa sua, tutto questo lo ha architettato lui, voleva ferirmi, ma non so perché. Perderlo in questo modo è così…»

«Doloroso. »

Lui annuì.

«Ed è l'unico che non abbiamo ancora preso.»

Lo strinsi più forte.

«Lo prenderete.»

Lui annuì.

«Lo so, comunque è solo ora. Non può andare lontano.»

Non risposi, sentii solo le lacrime che ripresero a sgorgare copiose sul viso, in silenzio.

«Stanno venendo i tuoi genitori. Ora che è finita, non siete più in pericolo e vorrebbero stare un po' con te.»

I miei genitori. Loro mi avevano messa accanto ad Elijah, mi piaceva pensare che fosse grazie a loro se ero salva, ma sapevo che Eli mi avrebbe tenuta d'occhio comunque, anche se non glielo avessero chiesto i miei.

«Arriveranno domani.»

Non gli risposi, non subito almeno. Mi sedetti a cavalcioni su di lui e lo strinsi forte, sentendo la morbidezza dei suoi capelli sotto le mie dita e il calore del suo corpo premuto contro il mio.

Restai aggrappata a lui come se non esistesse altro, mentre continuavo ad ascoltare l'ultima parte del suo racconto. L'uomo che mi era sembrato familiare, il giorno prima, quando mi avevano salvata, avevo scoperto essere il capo di Elijah. Il professor Diderot in persona. Ecco perché simpatizzasse così tanto per Elijah, mantenendo una facciata più dura con me per non farmi porre domande.

Realizzai di essere stata sotto controllo per tutto il tempo e la cosa mi fece sentire un pochino meglio.

Quando smise di parlare, lo strinsi più forte, nascondendo il viso nell'incavo del suo collo.

«Stringimi e basta. Stringimi e basta fino a domani.»

Nota vocale

25 dicembre 2017

I Phone di Melissa > Desktop > Le parole del cuore

Alle cadute che ci insegnano
dove appigliarci per poterci rialzare.

CAPITOLO 45

Ti amo, Sugar

Sette mesi trascorsero in fretta.

L'amore che Elijah mi aveva donato ogni giorno, briciola dopo briciola, mi aveva aiutata a rimettere insieme i pezzi e a trovare il punto esatto per poter ripartire.

Ma lui non era stato l'unico.

La psicologa mi aveva aiutato molto, era riuscita a spazzare via il trauma e a decorarlo con ricordi positivi, così da affievolire i momenti più brutti.

Dopo un po' di mesi, ero riuscita a toccare di nuovo Elijah e lui aveva toccato me. Ero convinta che quando sarebbe successo avrei provato paura e sgomento, ma la verità è che non avrei mai potuto. Amavo Elijah e sapevo che il giorno in cui i nostri corpi si sarebbero ritrovati, io non lo avrei respinto.

Mi voltai verso di lui, dall'altro lato del prato. Lo guardai parlare con due uomini alti e robusti, uno biondo e l'altro moro.

Sorrideva. Aveva un sorriso da togliere il fiato.

Avevamo preso un piccolo giardino per festeggiare il mio compleanno, il primo di tanti insieme, e Lynette aveva attirato alla festa più gente di quante credevo potesse entrarne. Non mi lamentai, non mi importava quante persone ci fossero, purché fossero presenti quelle che contavano davvero.

«Glielo hai già detto?»

Lynette apparve al mio fianco con un calice di champagne tra le mani.

Scossi la testa.

«No, aspettavo finisse la conversazione con quei tipi laggiù, credo siano suoi colleghi.»

Lei fece un sorso dal calice continuando ad osservarlo.

«Tu dovresti parlare con Alex, invece. Ultimamente ho notato che siete molto intimi.»

La sentii tossire, probabilmente le era appena andato lo champagne di traverso.

«Intimi è un parolone. Semplicemente ci siamo avvicinati molto.»

Lo avevo notato, in realtà, già da un po'. Negli ultimi mesi entrambi trovavano sempre delle scuse per svignarsela e passare un po' di tempo insieme, da soli.

«C'è qualcosa che non so, Lynette?»

«No, sai che ti direi sempre tutto.»

Annuii poco convinta ma decisi di non insistere. Quando sarebbe stata pronta, avrebbe parlato lei.

Lynette si girò e prese l'analcolico dalle mie mani.

«Sta venendo qui, buona fortuna.»

Se la svignò, camminando verso il bancone delle bevande, mentre Elijah mi raggiungeva a passo deciso, sorridendo. Allungò una mano verso di me e io la afferrai.

«Me lo concede un ballo, signorina?»

«Molto volentieri.»

Lui mi portò al centro del giardino, dove avevamo allestito una pista improvvisata. Elijah fece un cenno al dj che fece partire un lento e io mi appoggiai al suo corpo seguendolo passo dopo passo.

«Non hai toccato alcool, non è da te. Stai bene?»

«Sì, pensavo solo che non fosse il caso.»

La sua mano raggiunse la mia schiena, spingendomi di più verso di sé.

«Non ti senti bene?»

«Non è questo.»

Tirai indietro la testa quanto bastava per guardarlo negli occhi, mentre continuavamo a dondolarci sulle gambe, seguendo la musica.

«Devo dirti una cosa.»

Lui annuì e aspettò in silenzio che io parlassi.

Desiderai ardentemente avere un manuale di istruzioni, perché come si fa a dire al proprio ragazzo una cosa simile?

«Io... noi aspettiamo un bambino.»

Lui si fermò di colpo, spalancò gli occhi e mi fissò come se avessi appena detto la cosa più sconcertante del mondo. Non riuscii a capire se lo volesse o se stesse combattendo contro l'impulso di dirmi che era una pessima notizia.

«Io e te? Un bambino?»

«Lo so che è presto, che ho solo ventun'anni, tu solo ventitré, beh ventiquattro quasi, ma...»

Non riuscii a finire il pensiero perché mi ritrovai a diversi metri da terra. Elijah mi aveva tirata su e fatta volteggiare nell'aria prima di rimettermi a terra e stringermi forte.

«Un bambino. Nostro.»

Annuii, sentivo le lacrime premere agli angoli degli occhi ma ero così felice che mi imposi di non farle scorrere, di non piangere.

Mi strinse così forte che sentii il mio cuore scoppiare di felicità, un misto di gioia e amore fluiva attraverso le vene, pompando dal cuore dritto verso ogni altra parte del mio corpo.

Eppure ti sei mai chiesto quanto dura la felicità? Da quanti attimi è composta? Quanti minuti, secondi, nanosecondi?

Alcuni direbbero che è qualcosa di soggettivo, che può durare tanto come poco, mesi come minuti, secoli come secondi.

La mia felicità era durata qualche secondo, l'avevo trovata nello sguardo sorpreso di Elijah, nell'abbraccio dopo aver ricevuto la notizia, nella risata che mi era sfuggita mentre mi faceva librare nell'aria.

E poi era svanita, appassita come appassiscono le rose.

Morta. Fatta a pezzi.

Avevo sentito il corpo di Elijah irrigidirsi contro il mio e girarsi di scatto, invertendo le nostre posizioni.

Sentii lo sparo. E lo vidi lì, Blue, con una pistola puntata contro di noi, contro di me in origine. Ed Elijah che mi aveva spostata per salvarmi, prendendosi una pallottola al posto mio.

Gridai. Non so nemmeno per quanto tempo. Non vidi nemmeno gli agenti saltare addosso a Blue, prenderlo e portarlo via. Non udii mentre chiamavano un'ambulanza. Non sentii assolutamente niente. Vedevo solo le mie mani posate su di lui, il sangue che continuava a sgorgargli dalla schiena e che adesso imbrattava anche le mie mani.

Premetti con forza sulla ferita cercando di fermare il flusso, ma non ci riuscivo. Non ci riuscivo e mi sentivo così impotente.

«Ti prego, Elijah, resta sveglio, okay? Con me. Resta con me.»

Non sapevo nemmeno se stessi piangendo, se avevo delle lacrime sul viso non le sentivo.

«Chiamalo... Dylan, okay?» sussurrò con la voce rotta, graffiata, spezzata.

Fu quello il momento in cui sentii le mie lacrime e le sirene dell'ambulanza arrivare in lontananza.

«Sì, sì lo chiamo Dylan, ma ti prego...»

Lui mi strinse la mano ma la presa era debole, io però non potevo lasciarlo andare, non in quel momento, non così.

«Ti amo, *Sugar*, io ti... amo.»

Le palpebre gli tremarono, l'ambulanza era vicina ma non abbastanza.

Mi accasciai sul suo corpo senza più forze, mi sentii singhiozzare, ma non mi rendevo conto che fossi io a farlo.

Non so dopo quanto tempo qualcuno mi sollevò, portandomi via da lì. Forse fu Alex, forse no, non lo sapevo. Non sapevo niente, non sentivo niente fuori ma sentivo troppo dentro.

L'unica cosa che riuscivo a pensare è che se ne era andato prima che riuscissi a dirgli di amarlo e mi resi conto di quanto aspettare fosse stato inutile, perché io lo amavo da mesi ormai, tanti mesi. Stavo per avere un figlio suo e lui non mi aveva mai sentita dirgli «*Ti amo.*»

Qualcuno mi strinse forte per ore e quando smisi di singhiozzare, il corpo cominciò a tremare per la stanchezza. Chiusi gli occhi e quando li riaprii erano passate ore, era diventato giorno.

Alexander era accanto a me, mi stringeva al suo petto, i suoi occhi furono la prima cosa che vidi quando aprii i miei.

«Ciao», mi disse.

Soltanto quello, solo ciao. Non mi chiese come stessi, non mi disse di dover reagire, non fece nulla. Si stese accanto a me e attese.

Ed io, invece, attesi che si attenuasse il dolore.

Non accadde.

EPILOGO

Dylan

Due anni dopo, oggi

Elijah

«E quindi sei arrivato qui.»

Guardo Daniel, imprimendo a fondo ogni dettaglio del suo viso, bellissimo come lo ricordavo.

«E quindi sono arrivato qui. L'ho protetta, Dan, se sono qui è stato soltanto per salvare lei.»

Lui annuisce, posando una mano sulla mia spalla.

«Lo so, hai salvato lei e il bambino, sei stato coraggioso.»

Si siede sull'erba, accanto alle nostre lapidi, e io lo imito fissando Melissa che ci parla e ci racconta la storia dal suo punto di vista. In realtà la racconta a Daniel, ma immagino che ascoltare qualcosina non faccia male a nessuno.

Lo becco a fissarla con lo stesso sguardo che immagino abbia io, lo stesso sguardo con cui l'ho fissata nell'unico anno trascorso insieme a lei, da quando ci siamo scontrati in cortile, per arrivare al bagno e poi al camerino del centro commerciale e alla nostra prima volta.

Sorrido guardando lei e il nostro bellissimo bambino.

Assomiglia tanto a me quanto a Dan, del resto siamo abbastanza simili, ma il nasino… quell'adorabile nasino è identico a quello di sua madre.

«Rimpiango solo di non averlo preso in braccio nemmeno una volta.»

«Puoi farlo, basta che entri nei suoi sogni, lo sai.»

«Lo so, ma non voglio. Non voglio turbarlo, è troppo piccolo. Un giorno, quando sarà cresciuto, forse.»

«Puoi entrare in quelli di Melissa.»

Sorrido e riprendo una frase che lui, una volta, ha detto in sogno a *Sugar*:

«Non voglio che sopravviva nel mio ricordo, voglio che viva davvero, che si costruisca una nuova vita con Dylan e con le persone che ama. Magari un giorno incontrerà un uomo…»

Lui scuote la testa, affranto.

«Ne ha già persi troppi, non credo darà un'altra chance all'amore.»

Mi stringo nelle spalle e gli do una pacca sulla schiena.

«La vita è piena di sorprese, non possiamo sapere cosa le succederà domani.»

Questa volta è lui a sorridere.

«È vero, ma la cosa certa è che noi saremo sempre qui a vegliare su di lei.»

«Sempre, fratello. Sempre.»

Poso una mano sulla sua spalla e mi giro a fissare l'amore della mia vita, fasciata dai suoi bellissimi jeans e la felpa nera, esattamente com'era prima di Daniel. Persino i suoi capelli sono tornati del loro castano naturale, lasciandosi il blu che mi ha fatto innamorare nel passato. La guardo con nostro figlio tra le braccia e capisco che non importa dove, come, quando o perché, io la amerò ogni singolo giorno della nuova vita che mi è stata concessa.

E anche oltre.

«Avrei dovuto passare prima per raccontarti tutto, ma ero così sconvolta e triste. Mi sono ripresa soltanto quando è nato Dylan.»

Incrocio le gambe sotto di me, toccando l'erba umida dovuta alla pioggia caduta qualche ora fa, e guardo Dylan tra le mie braccia che batte una manina sulla mia spalla.

«Ogni volta che lo guardo vedo i tuoi occhi e quelli di Elijah, sai? Ha le stesse pagliuzze dorate che avevate voi, accanto alla pupilla.»

Il piccolo sorride e io gli sorrido di rimando, spostando poi lo sguardo sulla lastra di pietra davanti a me, sulla tua foto.

«Ho avverato il suo ultimo desiderio, Dani. L'ho chiamato Dylan. L'aveva calcolato bene, sai?»

Sorrido, ripensando alla furbizia dell'uomo che ho amato e che amo ancora.

«Dylan. Un nome adatto sia a un bimbo che a una bimba. Ho scoperto che era il nome di vostra madre.»

Dylan lancia un urletto e io continuo a cullarlo, mentre lui inizia a giocare con la collana che ho al collo.

Sorrido al pensiero.

«Credo che Elijah volesse darmela quella sera. La trovarono nella tasca dei suoi pantaloni, in una scatolina. Doveva essere il suo regalo di compleanno, quella piccola bottiglia di vetro come ciondolo e dentro una goccia d'acqua. Acqua piovana.»

Quando inizia a scivolare, sistemo meglio Dylan sul petto.

«C'era un biglietto, non lo dimenticherò mai. Diceva che mi avrebbe ritrovata sempre, in ogni goccia di pioggia che ci aveva visto baciarci, abbracciarci e stringerci durante il primo appuntamento al lago e durante quelli a seguire. Siamo sempre stati sfortunati con il tempo, in tutti i sensi.»

Sorrido ancora, ma questa volta un sorriso triste, nostalgico.

«Dylan mi ha permesso di riprendere in mano la mia vita, mi ha salvata.»

Accarezzo con una mano la foto di Daniele, indugiando sul suo viso.

Raccontargli tutta la nostra storia era l'unico modo che avevo per liberarmi dal peso che mi opprimeva il petto.

Dovevo farlo per poter andare avanti e vivere la mia vita, per quanto possibile, senza più annegare nel passato.

Per Dylan.

«Torno presto, d'accordo? Ti voglio bene.»

Mi alzo a fatica, stringendo Dylan per non farlo cadere, muovo i passi verso la lastra accanto a quella di Daniele.

Guardo l'immagine di mia cugina che mi fissa e le soffio un bacio, mentre la ringrazio per quello che ha fatto per me. Elijah ha scoperto che è stata uccisa perché fingeva di essere me per depistare quelli che erano sulle mie tracce. A quanto sembra, era d'accordo con l'FBI, anche se i miei amici non sapevano nulla. E mentre io ero scortata da loro, tenuta ben nascosta e protetta, lei si era donata alle fiamme. Non perdonerò mai l'FBI per questo.

Mi sposto dall'altro lato di Daniele, su un'altra tomba, e accarezzo anche la foto del mio ragazzo.

«Ti amo, torno presto», dico rivolta alla foto di Elijah, poi mi volto e mi incammino verso l'uscita del cimitero con Dylan che mi tira piano i capelli, facendomi scoppiare in una risata.

Anche io, Elijah. Anche io ti ritroverò sempre. In ogni goccia di pioggia che ci ha visto complici del nostro amore, ieri, oggi e anche domani.

Ringraziamenti

Scrivere i ringraziamenti di un romanzo è, paradossalmente, la parte più difficile, perché si ha sempre paura di dimenticare qualcuno o qualcosa e poi salgono i sensi di colpa. Quindi mi scuso in anticipo se dimentico qualcuno, non è mia intenzione, ma sappiate che vi ringrazio comunque, anche se non siete citati in queste due paginette.

Ho cominciato la prima stesura di *In ogni goccia di pioggia* il 13 settembre 2018, sono passati due anni da allora, due anni in cui ho riso e pianto tantissimo con i miei personaggi, mentre loro cercavano di raccontarmi la loro storia e io di riportarla su carta nel modo più fedele possibile. Spero di esserci riuscita.

Ringrazio prima di tutto te, lettore, perché grazie a te è possibile ogni cosa che faccio.

Ringrazio i miei affetti più cari, quelli che mi supportano sempre e permettono ai miei piccoli sogni di trasformarsi in piccole realtà: i miei genitori, mio fratello e mia nonna.

Grazie a Francesca per portare luce nelle mie giornate più buie, per la poesia a inizio romanzo che rappresenta perfettamente Elijah, Melissa e Daniele e per avermi suggerito, senza che tu lo sapessi, il giusto finale per questa storia.

Grazie a Eva, la creatrice della meravigliosa copertina del

romanzo, per avergli reso giustizia e per avermi aiutata con l'editing.

Grazie ad Alessia, per averci aiutate a creare la goccia in copertina e per le bellissime illustrazioni che trovate all'interno del romanzo.

Un grazie speciale ai miei amici più cari, Luca e Luana, per essermi accanto in ogni cosa e non lasciarmi mai la mano, e poi anche a Emanuela per aver condiviso con me un pezzetto del dolore che ci accomuna. Racconterò di noi in un nuovo romanzo, te lo prometto.

Un grazie speciale alla mia Jen per essere cresciuta con me e con il mio libro, anche se non sei arrivata fino alla fine, spero che ora che tu l'abbia letto ti sia piaciuto.

Grazie ad Alecsio per sopportare ogni singolo giorno i miei scleri e i miei audio lunghissimi. Ti adoro.

Ringrazio la mia #booksquad: Fede, Mary, Giulia, Giuggi, Rocco, Lena, Laura, Nicole, Diletta e Claudia (che ringrazio in particolare anche per l'aiuto con la revisione e l'editing) per tutti gli scleri, perché siete stati al mio fianco prima di tutti e avete sclerato con me non solo sul libro ma su tremila altre cose. Siete diventati una delle parti più belle di me.

E infine grazie a Sarah J. Maas, che ci ha fatto conoscere, nella speranza di creare presto il nostro piccolo allevamento di Rhysand.

Printed in Poland
by Amazon Fulfillment
Poland Sp. z o.o., Wrocław

64376896R10202